갓사들

3

FUSION FANTASTIC STORY

강산들 3

김대산 퓨전 무협 소설

초판 1쇄 찍은 날 § 2007년 3월 16일
초판 1쇄 펴낸 날 § 2007년 3월 26일

지은이 § 김대산
펴낸이 § 서경석

편집장 § 문혜영
편집책임 § 유경화
편집 § 이재권

펴낸곳 § 도서출판 청어람
등록번호 § 제1081-1-89호
등록일자 § 1999. 5. 31
어람번호 § 제2-1155호

주소 § 경기도 부천시 원미구 심곡1동 350-1 남성B/D 3F (우) 420-011
전화 § 032-656-4452 팩스 § 032-656-4453
http://www.chungeoram.com
E-mail § eoram99@chollian.net

© 김대산, 2007

ISBN 978-89-251-0536-9 04810
ISBN 978-89-251-0533-8 (세트)

김대산
퓨전 무협 소설

3

강. 10년 후

강산들

FUSION FANTASTIC STORY

도서출판 청어람

목차

1. 때리기[打]

학교는 여름방학을 맞았다.

그러나 고3에게 방학이 따로 있을 리 없었다.

다만 방학 기간 동안에 야자는 면제되었는데, 사실 그것만
해도 고3에게는 지금까지 그들이 누려왔던(?) 여타의 방학들
에 최소한 버금가는 대단한 해방이요, 자유라고 할 만했다.

여름방학에 들면서 김산은 조유진, 장훈 등과는 잠시 거리
를 두고 있는 중이었다.

그들과의 관계가 소원해졌다는 것은 아니었고, 다만 방과
후에 어울리는 것을 자제하고 있다는 의미이다.

그것은 김산에게 달리 할 일이 생겼기 때문이었는데, 조유진 등은 김산이 이제부터 나름의 입시 공부에 전념하려는 것으로 받아들인 모양이었다.

그리하여 그들은 굳이 방해를 하지 않으려는 차원에서 김산이 두는 그 거리를 기꺼이 받아들이는 눈치였다.

물론 김산의 할 일이란 것이 새삼스럽게 입시 공부를 하려는 것은 결코 아니었다.

김산의 그 할 일이란 것은, 단적으로 말해 싸움이었다.

그러나 지금까지 그가 몇 차례 겪어보았던, 아니, 겪을 수밖에 없었던, 안 맞거나 덜 맞기 위해 싸울 수밖에 없었던 그런 수동적인 개념의 싸움은 아니었다.

이번에는 그의 쪽에서 먼저 때리는, 말하자면 적극적인 개념의 싸움을 말하는 것이었다.

때리는 일(?)의 시작은 진주오부터 하기로 했다.

녀석이 딱히 한 방을 가진 놈이 아니라는 것은 김산도 익히 알고 있는 바였다.

그러나 김산이 녀석을 시작으로 삼은 것은, 녀석에게 가지고 있는 다분히 심리적인 어떤 장벽을 넘어야 한다는 의미에서였다.

그에게 있어 진주오는 그것이 두려움이든, 혹은 심리적인

열등감이든, 어쨌든 아직까지는 그가 완전하게—혹은 시원스
럽게—넘어서지 못하고 있는 장벽인 것이다.

사실은 진주오로 인한 그 장벽은 이미, 아니, 처음부터 진
주오와는 상관이 없는 것인지도 몰랐다.

그 장벽이야말로 어디까지나, 바로 김산 자신의 마음속에
있는 장벽이었으니 말이다.

그러나 그렇다 하더라도 또한 진주오를 통해서 넘어야 하
는 장벽인 것도 분명했다.

김산은 만약 진주오를 깬다면—아직 어떻게 깨야 할지에 대
해서는 구체적이지 못했지만, 깬다는 혹은 깰 수 있다는 사실 그 자
체에 대해서는 김산 그 스스로도 거의 당연한 것으로 생각을 하고
있는 중이었다—그 다음부터는 가는 데까지 가볼 생각이었다.

가는 데까지……?

그것은 깨질 때까지 가보자는 일종의 각오 같은 것이었다.

그렇다고 김산, 그가 당했던 것에 대한 복수를 꿈꾸고 있는
것은 아니었다.

다만 그런 쪽(?)으로… 자신의 현 시점에서의 역량과 한계
를 실감해 보고 싶은 심정이랄까.

스스로의 용기는 어디까지인지(좀 더 정확하게는 두려움에
대한 극복 능력이 어디까지 와 있는지)…….

그리고 과연 싸움을 할 수 있을 것인지…….

할 수 있다면 어느 정도로 잘할 수 있을 것인지(물론 지금까지의 두어 차례 해보았던 그런 무조건 죽자사자 하고 목이나 끌어안고 버티는 그런 식 말고, 진짜로 제대로 치고받고 하는 그런 싸움 말이다)⋯⋯.

진주오를 뒤따라가는 일은 생각했던 것보다 김산을 긴장시키지 못했다.

녀석은 학교를 마치는 대로 학교 근처의 독서실로 향했다.

김산은 서두르지 않았다.

그런 여유가 그가 이미 '본래의 그'가 아니었기 때문인지—최소한 교복이 아닌 사복 차림과 그리고 얼굴 생김만큼은—아니면 그런 것과는 상관없이 그가 더 이상 진주오에게서 어떤 압박감이나 위협을 느끼지 못하게 되었기 때문인지는 명확하지 않았다.

다만 독서실과 같은 건물, 같은 층에 있는 PC방에 벌써 두 시간여를 앉아 있으면서 진주오의 동향을 살피는 내내 느긋한 여유를, 차라리 즐기고 있는 중이라는 것만큼은 분명했다.

녀석의 동향에 대해 따로 신경을 쓸 필요는 없었다.

녀석은 독서실에 들어간 지 삼십 분도 안 되어서 김산이 있는 PC방으로 들어왔기 때문이다.

툭! 툭!

김산은 그렇게 진주오의 등을 두들겼다. 가볍게.

진주오는 사뭇 예민하게 뒤를 돌아보았다.

진주오의 눈이 빠르게 김산의 얼굴을 살피고, 이어 발끝까지 훑었다.

녀석의 얼굴에 잠시 흠칫하는 기색이 어렸으나, 곧바로 적당한 정도의 인상을 그리는 표정이 되었다.

자신이 그리 쉽지 않은 사람이라는 것을 충분히 상대방에게 알릴 수 있을 정도로 사뭇 위협적이게, 그러나 상대방이 정말로 곧바로 도발하지는 않을 정도로 약간의 여지는 남겨두면서.

김산은 녀석을 향해 싱긋 웃어주었다.

물론 그의 그런 의도에도 불구하고, 그의 울퉁불퉁한 모습의 얼굴이 실제로 웃는 표정을 만들고 있는지에 대해 확신을 할 수는 없었다.

그러나 어쨌든 진주오는 대번에 기색을 바꾸고 있었다.

다분히 기가 꺾이고 주눅이 드는 모습으로.

그런 진주오의 반응에 대해 김산은 잠시 그것이 자신의 울퉁불퉁한 얼굴이 만들어낸 효과일까, 아니면 녀석의 인상 그림에 대해서 그가 오히려 차분하고 침착한 모습을 보인 때문일까, 그도 아니면 그러한 두 가지 효과가 합쳐진 때문일까 하는 생각을 떠올려 보았다.

물론 그것 역시 그가 지금 누리고 있는, 그리고 누릴 수 있는 여유와 느긋함 중의 일부였다.

김산은 녀석에게 손가락 하나를 펴 보이며 느릿하게 까딱거렸다.

언젠가 녀석이 한 번쯤 김산에게 보여준 적이 있는 모션이었고, 비록 상황은 역전되어 있었지만 당연히 그때와 같은 의미로 따라 나오라는 의미였다.

그러자 녀석의 표정에는 의아함과 함께 당장에 엷은 불안이 드리워졌다.

그래도 여전히 엉덩이를 뭉개며 자리에 앉아 있는 녀석에게 김산이 이번에는 슬쩍 인상을 그려주었다.

그 인상이 어떻게 비쳤는지, 녀석의 엉덩이가 엉거주춤 의자에서 떨어지고 있었다.

"왜……?"

그 얼버무림에 잔뜩 담긴 망설임을 김산은 나직하면서도 투박한 단 일성(一聲)으로 무너뜨려 버렸다.

"마!"

진주오가 이윽고는 흔들리는 눈빛이 되며 마지못한 듯 자리에서 몸을 일으켜 세웠다.

엘리베이터가 있는 쪽과는 달리 비상계단 쪽은 아무래도 구석진 곳 특유의 음침한 분위기가 감돌고 있었다.

앞서서 느릿하게 걷는 김산의 뒤를 주춤주춤 따라오면서 진주오는 내내 심한 갈등을 겪고 있는 듯 보였다.

아마도 '튈까?', '까버릴까?', 아니면 '까고 튈까?' 등등의 치열한 갈등이었으리라.

그리고 그러한 갈등은 상대에 대한 판단이 도무지 서지 않기 때문이었을 것이다.

처음 보는 상대의 인상은 거칠다거나 험악하다는 정도를 넘어서 웬만한 강심장이 아니고서는 보는 순간 주눅이 들지 않을 수 없을 정도로 기괴하기까지 하였다.

그런데 얼굴을 빼고 나머지 체형만 보자면, 또 영 비리비리한 것 같기도 했다.

그러나 또 다른 한편으로, 말하는 기색이라든지 전체적으로 풍기는 분위기 등으로 보자면, 진주오 자신과 같은 나이 또래에다 뭔가 서툴고 어색한 점이 보이기도 하는데, 그러면서도 그 차분하고 차가운 분위기로 보자면 뭔가 있기는 있는 놈이라는 판단이 서는 것이었다.

그리고 무엇보다도 이토록이나 대담하게 금갈(금품갈취)을 시도할 정도라면, 제법 많이 놀아본 놈이거나, 혹은 아주 막나가는 놈이 분명했다.

그런 갈등과 판단들을 하는 동안 어느새 진주오는 비상계단이 있는 구석까지 이끌려 오고 만 것이다.

김산이 무덤덤하게 진주오의 눈을 응시하며 오른손 손바닥을 펴 보였다.

"왜 이래……?"

진주오는 약간의 강단을 비쳤으나 감히 끝말을 완전히 놓지는 못했다.

김산의 두툼한 입가에 희미하게 비틀린 웃음기가 떠올랐다.

그것은 곧바로 진주오의 대답을 반쯤은 주눅 든, 힘없는 목소리로 만들고 말았다.

"없는데……."

김산의 목소리가 아래로 착 깔렸다.

"새끼! 만약에 뒤져서 나오면, 백 원에 한 대씩이다?"

별생각없이 떠오르는 대로 그 말을 내뱉고 나서, 김산은 자신의 내심에서 슬며시 떠오르려는 웃음을 억지로 참아야만 했다.

그러면서도 떠오르다 만 그 반 토막의 미소가 녀석이 보기에 비릿하거나, 혹은 사뭇 양아치답게 보일 것이라는 생각을 함께 했다.

김산은 통쾌했다.

중학교 때부터 치자면 그는 몇 번인가, 방금 그의 입으로 했던 말을 다른 누군가로부터 들었던 결코 유쾌하지 못한 기억이 있었다.

그리고 그 몇 번의 경우마다, 그리고 이후로 누군가에게 무시나 모욕을 당할 때마다, 그의 상상 속에서는 마치 단골 메뉴처럼 그로 하여금 괴로움을 겪게 만드는 놈(들)을 어느 외지고 음침한 골목 구석진 곳에다 몰아넣고, 방금 진주오에게 해준 그 말을 해주고 싶었다.

그래서 놈(들)에게도 자신이 당했던 것과 마찬가지의, 아니, 그 이상의 두려움과 또 두려움 이후의 그 견디기 더러운 비굴이라는 감정을 경험하게끔 만들어주고 싶었었다.

김산은 잠시간의 감회를 즐기고(?) 있었지만, 사실 방금의 그의 말은―웬만한 양아치들에게는―이미 빛이 바랬을 정도로 고전적이고 상투적인 어법이라고 할 수 있었다.

따라서 적어도 스타일이나 폼에 있어서만큼은 충분히 준(準)양아치화가 되어 있는 진주오에게는, 아무리 상황이 상황이라고 하더라도 영 받아들이기가 떨떠름한 수준의 말인 것 같았다.

당장에 녀석의 표정은 은근한 반발과 자못 빳빳하게 뻗대는 기색이 돋아나고 있었다.

녀석이 애써 힘을 주며 목소리를 깔았다.

"혹시 박일우라고……? 보국고 짱인데……? 나하고는 친구 사인데……?"

적당히 말끝을 흐려가며 두려움과 눈치 사이로 위태위태
하게 줄타기를 하는 진주오의 말에서는 은근한 기대가 묻어
나고 있었다.

그러나 바로 다음 순간,

딱!

불시에 뒤통수를 얻어맞은 진주오의 머리가 휘청 숙여졌
다가 재빨리 원위치를 하고 있었다.

그리고 진주오에게 잠깐 생겨나려던 스타일과 폼 역시 한
순간에 꼬리를 말고 말았다.

"새끼! 박일우가 뭐 하는 새낀지는 모르겠다만, 내가 그딴
새끼를 왜 알아야 한다는 거냐? 너 괜히 쌩 까다가 오늘 나한
테 지대로 한번 밟힌다?"

김산의 양아치 스타일은 이제 제법 능숙해 보이는 데가 있
었다.

진주오는 지금 김산의 험악한 인상에, 그리고 비록 어색한
태가 없지는 않았지만 그래도 거침없는 위협에 완전히 주눅
이 들어 있었다.

그리하여 그가 평소에 겉으로 두르고 있던 허세는 이미 완
전히 허물어져 버렸고, 이제는 최소한의 자존심마저도 챙길
엄두를 내지 못하는 처지로 보였다.

진주오의 얼굴에서 교차되고 있는 두려움과 공포, 그리고

어떻게 해서라도 지금의 상황을 모면해 보려는 절박함과 비굴함 등등의 기색들을 보면서, 김산은 진주오가 원래 강한 것이 아니라, 다만 강한 척했을 뿐이라는 것을 새삼 실감하고 있었다.

그리고 그러한 실감은 한편으로 그를 허탈하기까지 한 심정으로 만들었다.

"마! 가라!"

김산의 그 한마디에 진주오는 그대로 한 걸음에 세 칸씩의 계단을 즈려밟으며(?) 순식간에 줄행랑을 치고 말았다.

몇 마디의 말과 약간의 위협을 가했을 뿐 막상 한 대도 때리지 못했지만, 아니, 때리지 않았지만, 김산은 놈을 마음껏 쥐어 팬 것 이상으로 후련함을 느꼈다.

심지어는 진주오에 대해 불쌍하다는 심정까지 드는 것이었다.

계단 아래로 도망치던 진주오의 뒷모습에서는 한 대도 맞지 않고 이 위기를 모면한 데 대한 안심과 만족을 느낄 수 있었다.

그것은 예전 진주오에 대해 두려움을 느끼던 때의 김산 그 자신보다도 더욱 두려움에 겨워하는 모습이었고, 나아가 더한 초라함과 비굴함이었다.

그래도 그때의 김산 자신은, 스스로의 비겁을 경멸하고 자책하기라도 했었던 것이다.

"하하하하!"

김산은 소리 내어 웃었다.

변성된 목소리의 꺽꺽함으로 인하여 마치 자신의 목소리가 아닌 듯 낯선 웃음소리였다.

그러나 김산은 다시 한 번 마치 옛이야기 속의 영웅호걸이라도 된 듯 짐짓 호탕한 체 허리까지 뒤로 젖히며 크게 억지 웃음을 만들어냈다.

"으하하하하하!"

비상계단 쪽 구석 공간에 갇혀 발버둥 치는 메아리처럼 '우우웅!' 하고 울렸다.

그가 주도하여 치른 첫 싸움은 싸움이라고 할 것도 없이 그렇게 싱겁게 끝나 버렸다.

학교에서의 진주오는 여전한 모습이었다.

아마도 전날 그가 당했던 일쯤은 그저 재수가 없었던 것쯤으로 가볍게 치부해 버린 양 벌써, 그리고 쉽게도 생각의 한 쪽 끝 저 먼 곳으로 제쳐 놓은 모양이었다.

방과 후 적당한 곳에서 사복으로 갈아입고 김산은 손일중의 뒤를 따르고 있는 중이었다.

오늘로 사흘째였다.

손일중은 제놈과 비슷해 보이는 양아치 유의 다른 놈들을 만나서 시시덕거리고, PC방을 가고, 때로는 노래방을 가곤 했다.

사실 김산이 마음만 먹었다면, 녀석과의 오붓한(?) 시간을 만들 기회는 몇 번이나 있었다.

그럼에도 불구하고 김산이 사흘째나 기회를 미루고 있는 것은, 녀석과의 그 오붓한 만남에 대한 예약이 주는 결코 기분 나쁘지 않은 긴장과 뿌듯하기까지 한 일종의 설레임과 같은 느낌들 때문이었다.

놈이야말로 진주오와는 사뭇 다른, 말 그대로 '양아치다운 데가 다분한' 양아치라고 할 수 있었다.

웬만한 위협에 대해서도 지레 겁을 먹고 꼬랑지를 내릴 놈이 아니라, 숙일 때 숙이더라도 일단은 주먹부터 휘두르고 보는 것을 주저할 놈이 아니었다.

놈과 부딪친다는 것은 진짜로 치고 때리는 싸움을 전제로 하는 것이 되므로, 그러한 전제가 김산에게 주는 긴장과 설레임인 것이다.

그리고 분명 두려움과는 다른 긴장과 설레임은, 그리고 그 기분 나쁘지 않음과 뿌듯함은, 어쩌면 그 내막과 실속이야 어떻게 되었건 간에 김산이 이전에 이미 두 번씩이나 손일중과

뒤엉켜 본 적이 있는 데서 오는―물론 딱히 이겼다고는 할 수 없지만, 그렇다고 맞은 것은 더더욱 아닌―일종의 익숙함 덕분인지도 몰랐다.

또한 김산으로서는 지금 벌이고 있는 이런 행위들이 누구를 깨고 부수고 하는 그 자체보다는, 기존에 그 스스로가 가지고 있던 유약한 틀을 깨버리고자 하는 것이었기에, 기존의 두려움이나 불쾌한 자기 비하 혹은 굴욕감 같은 느낌이 아니라면, 더욱이 지금처럼 뿌듯하기까지 한 설레임이나 긴장 같은 것이라면, 충분히 느긋하게 맛보고, 또한 여유있게 즐기고 싶은 심정이었던 것이다.

"어이!"

김산은 걸음을 빨리하여 앞쪽에서 가고 있는 손일중과의 간격을 좁히며 그렇게 녀석을 불렀다.

놈은 힐끗 돌아보며 우선 불림을 당한 대상이 자신인지를 확인하고, 동시에 순간적인 탐색으로 김산을 평가하는 것 같았다.

그리고는 금방 느긋한 자세로 되는 것으로 보아, 김산에 대한 녀석의 평가는 그다지 대단한 것은 되지 못하는 것 같았다. 김산의 그 결코 평범하지 않은 얼굴 모습에도 불구하고.

"지금 나 불렀냐? 왜, 무슨 볼일이라도 있냐?"

녀석이 사뭇 뻐딱한 여유와 또 약간의 표시 나는 무시를 인상에 그려내면서 손가락으로 자기 자신을 가리켰다.

녀석의 대응에서는 전혀 긴장한 기색을 발견할 수 없었고, 그것은 순간적으로 오히려 김산을 긴장시키는 데가 있었다.

그러나 한편으로 녀석이 자신을 전혀 알아보지 못한다는 것을 확인하는 순간, 김산에게 잠깐 돋아났던 긴장은 금방 뿌듯하게 전신으로 번지는 가느다란 전율처럼 제법 괜찮은 느낌으로 변하고 있었다.

텅 빈 놀이터 주변으로는 간간이 사람들이 지나다니고 있었으나, 고등학생으로 보이는 둘이 사뭇 험악한 기세를 풍기며 대치해 서 있는 것에 특별히 관심을 주는 사람은 없었다.

자기네들 동네의 놀이터에서 벌어지는 불량 학생들의 시비쯤은 그들의 관심 밖의 사항인 것 같았다.

혹은 둘 중 한 녀석의 제법 장골이라 할 만한 덩치와 또 다른 한 녀석의 자못 괴상한 얼굴 형상은, 보통의 아주머니나 아저씨들이 섣불리 참견을 할 용기를 내지 못하게 할 법도 했다.

행인들은 잠시 눈길을 주었을 뿐, 오히려 걸음을 빨리하며 못 본 체 지나치고 있었다.

"쿵! 뭐이냐? 긍게 시방 나하고 한번 붙어보자… 뭐 대충 그런 야그냐?"

어이없음 때문인지, 혹은 가소로움 때문인지 손일중은 조폭 개그에서나 들었음 직한 서투른 사투리를 구사하는 여유를 보이고 있었다.

그에 대해 김산은 덤덤하니 말을 받았다.

"그냥… 재미있을 것 같아서."

웃지도 않고 전혀 과장하지도 않고 그냥 아는 사이에 툭 하고 던지듯이 건네는 김산의 말은, 오히려 손일중을 약간이나마 긴장하게 만든 것 같았다.

손일중은 다시 한 번 재빠르게 김산의 머리부터 발끝까지를 훑으면서 자신의 판단을 재점검하는 것 같았다.

그리고 다음 순간.

"개새끼!"

손일중의 덩치가 기습적으로 앞으로 치고 나오면서 그의 양 펀치가 교차하며 쏘아 나왔다.

김산이 이전에도 몇 차례 경험한 바 있듯이, 이번에도 손일중의 주먹이 날아오는 모습은 이상할 정도로 선명하게 김산의 눈에 들어왔다.

그러나 역시 눈으로 보는 것과 그의 몸이 실제로 반응하는 것에는 분명한 차이가 있었다.

놈의 주먹이 얼굴로 쇄도하고 있는 것을 뻔히 보고 있으면서도, 마치 얼어붙은 듯 움직이지 못하고 있는 몸의 반응력을 원망하면서 김산은 할 수 있는 최대한의 용이란 용을 다 쥐어짜 내다시피 얼굴을 틀었다.

그러나,

팍!

한순간 눈앞에 몇 개인가의 크고 작은 별들이 번쩍거리면서, 곧바로 왼쪽 눈두덩이 어림이 얼얼해졌다.

정통으로 맞는 것은 겨우 피했지만, 놈의 주먹이 그의 얼굴을 비껴 때리고 지나간 것 같았다.

충격도 충격이지만 순간적인 당황으로 정신이 없는 와중에도 김산은 왼손을 앞으로 뻗어 녀석과의 거리를 재려 하였고, 그 와중에 우연히 손아귀에 잡히는 녀석의 옷자락을 다급하게, 그러나 별다른 목적의식 없이 앞으로 확 끌어당겼다.

그러자 녀석의 커다란 머리통이 김산의 눈앞 가까이로 다가왔다.

순간 반사적으로 김산의 머리가 뒤로 살짝 젖혀지며 힘을 모았다가, 그 축력(蓄力)을 탄력으로 되살려 내며 앞으로 튀어나갔다.

빠각!

통뼈와 통뼈가 부딪치며 내는 질박한 소리였다.

그리고 김산은 순간적으로 눈앞이 막막해지는 아찔한 충격을 느꼈다.

'제길!'

아마도 정통으로 이마를 찍어버린 모양이었다.

이마와 이마가 모질게도 부딪쳤지만, 확실히 찍힘을 당한 놈이 받은 충격이 김산이 받은 충격보다는 훨씬 더했던 모양이었다.

놈의 하체가 일시 휘청하니 풀리는 것이 보였다.

그러나 김산은 일단 뒤로 두 걸음을 물러섰다.

싸움의 기세로만 보자면 그대로 놈을 쫓아 들어가 확실한 후속타를 날려야 할 것이었으나, 왠지 일단은 여유를 갖고 싶다는 생각이 강하게 들었기 때문이다.

손일중은 충격의 와중에서도 퍼뜩 김산과의 거리를 가늠하고 나서야, 이마를 감싸 쥐고서 고통에 겨워하는 모습이었다.

김산이 싸움의 형세를 결정적으로 우세하게 몰아갈 수 있는 기회에서 선뜻 뒤로 물러선 까닭은, 싸움의 과정을 실감하고 싶다는 생각 때문이었다.

이기고 지는 것을 떠나서, 그가 스스로 느끼고 인정할 수 있는 싸움을 해보고 싶은 것이었다.

잠깐의 대치를 하고 있는 사이 김산은 머리 속으로 간단히 방금까지의 상황을 정리하고 있었다.

박치기는 만족스러웠다.

그 순간 그가 어떻게 해서 박치기를 하게 되었는지는 그 자신도 알 수 없는 일이었다.

그런 것은 할배에게서 배운 기술 목록에도 없었다.

그야말로 김산 자신도 모르게 반사적으로 튀어나간 박치기 한 방이었다.

그렇다면 그것이야말로 그의 타고난 반사 신경이 아니겠는가.

그런 추정들은 잠시 김산을 뿌듯하게 만드는 바가 있었다.

자신의 운동신경이, 그리고 싸움에 대한 감각이, 그가 이전까지 스스로 포기하고 살아왔던 것만큼은 맹탕이 아니라는 것이 아닌가.

"새끼! 씨발!"

거친 욕지거리와 함께 이어진 몇 번의 주먹질과 발차기가 통하지 않자, 녀석은 김산을 잡고 싶어했다.

사실 김산으로서도 녀석을 잡고 뒹구는 것 외에 달리 녀석을 당장에 어떻게 해볼 방법이 뾰족하게 있는 것은 아니었다.

그러나 김산은 그렇게 하고 싶지는 않았다.

김산은 이제 어느 정도까지는 놈의 움직임을 읽고 있는 중이었다.

물론 놈이 치고 들어오는 동작이 덩치만큼이나 사뭇 거칠고 큰 편인 까닭도 있었지만, 김산 스스로가 이제는 완연히 여유를 가져가고 있는 덕분이었다.

뿐만 아니라 김산은 이제 아슬아슬하게나마 놈의 주먹과 발을 얼떨결이 아닌 계산적으로 피해내고 있었고, 또 때로는 왼팔과 어깨 등으로 놈의 주먹을 슬쩍슬쩍 제쳐 내기도 하고 있는 중이었다.

김산으로서는 난생처음으로 누군가의 실력 행사에 대해 제정신으로 두 눈 부릅뜨고서 마주 공방(攻防)을 펼치고 있는 것이었다.

그런 것들이 김산으로 하여금 이 싸움을 쉽게, 혹은 무의미하게 다만 이기는 것만으로 끝내고 싶지 않게 하는 이유가 되는 것이었다(물론 그가 원한다고 해서 당장에 쉽게 끝낼 수 있는 것도 아니었지만).

어쨌든 김산은 지금 그런 여러 가지의 느낌들을 차라리 음미하고 있는 중이었다.

휙하고 코끝을 위협하며 스쳐 가는 놈의 커다란 주먹.

횡하니 옷자락을 치고 지나가는 놈의 묵직한 발놀림.

그것들은 김산에게 극도라고 할 만한 긴장을 유발하고 있었다.

그러나 기분 좋은 긴장이었다.

결코 두려움과는, 혹은 움츠림과는 다른 기분이었고, 처음으로 느껴보기에 당장에 뭐라고 적절히 표현하기는 힘들지만, 차라리 통쾌하다고 할 수 있을 것 같은 그런 기분이었다.

'진짜로 싸움을 한다는 것은 이런 것인가?'

"훅! 후욱!"

놈이 뿜어내는 숨소리가 거칠어지고 있었다.

놈은 생각 외로 금방 지치고 있는 것 같았다.

놈이 쉬지 않고 주먹과 발을 휘둘러 대기는 했지만 그래도 이렇게나 빨리 지치고 마는 데 대해, 김산은 차라리 의아한 생각마저 드는 것이었다.

김산이 비록 내내 피해 다니기만 해서 놈에 비해 상대적으로 힘을 덜 뺐는지는 모르겠으나, 그래도 체력 소모 면에서 자신과 놈 사이에 그렇게 많이 차이가 나리라고는 계산이 되지 않기 때문이었다.

또한 그런 점에서 전신에서 약간의 열기가 느껴지는 외에는 김산은 아직까지 지쳤다는 느낌을 전혀 가지지 않고 있었기에, 놈의 지친 기색이 실감이 되지 않는 것이었다.

"헉! 허억!"

그런데 점점 더 거칠어지는 놈의 숨소리는 결코 과장이 아닌 것 같았다(놈에게 그런 모양새를 일부러 과장되게 만들어낼 이유도 없는 것이겠지만).

김산은 놈이 원하는 대로 왼팔을 잡혀주었다.

물론 서로 맞잡은 것이었다.

그러나 놈과 뚝심을 겨루고 싶은 생각은 없었다.

이전과는 다른 방법으로, 그야말로 명백하게 놈을 쓰러뜨리고 싶었다.

좀 더 정확하게는 확실하게 패주고 싶었다.

놈이 거칠게 당기는 힘에 대항하며 잠시 버티고 있던 김산의 허리가 순간적으로 짧은 회전을 일으켰다.

왼손을 놈에게 잡혀준 상태에서, 왼발을 축으로 오른발로 놈을 걸어차 간 것이다.

그 발차기에서 김산은 조유진의 발차기를 생각했다.

물론 조유진처럼 날렵하고 멋들어진 발차기를 기대한 것까지는 아니었지만, 그래도 놈의 옆구리 정도를 목표하여 강력하면서도 정확한 발차기 일격을 먹이고자 의도한 것이었다.

그러나 역시나 축이 된 왼발의 부실함 때문인지, 김산의 발은 겨우 놈의 무릎 위 허벅지 어림을 차는 정도에 그치고 말

있다.

퍽!

소리는 그다지 크지 않았다.

그러나 소리에 비해 김산의 오른발에 전해오는 타격감은 제법 묵직하였다.

조금 뒤늦게 놈에게서는 신음 소리 같은 것이 나직하게 새어 나왔다.

"윽!"

이어 놈은 전혀 의외이다 싶게도 풀썩하고 바닥으로 주저앉아 버리는 것이었다.

아주 엉덩이를 제대로 깔고 앉는 모습이, 그리고 얼굴이 하얗게 변해 있는 모습이 다시 일어설 기미는 아니었다.

더욱이 놈의 얼굴에서는 고통 외에 다만 피로와 고통만이 있을 뿐, 더 이상 악착같은 투지는 보이지 않고 있었다.

김산은 잠시 얼떨떨한 기분으로 바닥에 주저앉은 놈을 지켜보고 서 있었다.

놈이 지쳐서 제풀에 주저앉은 것인지, 아니면 그의 어설픈 발차기 한 방에 그 스스로도 실감하지 못하는 무슨 대단한 위력이라도 있어서 그것이 놈을 주저앉힌 것인지는 김산으로서도 알 수가 없었다.

그러나 어쨌든 분명한 것은 놈을 확실하게 무너뜨렸다는

사실이었다.

김산은 깨끗하게 돌아섰다.

놀이터를 벗어나 큰 도로로 나올 때까지 김산은 한번도 뒤를 돌아보지 않았다.

김산의 이마에는 큼지막한 살색의 밴드가 두 개씩이나 잇대어서 붙여져 있었다.

그러나 가린다고 가렸지만 밴드가 붙은 주위로는 여전히 엷게 푸르죽죽한 색이 번져 있었다.

물론 자세히 보지 않는 다음에야, 그리고 그 엷은 색의 차이를 발견한다 해도 그것을 대뜸 멍 자국이라고 하기도 애매하였지만, 그것에 대해 조유진은 제법 예민하게 반응했다.

"누구냐?"

조유진의 나직한 목소리에는 언뜻 실감난다 싶을 정도의 분노가 담겨 있었다.

"누구라니……? 뭔 소리야, 임마?"

짐짓 성가시다는 체를 해가며 대충 뭉개어 버리고 말았지만, 김산은 조유진의 그런 예민한 반응이 고마웠다.

그것이 자신에 대한 관심이고 호의라는 것을 알기에, 그리고 꾸며내는 것이 아니라 진심이라는 것을 느낄 수 있기 때문이었다.

그러면서도 김산은 자신의 이마가 가급적이면 다른 아이들의 관심거리가 되지 않기를 바랐다.

조유진이야 그렇다 치더라도 또 다른 누군가가 관심을 가질까 봐 신경이 쓰였다.

사실은 요즈음에 자신이 가지게 된 또 하나의 정체를 누군가 눈치 챌까 두려운 것이었다.

그것은 참으로 묘한 느낌이었다.

김산은 의식적으로, 그리고 무의식적으로, 원래의 자신과 얼굴을 변용했을 때의 자신을 완전히 다른 별개의 존재처럼 인식하고 있었다.

변용했을 때의 그는 두려움과 긴장조차도 뿌듯한 기분으로 느꼈으며, 어떤 상대와도 깨질 것을 각오하고 당당하게 한 판을 붙을 각오가 흔쾌히 되어 있는 그런 존재였다.

그러나 다시 원래의 그로 돌아왔을 때는 다시 소심하고 조심스러운 본래의 '김산다운 김산' 으로 변하고 마는 것이었다.

그러한 것은 결코 김산이 의식적으로 만들어내는 것이 아닌 정말로, 그리고 저절로 그렇게 되어버리는 것 같았다.

복도를 지나다 먼발치에서 손일중을 보았을 때 김산은 저도 모르게 멈칫하고는 얼른 뒤돌아서 그와 마주치는 것을 피했다.

놈은 제법 표시나게 다리를 절뚝거리고 있었다.

불편한 걸음걸이 때문인지 늘 뻣뻣하게 치켜들고 다니던 놈의 머리는 구부정히 아래를 보고 있었는데, 그런 모습은 놈을 사뭇 기가 죽어 있는 것처럼 보이게 했다.

손일중과의 싸움 이후에 김산은 잠시 싸움의 정당성이라는 다소 미묘한 명제에 사로잡혀 있었다.

'할배의 기술' 중에는 그런 대목이 있었다.

─규칙을 정해놓고 하는 승부나 대결과 싸움은 엄연히 다른 것이다. 싸움은 본래가 나쁜 것이다. 그런 측면에서 싸움은 철저하게 결과만이 존중받는 행위이다. 싸움의 발단이나 과정 따위는 조금도 중요하지 않으며, 상대를 눕히는 것만이 싸움의 가장 좋은 결과이다.

'할배의 기술'에서는 이기는 것만이 정당한 것이었다.

불알을 잡고 늘어지건 뒤통수를 까건 말이다.

김산이 '할배의 기술'에 대해 전적으로 동의하는 것은 아니었다.

그러나 또한 전적으로 부정하는 것도 아니었다.

사실은 꼭 해야만 하는 싸움이라면, 그리고 그 싸움이 어떤 정당성을 부여할 필요도 없이 할배가 정의한 그대로 승부나 대결이 아닌 말 그대로의 싸움이라면, 김산 자신도 오로지 이기는 것만을 최선의 명제로 삼을 수 있다는 생각이었다.

물론 자신이 그런 싸움을 해야 하는 처지로 몰릴 경우가 있을 것이라고는 아직까지 상상할 수 없었고, 또한 상상하고 싶지도 않았지만 말이다.

어쨌든 지금은 그런 '절박한 싸움' 까지는 하고 싶지 않았다.

적어도 지금 그가 치르고 있는, 그의 십구 년 인생에서 처음으로 치르고 있는 이 싸움들에서만큼은 그토록 처절하고 절박한, 그리고 비정한 싸움을 하고 싶지는 않았다.

김산의 다음 목표는 박석균이었다.

박석균은 손일중과는 또 특성이 많이 다른 놈이었다.

힘은 손일중에 비할 수 없었지만, 오히려 더욱 거칠고, 기민한 눈치와 빠른 움직임을 가진 놈이었다.

따라서 놈과의 싸움에서 김산의 입장은 손일중과의 싸움 때와는 반대의 입장이 된다고 해야 할 것이었다.

놈과 마주 주먹을 교환해서는 놈의 과격함과 빠르기를 감당하지 못할 공산이 큰 것이다.

'놈에 비해 내가 유리한 점은 무엇인가?'

그 자문(自問)에 대한 김산의 자답(自答)은 바로 눈의 빠름과 정확성이었다.

비록 몸의 빠름은 따라가지 못하자만, 놈의 움직임을 빠르고 정확하게 읽을 수는 있을 것 같았다.

아니, 사실을 말하자면 그러한 눈의 빠르기와 정확성이라는 것은, 놈에 비해 상대적으로 자신이 있다는 것이 아니라 다만 김산 자신이 가진 능력들 중에서 꼽을 수 있는 장점이었다.

사실 김산 자신이 가진 능력들 중에서 왼손과 오른발의 힘, 그리고 상대의 움직임을 읽는 눈의 빠르기와 정확성 정도를 장점이라고 한다면, 그 외의 모두는 단점이라고 해야만 했다.

'할배의 기술' 중에는 이런 대목도 있었다.

─상대의 장단점을 분석하기 이전에, 먼저 자신의 장점에 대해 확고한 자신감을 가져라. 그리고 최대한 활용하라.

"어이! 박석균!"

한적한 곳에서 자신의 이름이 불린 박석균은 천천히 뒤를 돌아보았다.

녀석에게서 그다지 놀라거나 당황해하는 기색이 없다는 것은 일전의 손일중과 비슷하였다.

그러나 놈에게는, 모르는 누군가가 뒤에서 자신을 부른 이유에 대해 궁금해하거나, 상대를 파악하거나, 혹은 일단 기세로써 상대를 눌러보려는 어떤 시도도 없었다.

다만 놈은 곧바로, 거의 본능적으로 상대에게서 어떤 적의를 느끼는 것 같았다.

"새끼!"

탐색 대신, 마치 기합처럼 짧게 욕을 뱉어내며 놈은 곧바로 선방을 치는 쪽을 택하고 있었다.

박석균의 주먹이 번갯불처럼 거리를 단축하며 얼굴로 날아오는 그 순간에 자신이 왜, 그리고 그 화급한 순간에 무슨 정신과 배짱이 있어서, 놈을 향해 마주 주먹을 뻗었는지에 대해서 김산은 나중에 다시 생각해도 적당한 사유를 찾을 수가 없었다.

다만 그 순간에 일어난, 반드시 그래야만 할 것 같은 어떤 강력하면서도 충동적인 느낌을 그대로 따랐을 뿐이었다.

픽!

놈의 주먹을 스치듯이 턱 끝으로 흘리면서 동시에 놈의 얼굴에다 주먹을 꽂아 넣은, 말하자면 그것은 크로스 카운트의

한 방인 셈이었다.

그리고 그것은 곧 싸움의 끝이 되고 말았다.

자신의 주먹이 놈의 관자놀이 부근을 정통으로 때렸다는 것을 알았지만, 막상 놈이 그 자리에서 스르르 무너지고 마는 모습에 김산은 얼떨떨하고도 멍한 느낌뿐이었다.

놈은 선 상태에서 이미 정신을 놓은 듯, 힘없이 무너지며 무릎을 꿇고 큰절을 하는 자세로 바닥에다 머리를 처박고는 꼼짝도 하지 않았다.

김산이 언뜻 정신을 차리면서 가장 먼저 느낀 감정은 바로 두려움이었다.

'관자놀이는 급소라던데……? 혹시 잘못되는 것은 아닐까……?'

자신의 주먹이 정확하게 놈의 관자놀이를 타격한 것은 알았지만, 막상 특별히 주먹에 와 닿은 느낌이 없었기에 놈에게 어느 정도의 충격을 준 것인지에 대해서는 도무지 짐작을 할 수가 없었다.

119에 응급 구조 요청이라도 해야 하는 게 아닌가 하는 등의 갈등을 김산이 하고 있는 중에, 마침 바닥으로 처박고 있던 박석균의 머리가 꿈틀하며 조금 움직거렸다.

그리고는,

"끄응!"

하는 힘겨운 신음 소리를 내는 것을 보고 나서야 김산은 안도와 함께 반가운 마음까지 들었다.

그리고 그때서야 김산은 조금 떨어진 곳에서 아주머니 한 사람이 이쪽을 보고 서 있다는 것을 알았다.

마침 근처를 지나던 중인 모양인데, 아주머니의 표정과 눈빛에는 미처 소리조차 지르지 못할 정도의 경악과 불안이 가득했다.

김산은 얼른 아주머니의 시선을 외면하고서, 뛰다시피 황급한 걸음으로 그 자리를 피했다.

박석균은 며칠째 결석을 하고 있는 중이었다.

아이들의 입을 통해서 박석균이 턱뼈인지 광대뼈인지에 금이 갈 정도로 크게 다쳤고, 앞으로도 최소 한 달 이상은 병원에 입원해 있어야 한다는 말들이 돌았다.

김산은 괜히 조심스러워졌다.

딱히 죄책감 같은 것이 드는 것은 아니었지만, 그 일이 자신의 소행임을 누군가 알아볼 것 같은 데서 오는 괜한 조심스러움이었다.

그러는 한편으로 안도의 한숨이 나오기도 했다.

어쨌든 박석균이 그 정도라서(?) 다행인 것이다.

그리고 자신의 그런 조심스러움과 안도에 대해 김산은, 자신이 어쩔 수 없는 소심함을 타고난 모양이라고 새삼 자조할 수밖에 없었다.

한편으로 그런 자조와는 완연히 다른 측면도 있었다.

손일중과 박석균과의 싸움, 그 단 두 차례에 불과한 싸움은 김산에게 완전히 새로운 개념의 또 다른 세상을 열어주는 것만 같았다.

그가 그토록이나 바라왔던, 지금까지의 그와는 아주 다른 특별한 존재가 되어보고 싶다는 그 소망에 대해, 다만 상상으로서가 아닌 실제의 가능성이 보이는 것 같았다.

그러한 것들은 다만 생각만으로도 김산을 사뭇 들뜨게 만드는 데가 있었다.

2. 이중(二重)

　이중이라는 말이 앞에 붙는 말들은 언뜻 긍정적이기보다는 부정적이기가 쉽다.

　이중인격, 이중생활, 이중거래, 이중과세, 이중차별, 이중플레이, 이중계약, 이중결혼, 이중국적, 이중간첩 등등이 다 그렇지 않은가.

　그러나 김산은 자신의 특별한 '이중의 삶'이 이제부터 본격적으로 시작되었다는 데 오히려 뿌듯한 심정이 되었다.

　비록 다분히 막연한 기대로, 그리고 당장의 탈출구로 시도

된 것이었지만, 김산은 빠르게 자신의 '이중성'에 적응해 가고 있었다.

김산이 그렇게 느껴서인지는 모르겠으나, 박석균 사건 이후로 극진회 멤버들은 다분히 긴장한 것처럼 보였다.

물론 손일중과 박석균 두 명이 잇달아 당했다지만 그것만으로는 어떤 심증을 굳히지는 못했을 것이었다.

그러나 누군가, 혹은 어떤 세력에서 자신들 극진회 멤버들을 노리고 있다는 어렴풋한 위협과 경계심 정도는 느낄 수도 있었을 것이었다.

녀석들이 평소와는 다르게 두셋, 혹은 서넛씩 무리를 지어 다니는 걸 보면 정말 그런 듯도 했다.

김산은 솔직히 뿌듯하였다. 자신으로 인해 극진회가 그런 위협을 느낀다는 것에 대해서.

그러나 더 이상 극진회의 멤버들을 일일이 찾아다니며 싸움을 벌이는 일은 무의미할 것 같았다.

김산이 최종 목표로 하고 있는 것은 어차피 박일우였다.

박일우야말로 극진회의 상징이자 중심이며, 또한 김산이 자신의 이중적인, 또 다른 존재로 되기 위해서 반드시 넘어야만 하는 상징적인 벽인 것이다.

물론 김산이 박일우에 대해 감히 자신이 있다는 것은 아니었다.

그러나 두렵지는 않았다.

그와의 싸움을 생각하면 이상하게도 오히려 흥분이 되었다.

김산이 한동안 시간을 두고 조심스럽게 손일중의 주위를 지켜본 결과, 그가 매 주말마다 거의 빠짐없이 극진회의 주요 멤버들과 만난다는 것을 알았다.

그리고 박일우의 뒤를 멀찌감치 따라다니면서 놈과 단둘이 마주할 수 있는 시간대와 장소도 대략 정할 수 있었다.

그러고도 김산이 놈을 좀 더 지켜보고 있었던 것은, 아무래도 그에게 혼자만의 연습이 필요했기 때문이다.

상상 속에서 녀석과 싸우는 연습이랄까? 일종의 시뮬레이션 같은 것 말이다.

그렇게 다시 두 번의 주말을 보내고 난 다음에야, 이윽고 김산은 놈과의 싸움을 결행할 마음의 준비를 마칠 수 있었다.

그사이 여름방학은 거의 끝나가고 있었다.

"어이! 박일우!"

그렇게 상대를 부르는 것은 이제 김산에게는 익숙했지만, 자신을 부르는 소리를 듣고서 천천히 몸을 돌려세우는 박일우 역시 사뭇 느긋한 모습이었다.

마치 누군가가 자신을 부를 것을 미리 짐작하고 있기라도 했다는 듯이.

그 같은 놈의 여유와 기세가 김산으로 하여금 '과연 짱답다!' 라는 생각을 언뜻 떠오르게 만들고 있었다.

놈은 한 무리의 우두머리를 해본 녀석다운 태를 보이고 있었다.

'까짓 일개 고등학교 짱' 이라고 할지 모르겠으나, 크건 작건 어떤 무리 중에서 짱을 먹었다는 건, 어쨌든 그만한 배짱과 실력이 있다는 얘기가 되는 것이다.

우선 김산이 은연중에 보이고 있는 적대감에도, 그리고 사뭇 기괴한 얼굴 생김새에도, 다만 찬찬히 살피는 기색일 뿐 놈에게는 당황하거나 당장에 서두르는 기색이 없었다.

그것은 놈의 몸에 배어 있는 자연스러운 여유, 혹은 관록 같은 것이리라.

"너 혹시… 손일중과 박석균이를 건드렸다는 그 새끼……?"

그리고 박일우는 자신의 짐작을 금방 확신으로 바꾸고 있었다.

"후후! 안 그래도 틈나는 대로 한번 찾아보려는 참이었는데… 고맙다. 니 발로 나타나 줘서… 씨발새끼야!"

그 순간 박일우의 왼손 주먹이 용수철처럼 앞으로 튀어나왔다.

놈의 돌발적인 선방에 대해 김산의 몸이 반사적으로 움찔거렸다.

아니, 생각으로만 움찔거린 것이고, 몸의 반응은 미처 생각을 따라가지 못하고 있었다.

그런데 바로 그 순간 박일우는 절반쯤 뻗어내던 왼 주먹을 다시 거두어들이고 있었다.

트릭이었다.

'겁을 한번 줘보자' 내지는 '실력을 한번 가늠해 보자'는 정도로 폼만 한번 잡아본 것이었다.

김산이 움찔 놀란 모습 그대로 엉거주춤하게 반쯤 허리를 뒤로 뺀 자세가 되어 있는 것을 보며, 박일우는 빙글거리며 웃고 있었다.

눈으로만 웃는 웃음이었고, 곧 비웃는 것이었다.

놈은 이미 상대, 김산의 실력을 간파해 버린 듯했다.

그 어쭙잖은 반사 신경만으로도 말이다.

"새끼! 뭐 하냐? 용쓰냐?"

박일우는 마치 노련한 아웃 복서처럼 원을 그리면서 김산의 주위를 천천히 돌았다.

그러면서 마치 장난이라도 치는 듯이 가볍게 주먹을 뻗어 김산을 툭툭 쳤다.

그 툭툭 건드리듯이 하는 주먹을 김산은 거의 고스란히 맞
고 있었다.

설렁설렁 움직이는 것 같아도 막상 놈의 주먹이 나오는 속
도는 빨랐다.

빠르기만 한 것이 아니라 놈의 움직임에는 능숙한 완급 조
정이 있었다.

특별히 기습적이라고 할 것은 아니더라도, 느긋한 중에 갑
작스럽게 빨라지는 속도감 같은 것이었다.

같은 속도라도 그러한 완급의 리듬을 타고 나오는 주먹에
대해 김산은 제대로 적응을 하지 못하고 있었다.

또한 놈의 움직임에는 유연함이 있었다.

무조건 치고 들어오는 것이 아니라, 김산의 반응이나 저항
정도에 맞추어 몰아쳤다가, 다시 뒤로 빠져 틈을 보는 진퇴의
안배 같은 것이 있었다.

놈이 치고 차는 주먹과 발은 단타인 경우가 별로 없었다.

상하와 좌우를 적절히 아우르는 소위 콤비네이션이었다.

왼손이 나온 뒤에, 김산의 반응에 따라 오른손이 뒤따르고,
혹은 슬쩍 거리를 벌리면서 양 발이 아래위를 자유롭게 오가
며 김산을 견제하고, 또 타격했다.

두 수, 세 수 정도는 기본이고, 많게는 네 수 다섯 수까지
도, 놈은 마치 혼자서 프리 스타일의 연습이라도 하는 듯이

일련의 연속된 동작을 구사해 내는 능란함을 과시하고 있었다.

김산은 심한 갑갑증을 느끼고 있었다.

월악산의 석굴 암자를 내려온 이후로, 자신의 반쪽짜리 몸의 제약에 대해, 그 부조화와 부자연스러움에 대해, 김산이 지금처럼 통렬히 실감해 보기는 처음이었다.

눈으로는 놈의 완급과 진퇴와 콤비네이션이 다 보였다.

그럼에도 몸이 따라주지 못하니 미칠 지경인 것이다.

왼쪽 상체와 오른쪽 하체는 그나마 아주 늦지는 않는 반응을 보이고 있었는데, 역시나 나머지 반쪽의 몸이 문제였다.

그쪽은 전혀 필요한 만큼의 반응 속도를 내주지 못하고 있었다.

그것이 더욱 김산을 답답하게 만들고 있었다.

차라리 피할 수 없다고, 도저히 당해낼 수 없다고 인정이라도 되면 아예 포기라도 해버리겠는데, 이건 상대의 움직임이 눈으로 보이는데, 그리고 몸의 반쪽은 제대로 살아 움직이는데, 나머지 반쪽의 무력함으로 인해, 결국은 그 불균형으로 인해 속수무책으로 놈의 타격을 맞아야만 하니, 답답하다 못해 억울한 심정으로까지 되는 것이었다.

박일우는 즐기고 있는 듯했다.

전력을 기울이고 있는 것 같지 않았고, 또한 굳이 김산의 급소를 쳐서 한 방에 끝내려는 의지도 보이지 않았다.

사실 지금까지 김산이 보인 허점들에서 놈이 마음만 먹었다면, 복부나 턱에 정통으로 꽂히는 한 방으로써 이 싸움은 벌써 가볍게 끝이 났을 것이었다.

"새꺄! 덤벼! 그렇게 멍청히 서 있지만 말고 좀 제대로 덤벼보라구!"

간간이 김산의 투지와 분발을 독려하는 놈의 장난기 섞인 외침은, 만약 누군가 근처를 지나다 둘의 싸움을 보았더라도, 그것을 싸움이 아니라 그저 장난을 치는 정도로 여기게 만들 수도 있을 것 같았다. 장난치고는 조금 심한 장난쯤으로.

김산은 박일우의 움직임에 어떻게 하든 적응을 해보려고 안간힘을 쓰고 있었다.

그리고 박일우가 여유를 부리고 있는 덕분에 조금씩 방법을 찾아가고 있는 중이었다.

여전히 놈의 속도를 따라잡지는 못했지만, 그래도 맞다 보니 놈의 동작에 대해 익숙해진 탓인지, 놈이 취할 동작에 대해 대략적으로라도 미리 어느 정도의 예측이 가능해지고 있는 것이었다.

그럼으로써 놈의 타격을 완전히 피해내지는 못해도, 정타(正打)를 맞을 것을 비껴 맞는 정도로는 받아내고 있었다.

그렇다고 싸움의 양상이 바뀐 것은 아니었다.

상황은 여전히 일방적이었고, 김산은 상대를 치려는 시도보다는 한 대라도 덜 맞기 위해, 혹은 맞는 충격을 조금이라도 줄이기 위해서 안간힘을 쓰는 모습이었다.

얼마 지나지 않아 박일우는 슬슬 지겨워지기 시작하는 모양이었다.

"새끼! 맷집 하나는 제법인데? 하지만 지금까지는 장난이었고, 이제부터가 진짜야, 새꺄!"

그리고 스스로의 말을 입증이라도 하듯 놈의 움직임이 사뭇 달라졌다.

지금까지에 비하면 변칙이라고 할 만큼 놈의 타격은 갑작스럽게 화려할 정도로 다양해졌고, 또한 그 하나하나의 타격에는 김산에게 실질적인 충격을 줄 만큼의 힘이 실려 있었다.

픽!

퍼픽!

김산은 다시 속수무책이 되고 말았다.

허리를 숙이고 양 주먹을 얼굴 앞으로 끌어 올려 가드를 대고 있었으나 별 소용이 없었다.

놈의 주먹은 교묘하게 김산의 양 팔꿈치를 쳐서 빈틈을 만들어낸 다음에 올려 치고 휘어 치는 주먹으로 김산의 턱과 관자놀이를 강타해 들었다.

퍽!

퍼억!

간간이 짧고 간결하게 차내는 놈의 양 발은 중간중간 김산의 옆구리로 파고들었고, 때로는 허공으로 치솟았다가 그대로 찍어 내리는 놈의 발뒤꿈치가 김산의 등판에 작렬하기도 했다.

콰악!

김산의 얼굴은 금방 피범벅이 되고 말았다.

코피가 터진 것은 벌써였고, 아래위 입술이 모두 터져 나가고, 그 외에도 양 눈두덩이, 그리고 그 부근의 어느 부위가 또 째진 것 같았다.

김산이 정신없는 와중에도 얼굴이 온통 끈적거린다는 느낌이 들 정도로 출혈은 심했다.

그리고 김산은 문득 생소한 한가닥의 두려움을 느꼈다.

이대로 가다간 죽을지도 모른다는 생각이 들었다.

누구에게 이런 정도로 맞아보는 것은 처음이었고, 더욱이 얼굴 전체가 끈적거릴 정도의 피를 흘려보기도 처음이었다.

'피를 많이 흘리면 죽는다?

죽을지도 모른다는 두려움이 갑자기 솟구친 것은 바로 그런 원초적인 공포 때문일 것이었다.

갑자기 온몸에서 힘이 빠지는 것 같았고, 자신이 지금 무엇을 하고 있는지에 대해, 또 무엇을 해야 하는지에 대해서도 생각과 감각이 점차 흐릿해져 가고 있었다.

그런 두려움에 대한 반발 때문이었을까?

한순간 김산은 있는 힘을 다해 고함을 질렀다.

"와아악!"

어쩌면 그것은 고함 이전에 비명이었을 것이다.

있는 힘을 다해 절박함을 토해내는 비명이었을 것이다.

동시에 김산은 허우적거리듯이 사방을 향해 두 손을 휘저었다.

어떤 의도가 있어서가 아니라, 그저 무작정의, 그러나 거의 필사적인 몸부림이었다.

상대의 갑작스러운 발작에 템포를 늦추고 잠시 물러나려던 박일우는, 마구 휘젓는 상대의 우연한 손짓 하나에 가슴을 떠밀리고 말았다.

그로서는 얼떨결의 일이었고, 그런 마구잡이의 손짓에 어떤 위협을 느낄 것도 아니었다.

그런데 다음 순간, 별 경계 없이 당한 그 떠밀림에 의해 박일우는 거의 팅겨나듯이 잇달아 서너 걸음을 휘청거리며 밀려나고 말았다.

"어어… 엇?"

박일우가 흘린 그 소리는 방금 자신을 떠민 그 정체 모를 힘에 대한 놀람 외에도, 막 몸의 중심을 잡고 서는 그의 눈에 비친 또 하나의 광경에 대한 어이없음을 담고 있었다.

상대가 뛰고 있었다.

그를 향해서 돌진하는 것이 아니라, 반대쪽을 향해서.

도망치고 있는 것이었다.

"야! 새꺄! 서!"

소리치면서 박일우는 곧바로 상대의 뒤를 쫓아가려고 했다.

그러나 두어 걸음을 쫓아가던 박일우는 문득 걸음을 멈추며 화난 욕지거리를 뱉었다.

"씨발!"

그런데 그는 왼손으로 오른쪽 가슴을 지그시 누르며 문지르고 있었다.

갑자기 오른쪽 가슴이 불편했기 때문이었다.

특별히 아픈 것은 아니었지만, 방금 상대를 급히 쫓아가려고 하자, 돌연히 가슴이 묵직해지면서 답답해지는 느낌이 들었던 것이다.

그러나 박일우는 자신의 그 갑작스러운 가슴의 불편한 느낌이, 좀 전 상대의 손길에 얼떨결에 떠밀린 것 때문일 것이라는 생각은 추호도 하지 못했다.

큰 도로까지 달려가서, 다시 방향을 꺾어 한참이나 더 달려가고 나서야 김산은 뛰는 것을 멈추었다.

놈은 따라오지 않았다.

놈이 뭐라고 소리치는 것을 어렴풋이 듣기는 한 것 같았지만, 그냥 쫓아오는 체를 했을 뿐인 모양이었다.

어쩌면 놈은 도망가는 자신의 뒷모습을 느긋하게 즐기고 있었는지도 모를 일이었다.

그래도 혹시나 놈이 쫓아오는지 다시 한 번 힐끔 뒤를 돌아보면서, 김산은 문득 혼자 웃음을 흘리고 말았다.

"흐흐흐!"

어이없고도 실없는 웃음이었다.

그러나 그 웃음에 비겁하게 도망친 자로서의 비굴함이나 비참함 같은 것은 녹아 있지 않았다.

"하하하하!"

김산은 다시 한 번, 이번에는 크게 소리 내어 웃었다.

김산은 지금, 이렇게 도망을 칠 수 있었던 스스로에 대해 대견하다는 생각을 문득 하고 있는 것이었다.

그 상황에서 대책없이 상대가 그만둘 때까지 두들겨 맞고 있지 않고, 일단 도망쳐 나왔다는 데 대해, 원래의 그 자신에 비해 뭔가 많이 유연하고도 약삭빨라진 것 같은 뿌듯함이랄까.

그리고 그것은 원래의 그가 아닌, 이중적인 존재로서의 또 다른 김산이 가져봄 직한 마음 자세라는 생각이 들었기 때문이다.

극진회의 패거리들은 갑자기 활발해진 것 같았다.

방과 후 학교 주변에서는 거의 매일같이 사뭇 기세등등하게 어깨에 힘을 주고 몰려다니는 놈들의 패거리를 볼 수 있었다.

'혹시 나를 잡으러 찾으러 다니는 걸까?

그런 생각을 하면서 김산은 꽤나 묘한, 나쁜 쪽보다는 괜찮은 쪽으로의 기분이 되기도 했다.

박일우와의 싸움에 대해 김산은 시간을 두고 찬찬히 돌이켜 보고 있었다.

한 대도 때리지 못하고 내내 놀림을 당하듯 맞고만 있다가, 결국은 도망을 치고 만 싸움이었다.

'도저히 상대가 안 될 정도의 실력 차이 때문이었을까? 이길 수 있는 방법은 전혀 없는 것일까?

그러나 싸움에 진 이유라든가, 다시 싸워 이길 방법 등에 대한 것은 김산에게 있어 당장의 문제가 아니었다.

가장 먼저 고민해야 할 것은, 그리고 극복해야 할 것은 바로 그때 느꼈던 두려움에 대한 것이었다.

바로 죽을지도 모른다는 생각을 들게 했을 만큼의 절박한 공포와 그래서 그로 하여금 정신없이 도망치게 만들었던 그 통제 불능의 두려움.

이전에 손일중이나 박석균에게서는, 긴장 정도라면 몰라도 두려움을 느끼진 않았었다.

'무엇 때문이었을까?

물론 이전의 둘보다 박일우의 실력은 월등했었다.

그러나 그러한 실력 차이로 인한 두려움일 수는 없었다.

어차피 김산은 만방(?)으로 깨지는 것까지도 미리 감수하고, 또 각오한 바가 아니었었던가?

그렇다면 그러한 두려움과 공포라는 것은, 감수와 각오로도 통제가 안 되는, 그런 이성적인 것 이전의 어떤 원초적이고 본능적인 것으로부터 오는 것일 터였다.

그것은… 피, 바로 피였다.

온 얼굴을 뒤덮다시피 하며 흘러내리던 그 스멀거리며 끈적거리던 느낌의 피. 그 엄청난 양의 피.

그 피가 주는 극단적이며 본능적인 두려움이요, 공포였던 것이다.

본래의 김산이라면 몰라도, 이중(二重)의 다른 존재로서의 그라면 결코 가져서는 안 될 감정이 바로 그런 공포와 두려움이었다.

그런 점에서 그것은 김산으로서는 최우선적으로, 그리고

반드시 넘고 가야만 할 벽이었다.

그 벽을 넘어야만 한다는 것은 김산에게는 간절한 소망이 걸린 일이었으며, 또한 어떤 의미에서는 생사가 걸린 일이기도 했다.

바로 또 하나의 그인, 이중의 다른 존재를 살리는 일이기 때문이었다.

그 이중의 다른 존재는 단순히 얼굴만 바뀐, 모습만 달라진 김산이 아니라, 본래의 김산이 가진 모든 유약함과 불완전함을 뛰어넘는 강하고도 완전한 존재이어야만 하기 때문이었다.

아니, 최소한 그런 강함과 완전함을 향해 끊임없이 나아가는 존재여야만 하는 것이었다.

그러지 못하고 기껏 두려움이나 공포 따위에 질려 도망이나 치는 존재라면, 더욱이 그런 약함에서 끝내 깨치고 나오지 못하고 주저앉아 버리는 그런 유약한 존재라면, 그 존재는 이미 죽은 것이나 마찬가지인 것이다.

그리고… 그 이중의 존재가 죽어버린다는 것은, 김산 또한 지금까지 살아왔던 것처럼 그저 그렇게 살아가야만 한다는 것을 의미하였다.

희망도 의욕도 없는… 그런 삶.

그런 삶을 살 수밖에 없다는 것은, 그까짓 공포나 두려움

따위와는 비교할 수조차 없는 그런 절박함이요, 처절함이었
다.

　─규칙을 정해놓고 하는 대결이 아닌, 진짜 싸움에서는 뛰
어난 무술고수가 뒷골목의 깡패한테 어이없이 당하는 경우가
비일비재합니다. 진짜 싸움에서는 실전 경험의 차이와 함께
반드시 이겨야겠다는 집념, 즉 흔히 말하는 악과 깡이 무술
기법의 난이도의 고하보다도 오히려 훨씬 더 중요하다는 것
이지요. 싸움에서 가장 우선이 되어야 할 것은 상대에 대한,
혹은 싸움 그 자체에 대한 두려움을 극복하는 일입니다. 그리
고 자신감이야말로 싸움을 이기는 가장 큰 요인입니다.
　─실력도 안 되고, 상대를 누를 깡이나 기도 안 된다면, 최
소한 스스로 미치기라도 해야 합니다. 상대가 봤을 때 '저자
식 미쳤다'고 할 정도로 말입니다. 그러면 상대방은 저도 모
르게 어느 정도 기가 죽게 마련입니다. 그리고 자기 자신도
웬만큼 맞아도 크게 아픈 줄 모르게 되고, 투지와 기운도 더
나게 되는 법입니다. 싸움은 그렇게 시작하는 겁니다.

　'할배의 기술'에 그런 것들이 있었다는 사실이 김산에게
는 새삼스러웠다.
　그랬던 것 같았다.

박일우와 싸움에서는 처음부터 맞서서 싸우겠다는 것에만 집착을 했지, 막상 반드시 이기겠다는 생각은 그렇게 뚜렷하지 않았던 것 같았다.

죽기 살기로, 어떻게 해서라도 상대를 깨고야 말겠다는 악착같은 집념이 없었던 것이다.

혹시 그런 집념 비슷한 것이 있었을지도 모르겠으나, 막상은 그까짓 피 흘림 정도에 그냥 무너지고 말 정도의 서툰 집념에 불과했던 것이리라.

그까짓 피 흘림!

사실이 그랬다.

그때 자신의 얼굴이 얼마나 처참한 형상이었으며, 또 얼마나 많은 피를 흘렸는지는, 경황 중이라 김산도 나중에야 거의 굳어진 피딱지를 떼어내면서 짐작이나 해본 정도였다.

그러나 냉정히 돌이켜 보면, 그러한 피 흘림이 막상 그에게 어떤 실질적인 고통이나 결정적인 타격으로 연결된 것은 아니었다.

그냥 김산 스스로의 두려움과 상상이 그같이 곧 죽을 것만 같은 절박한 공포를 만들어낸 것에 불과했을 뿐이었다.

박일우도 김산에게 말하지 않았던가.

맷집 하나는 좋다고.

그랬다.

가만히 당시의 상황을 되새겨 보면, 스스로가 평가하기에도 김산 자신의 맷집은 대단한 것이었다.

그토록 일방적으로 두들겨 맞고도, 그다지 지치거나 커다란 충격을 받지는 않았던 것이 사실이었으니까 말이다.

냉정히 돌이켜지는 것은 그런 것뿐만이 아니었다.

차츰 또렷하게 떠오르는 장면 장면들은 김산에게 무수히 상황들을 반추하게 만들었고, 또한 무수히 많은 가상의 시뮬레이션을 돌리도록 만들었다.

'그때 그렇게 했더라면…….'

'그 경우에는 차라리 정면으로 밀고 들어갔었어야 했는데…….'

하는 따위의 생각들이었다.

그리고 그럴수록, 이전에도 몇 번이나 되새겨 본 적이 있는 '할배의 기술' 은 또 다른 새삼스러움으로 다가오는 것이었다.

―자신의 마음을 통제할 수 있게 되었다면, 그 다음은 눈입니다. 별다른 기술을 가지고 있지 않아도, 다만 상대의 움직임을 제대로 정확하게 보는 것만으로도 대부분의 싸움은 이미 이긴 것이나 다름없습니다. 정확하게 본다는 것은 바로 상

대의 틈을 본다는 것이고, 그 틈을 찌르는 데는, 다만 적당한 정도의 속도와 힘과 정확성만 있으면 되는 것이지, 별달리 특별하거나 고급스럽거나 고난이도의 화려한 기술 따위는 필요 없는 법이거든요. 고급 기술이나 난이도가 높은 기술이란 게, 대부분은 상대의 눈을 속이려 함이거나, 혹은 상대의 반응을 미리 예측하여 몇 가지 경우의 수비와 공격을 한꺼번에 취하기 위함이니까요.

또한 그랬던 것 같았다.

박일우의 주먹과 발은 빠르고, 화려하고, 또한 변칙적이었지만, 김산은 놈의 움직임들 대부분을 정확하게 볼 수가 있었었다.

그러나 놈의 움직임에 대해 자신의 몸이 제때, 제대로 반응해 내지 못한다는 것에 대해 당황하고 한탄만 하고 있었을 뿐, 막상 놈의 움직임 중에서 분명히 있었을 허점이나 틈 같은 것을 봐야겠다는 생각까지는 하지 못했던 것이다.

'그 순간에 왜 그렇게 하지 못했을까?

'왜 결정적인 한 방을 노려보지 못했을까? 왜 놈이 원하는 대로 서서만 싸울 생각을 했을까?

'왜 조금이라도 나에게 유리한 쪽으로, 놈을 붙들어 넘어뜨리고 바닥에서 엉켜볼 생각을 하지 못했을까?

　그런 질문과 책망을 스스로에게 해가면서, 김산은 당시의 상황에서 자신이 어떻게 했었어야 가장 적절한 대응이 되었을지를 머리 속으로 그리고 있었다.

　그리고 그런 생각들은, 각각의 상황에 따라 상대와 자신의 장단점을 복합화하면서, 또한 그 핵심을 요약하고 단순화시켜 하나씩 하나씩 자신의 몸에 맞추어보는 제법 체계적인 판단으로까지 이어지고 있었다.

　그런데 그런 일련의 과정들은 김산 자신의 판단인 것도 같았고, 한편으로는 마치 누군가 싸움의 고수로부터 일 대 일로 직접 지도를 받는 것 같은 묘한 느낌이 들기도 하는 것이었다.

　김산을 일순간 짜릿하게 만드는 추측이 하나 있었다.

　바로 박일우와의 싸움에서 마지막으로 몰리는 그 순간에, 그의 아랫배에서 시작하여 온몸을 짜릿하게 관통하듯이 왼손을 향해 치달려 간 어떤 느낌에 대한 추측이었다.

　당시에는 전혀 그럴 경황이 아니었지만, 당시의 상황들을 정리해 나가던 중에 문득 떠오른 추측이기도 했다.

　그것은 진기의 흐름이었다.

　그러나 지금까지 김산이 해왔던 운기와는 전혀 다른 느낌, 혹은 다른 종류의 진기였다.

‘그것은 혹시 할배가 말했던 발경이라는 것이 아닐까?’

하지만 그것은 김산이 당장에 다시 시도해 볼 수 있는 것은 아니었다.

당시의 그의 내부 상황을 재현해 낸다는 것도 그리 간단한 일은 아니었지만, 설혹 재현해 낸다고 하더라도 그 강렬하다 못해 극렬하기까지 하던 진기의 흐름을 정상적으로 견뎌낼 만한 자신이 서지 않기 때문이었다.

김산 내부의 운기 경로는 아직까지 그런 정도의 순간적이고도 충격적인 진기의 흐름을 전혀 감당하지 못했고, 더구나 당시 그의 몸속을 치달렸던 진기의 흐름은, 김산이 지금껏 단련해 왔던 익숙한 경로가 아니라 전혀 새로운 생소한 경로였으니 더 말할 것이 없을 터였다.

따라서 그때 그것이 과연 발경이었다고 하더라도, 김산이 당장에 그것을 재현하는 것은 불가능한 일이었고, 최대한 긍정적으로 가정을 한다고 해도 먼 나중의 일이 되어야 했다.

그것은 결코 단순한 욕심으로만 되는 일이 아니기 때문이다.

할배는 요즘 김산이 어떤 일을 벌이고 있는지, 혹은 그에게 어떤 일이 벌어지고 있는지에 대해서 대강은 눈치를 채고 있는 듯한 기색이었다.

하긴 김산이 아무리 숨기려 한다고 해도, 그의 얼굴에 아직도 혼적이 남아 있는 자잘한 생채기들만으로도 그에게 무슨 일이 있다는 정도는 짐작해 내고도 남을 일이었다.

그러나 할배는 아는 척을 하지 않았고, 김산에게 먼저 물어 오지도 않았다.

다만 간간이 안타깝다는 표정을 짓고, 또 때로는 혼자서 가느다란 한숨을 내쉬고 할 뿐이었다.

그런 것은 할아버지도 비슷하였다.

아니, 할아버지는 할배보다도 오히려 더 무심하였다.

할아버지의 생각에는 김산이 먼저 도움을 청하지 않는 한, 그것은 어디까지나 김산 혼자서 해결해야만 하는 문제일 뿐이라는 어떤 원칙이라도 있는 듯했다.

그리고 그런 중에 김산은 차분하게 또 한 번의 싸움을 준비하고 있었다.

3. 필사적(必死的)

김산은 그때의 그 장소에서 기다리고 있었다.

가능하면 그때와 똑같은 상황을 만들고 싶었기 때문이었
다.

당장에 깨야 할 것은 박일우였지만, 근본적으로 극복해 내
야 할 것은 그가 두려움과 공포를 느끼고 도망을 쳤던 당시의
그 일체의 상황들이었다.

그런 까닭으로 김산은 지난번처럼 박일우의 뒤를 따르는
대신에, 이번에는 기다렸다가 정면에서 그를 맞이하기로 했
던 것이다.

앞쪽에서 박일우가 오고 있었다.

김산은 지난 며칠 동안 다시 세심하게 놈의 주변을 살핀 바 있었으므로 지금 이 시간, 이 장소에서 놈이 혼자라는 것을 확신할 수 있었다.

김산을 발견한 놈은 잠시 뜻밖인 듯하다가, 이내 씩 하고 웃었다.

"새끼! 제법 곤조있네?"

김산이 정색하고 말했다.

"다시 한 번 붙어볼까?"

사뭇 긴장한 듯 딱딱해진 김산의 목소리에 박일우가 빙글 거리면서 말을 받았다.

"야! 내 사정도 좀 봐줘야지? 깡패도 자기 동네에선 얌전하 단 소리를 듣고 싶어하는 법이라고."

멀뚱해지는 김산을 빤히 바라보며 박일우가 말을 이었다.

"너 오늘은 제대로 한 번 맞짱 뜰 각오가 되어 있는 것 같은 데, 그럼 우리 어디 조용한 데로 자리를 옮기지?"

김산의 얼굴로 설핏 경계의 기색이 지나갔고, 그것에 대해 안심이라도 시키려는 듯 박일우는 싱긋 웃는 얼굴이 되었다.

"최소한 방해꾼은 없어야 될 거 아니냐? 여기에서 난리 치 다가 신고라도 들어가면 너나 나나 경찰서 가야 돼, 임마!"

김산은 지그시 어금니를 물었다.

놈의 의도가 정말 그런 것이라면, 김산으로서도 마다할 것은 아니었다.

박일우를 따라 도착한 그 허름한 상가는 그다지 멀지 않은 곳에 있었다.

주변에는 비슷한 규모의 상가들 몇 개가 모여 있었으나, 어느 건물 할 것 없이 주변은 한적하기만 했다.

주변으로 지나다니는 사람도 별로 없었고, 더욱이 또래의 아이들이나 양아치들로 보이는 치들은 없었다.

김산이 잠시 주변을 살피며 주춤거리고 있자, 상가의 지하로 내려가는 통로 앞에서 잠시 멈추어 서며 박일우가 빈정거렸다.

"왜? 벌써 쫄았냐, 새꺄? 후훗! 하긴 나도 너 같은 하수를 두 번씩이나 상대한다는 게 좀 많이 쪽팔리긴 하다. 마음이 변했다면 지금이라도 토껴? 마지막으로 한 번만 더 봐줄 테니까?"

그리고 박일우는 건들거리는 걸음걸이로 지하로 내려가 버렸다.

김산은 다시 한 번 주위를 살피며 생각을 정리했다.

근처에 박일우의 패거리가 없다는 것은 확실해 보였다.

그리고 만약 놈이 이제 와서 연락한다고 쳐도, 그 패거리가

몰려드는 시간이면 놈과의 한판 싸움을 끝내기에 충분한 시
간일 것 같았다.

그런 데까지 염두를 굴려본 다음에야 김산은 이윽고 지하
통로로 들어섰다.

상가의 지하 1층 공간은 원래는 주차장의 용도로 지어진
듯했다.

조금은 급하게 경사가 진 통로를 따라 내려가자 대략 열 대
정도의 차는 주차시킬 수 있을 만큼의 제법 넓은 공간이 있었
다.

그러나 그 공터는 원래의 용도 대신에 지하의 점포들로 이
어지는 로터리 겸 통로로 쓰이고 있는 것 같았다.

바깥은 아직 환한 낮인데도 지하는 어두침침했다.

그럼에도 공터 주변의 점포들 중에서 불이 들어와 있는 곳
은 없었다.

아마도 점포들은 모두 비어 있는 것 같았다.

박일우는 공터의 안쪽에 서 있었다.

"어이, 와라! 시작해야지?"

박일우의 나지막한 음성이 지하의 음습한 공간에서 은은
하게 울렸다.

김산은 침착을 유지하자고 스스로를 다잡으며 박일우를
향해 천천히 다가갔다.

박일우는 김산이 가까이 다가서기를 기다린다는 듯이 두 팔을 늘어뜨린 채 가만히 서 있었다.

박일우와의 거리를 몇 발 앞으로 남겨 두었을 때 김산은 가볍게 양 주먹을 말아 쥐어 가슴 앞으로 끌어 올리며 자세를 취했다.

그런데 그때 박일우는 재빨리 김산 옆으로 돌아가서 김산의 뒷쪽을 점하고 섰다.

그것은 마치 김산이 도망치는 것을 미리 막겠다는 의도로 보였다.

김산이 빠르게 돌아서며 전신의 긴장을 끌어올리는데, 박일우는 오히려 한 걸음을 뒤로 물러서며 손을 내저었다.

"어이 잠깐만! 먼저 한 가지만 물어보자. 너 어느 동네 사냐?"

"……?"

박일우는 김산에게 어느 조직 소속이냐고 물은 것이었으나, 김산이 쉽게 알아들을 수 있는 말은 아니었다.

박일우가 고개를 갸웃하며 다시 물었다.

"손일중과 박석균이를 깨고, 나한테까지 덤비는 것을 보면, 우리한테 무슨 목적이 있는 것 같은데… 그 변변치 못한 실력으로 보아서는 혼자서 무슨 일을 꾸밀 놈은 못 되는 것 같고, 분명히 뒤에 누가 있을 것 같은 느낌이 든단 말이지? 도

대체 누구냐? 누가 우리를 건드려 보라고 시킨 거냐? 혹시 지금도 니 뒤에 꼬리가 달려 있는 건 아니냐?"

조금은 멀뚱한 기색으로 박일우의 말을 듣고 있던 김산은 문득 피식하며 웃고 말았다.

듣고 보니 놈의 추리가 제법 그럴듯하기도 했던 것이다.

박일우의 입꼬리가 살짝 비틀렸다.

"새끼! 지금 웃었냐? 흐훗! 뭐, 좋아. 웃을 수 있을 때 웃어 두는 것도 괜찮겠지. 이제 곧 웃고 싶어도 못 웃게 될 테니까 말이야. 근데, 어쩌냐? 넌 오늘 멀쩡하게는 여길 못 나가! 니가 혹시 꼬리를 달고 왔대도, 그리고 그 꼬리가 제아무리 대단한 꼬리라고 해도, 니가 오늘 여기서 피똥싸게 된다는 사실은 바꿀 수가 없어. 그건 하느님이래도 어쩔 수가 없어, 새꺄! 여기서는 내가 바로 하느님이야."

김산은 대꾸하는 대신에 주먹을 턱밑까지 끌어 올렸다.

그러자 박일우는 가소로워 죽겠다는 듯이 말했다.

"왜? 일단 가볍게 맞고 시작하려고? 좋아, 새꺄! 덤벼봐!"

김산이 두 주먹을 턱밑으로 바짝 끌어 올리고 웅크린 자세인 데 비해, 박일우는 여전히 두 손을 아래로 늘어뜨린 채 사뭇 여유있게 그리고 가볍게 김산의 주위로 스텝을 밟고 있었다.

그러면서 마치 잽이라도 던지듯이 툭툭하고 김산의 얼굴을 향해 주먹을 뻗었다.

"덤비라니까, 새꺄? 주먹을 뻗어보라고? 되든 안 되든 일단 휘두르기라도 해봐야지? 그렇게 잔뜩 쫄고만 있으면 내가 너무 심심하잖냐, 짜샤?"

김산을 희롱하듯이 변칙적으로 뻗어내는 박일우의 가벼운 주먹들은 거의 예외없이 김산의 얼굴 부분을 명중시키고 있었다.

그나마 김산이 두 주먹으로 턱을 가린 폼을 흩뜨리지 않고 있었고, 또 아주 조금씩 머리를 흔들고 허리를 움직이는 덕분에 박일우의 주먹은 대부분 김산의 가드 위를 때렸고, 혹은 얼굴 윗부분이나 머리에 맞더라도 살짝살짝 비껴 맞고 있었다.

그러나 그렇다고는 하더라도 얼마 지나지 않아 김산의 이마 부근은 벌겋게 변하고 있었다.

팟!

김산이 처음으로 뻗어낸 가벼운 오른손 일격에 박일우는 깜짝 놀란 듯이 급하게 허리를 비틀었다.

김산의 그 일격은 그다지 빠르다고 할 수 없는 것이었고, 또한 오른손이었던 만큼 강한 충격을 줄 만큼의 힘이 실리지도 못한 주먹이었다.

그러나 그 일격은 묵묵히 공격을 받고만 있던 김산이 별다른 감정적 혹은 신체적인 징후(徵候)도 없이 그야말로 돌발적으로 던져 낸 주먹이었다.

그런 데다가 정말로 우연하게도 막 주먹을 뻗었다가 거두어들이는 박일우의 허를 절묘하게 찌르는 타이밍을 가지고 있었던 까닭에, 박일우로 하여금 필요 이상의 반응을 보이도록 만든 것이었다.

김산의 그 일격은 박일우의 얼굴을 살짝 스치듯이 흘러가 버렸다.

하지만 그 가벼운 ‘헛방’으로 박일우의 움직임은 완연하게 변화를 보이고 있었다.

뚜렷하게 조심스러워진 것이다.

박일우는 좀 더 철저하게 치고 빠지는 전법을 구사하고 있었다.

싸움의 경험이 많은 만큼 박일우는 상대의 약점이자 자신의 강점이 되는 것이 바로 스텝의 빠르기와 유연성에 있다는 것을 알고 있는 것이다.

그러나 김산은 계속해서 가만히 서서 싸우는 쪽을 고집하고 있었다.

시간이 지날수록 김산은 더욱 일방적으로 맞고 있었다.

그러나 김산은 이제 점차 놈의 틈이 보이는 것 같은 느낌을 받고 있었다.

그것은 뭐랄까.

김산 자신에게 무언지 모를 감각, 이를테면 싸움의 본능 같은 것이 서서히 일깨워지고 있는 것 같은 그런 느낌이었다.

자신에게는 전혀 없을 줄 알았던 그런 감각과 본능이 아주 깊숙한 어느 구석에 잠들어 있다가 지금 서서히 깨어나고 있는 것 같은 그런 느낌은 김산에게 묘한 쾌감으로 다가오고 있었다.

한 번, 두 번… 맞으면서도 불쑥불쑥 내미는 김산의 주먹이 빈도를 더해가고 있었다.

그리고 드물게는 발을 들어 상대를 견제하기도 했고, 더욱 드물게는 상대를 차려는 시도까지 하기도 했다.

그런데 김산의 그 서툴고 어색하며 엉거주춤하여, 어눌하기까지 한 단발성의 타격 시도들은 묘하게도 박일우로 하여금 멈칫멈칫하도록 그 움직임을 견제하고 위축시키는 데가 있는 것 같았다.

조금 과장하여 말하자면 가끔씩 시도하는 김산의 그 어눌한 몸짓들은 절묘하게도 박일우의 유연성과 콤비네이션의 맥을 끊어놓고 있는 것 같았고, 나아가서는 더욱 이상하게도 박일우의 기세까지 꺾어놓는 것 같았다.

어쩌면 그런 이상함은 아마도 '할배의 기술'에서 언급되었던 바와 같이, 김산의 입장에서는 스스로 싸움에 미쳐 있어서 웬만큼 맞아도 크게 아픈 줄 모르고 투지와 기운이 솟구치는 상태이고, 박일우의 입장에서는 상대의 광기에 기가 죽는 그런 상태인지도 몰랐다.

한순간 박일우는 스스로도 이유를 알 수 없게 자꾸만 소극적이 되고 위축되는 자신에 대해 불현듯 반발이 솟구친 것 같았다.

"새끼!"

차갑게 욕설을 뱉은 박일우가 돌연 맹렬한 기세로 김산을 몰아치기 시작했다.

그러나 이때쯤 김산은 스스로 생각해도 대단하다 싶을 정도로 차분해져 있었다.

그 차분함은 마치 상대와 자신의 위치와 자세, 그리고 심리적인 면 등등이 한 화면에 투영되면서 한눈에 비교가 되고 있는 것 같은, 담담한 중에서의 치밀함인 것 같기도 했다.

빠각!

순간적인 소음과 함께 김산은 자신의 왼 주먹에 짜릿하게 전해지는 제법 강한 충격을 느꼈다.

그러나 김산은 순간적으로 상황을 정리하지 못했다.

그러한 소음과 충격이 자신의 주도하에 이루어진 것 같

기도 했고, 혹은 어쩌다가 우연하게 일어난 상황 같기도 했다.

박일우의 맹렬한 주먹과 발차기 세례 중에 김산은 숱하게 타격을 허용하면서도 언뜻 한 걸음을 내디디며 놈과 교차하며 위치를 바꾸고자 했었다.

그런데 그 순간에 놈의 턱이 선명하게 보였고, 거의 동시에 바로 그 '빠각' 하는 소리와 왼 주먹의 충격이 느껴졌던 것이다.

사실 그 순간에 김산은 자신의 왼 주먹이 아주 짧고도 단순한 직선의 궤적으로 박일우의 턱을 때리는 것을 보고 있었다.

다만 그것은 김산 자신의 의식이 거의 관여할 틈도 없이 행해진, 그야말로 반사적인 행위였던 것이다.

"큭!"

짧은 신음 소리와 함께 박일우의 몸이 휘청하며 뒤로 한 걸음을 물러서고 있었다.

그 순간 김산은 강력한 자석에 끌리기라도 하듯이 놈을 쫓아가며 놈의 품속으로 파고들었다.

퍽!

허리를 숙이며 몸을 날리는 탄력 그대로 김산의 왼 어깨가 놈의 가슴을 들이받아 버렸고, 턱을 강타당한 충격에서 미처 벗어나지 못하고 있던 박일우는 그가 지금까지 보여주었던 그 빠르고도 현란한 스텝의 묘를 전혀 발휘하지 못하고 잇달아서 급하게 몇 걸음을 위태롭게 밀려 나갔다.

그리고 이윽고는 속절없이 바닥으로 나뒹굴고 말았다.

쿵!

김산은 지체하지 않고 넘어진 박일우의 위를 덮쳤다.

그리고는 왼손으로 상대의 목을 휘감아서 그 손목을 오른손으로 잡아 잠가 버렸다.

이어 다시 재빠르게 몸의 방향을 틀어 상대의 누운 몸과 열십자의 형태를 만들면서 두 다리로 단단히 버티는 자세를 취했다.

"커억! 너… 이… 이 새끼!"

김산의 아래에서 박일우가 격렬히 저항했지만, 김산은 이미 느긋해져 있는 상태였다.

김산은 자신이 있었다.

지금의 자세는 김산에게 이미 익숙한 동작이요, 기술이었다.

일단 이런 자세가 된 이상 그가 풀어주기 전에는 박일우는 절대로 빠져나갈 수가 없었다.

그것에 대해서만큼은 박일우가 아니라 그 누구에게라도 자신이 있는 김산이었다.

"새끼! 일어나라."

김산의 옆구리를 걷어차며 나직이 내뱉는 그 목소리는 굵으면서도 차가웠다.

시멘트 바닥에 엉켜 있는 김산과 박일우의 주위로는 어느 틈엔가 십여 명이 둘러싸고 있었다.

극진회의 아이들은 아니었다.

모두가 이십대로 보이는 청년들이었는데, 그중에 김산이 알아볼 수 있는 얼굴은 없었다.

그러나 그들의 덩치와 차림새, 그리고 차갑고 날카로운 그 눈매들에서, 김산은 그들이 대충 어떤 부류들이며, 또한 자신이 지금 새롭게 어떤 상황에 처하게 되었는지를 짐작할 수 있을 것 같았다.

순간적으로 상황을 짐작해 보고 나서 김산은 왼팔에 지그시 힘을 주었다.

"크으윽!"

당장에 박일우가 죽는 소리를 냈다.

"이 새끼 봐라?"

청년들 중의 하나가 김산의 옆구리를 제대로 겨냥하고 걷어찼다.

퍽!

반사적으로 허리를 움츠렸음에도 불구하고 순간적으로 호흡이 끊어질 만큼의 충격이 복부 어림으로 전해져 왔으나, 김산은 새어 나오려는 신음 소리를 억지로 참았다.

그리고 자신의 동작이 최대한 느긋하게 보이기를 바라며 천천히 팔을 풀고 몸을 일으켜 세웠다.

그것이 그가 부려볼 수 있는 마지막 여유임을 알기 때문이었다.

박일우에게 다른 '꼼수' 가 없을 것을 섣불리 판단했던 것이 문제였다.

박일우의 패거리가 극진회뿐만이 아니라는 것과 그가 이미 기성의 폭력 조직과도 연관을 맺고 있는 만큼 다른 학생 조직뿐만이 아니라 성인 조폭 조직들까지도 얼마든지 동원할 수 있다는 점은 조금만 생각해도 쉽게 짐작할 수 있는 일이었는데도, 김산은 너무 자신의 생각에만 집착한 나머지 그런 간단히 예측 가능한 상황들을 어이없게도 간과하고 만 것이었다.

박일우는 바닥에서 일어난 뒤에도 한참 동안이나 목을 어루만지고 돌리며 풀었다.

그리고 나서야 도저히 분함을 참지 못하겠던지 박일우는 돌연 김산에게 달려들며 무차별적으로 치고 차기 시작했다.

"새꺄! 너 오늘 뒈졌어!"

퍽!

퍼억!

팍!

파악!

그러나 김산으로서는 이미 어떻게 대항을 해볼 수 있는 처지가 아니었다.

다만 얼굴과 복부의 급소로 날아오는 주먹과 발에 대해서만 왼팔을 들어 막는 정도가 그가 할 수 있는 전부였다.

박일우의 주먹과 발에 맞아 이리저리로 밀리는 김산을, 주변에 둘러싸고 있던 청년들이 간간이 발길질과 주먹질을 하며 가운데로 몰아넣었다.

몰매였다.

그것도 사람을 때리는 것에 대해 어느 정도의 전력들을 가진 자들이 작정하고 때리는 매라, 김산이 느끼는 충격과 고통은 그가 이때까지 한 번도 맛보거나 상상해 보지도 못했던 정도였다.

김산의 얼굴은 금방 피투성이로 변해 버렸다.

그러나 이상하게도 지금 김산에게는 지난번 박일우에게 당하던 때와 같은, 죽을 것 같다는 공포 같은 것은 없었다.

정말로 이상하게도 이런 위급과 고통의 순간에조차도 김산은 비교적 침착하게 틈을 보고 있었다.

김산이 지금 보고 있는 틈은, 십여 명 청년들의 포위망을 뚫고서 도망갈 수 있는 틈이었다.

일단은 이 지하 주차장으로부터 벗어나야만 했다.

그러기 위해서는 우선은 고분고분하게 놈들의 매를 맞고 있어야만 한다는 판단이 들었다.

놈들의 방심이야말로 김산이 지금 기대할 수 있는 유일한 틈인 것이다.

물론 몸에 떨어지는 타격에 대해서는 최대한도로 그 충격을 완화시켜야만 하고, 또한 넘어지지 않도록 최대한 버텨야만 했다.

그래야만 한순간의 틈이 왔을 때, 놈들이 미처 예상하지 못했던 맹렬함으로 이곳을 탈출하기 위한 단 한 번의 시도를 해볼 수 있을 것이었다.

그러한 김산의 판단은 '할배의 기술'에서 언급된 바도 없는 것이었고, 또한 그의 어떤 직간접적인 경험에서 나온 것도 아니었다.

다만 지금의 이 절박한 심정 속에서 우러나온, 반드시 그래야만 할 것 같은 절실한 직감 같은 것이었다.

박일우는 거의 광분하고 있었다.

그가 지금 생각하고 있는 것은 오로지 김산을 자빠뜨리고 지근지근 밟아주겠다는 것뿐이었다.

선배들은 지금 자신이 화를 풀 수 있도록 기다려 주고 있었다.

그런데 자신이 그렇게 치고 차는데도 불구하고, 그리고 제대로 반격도 하지 못하는 상황인데도, 김산은 끝까지 꿋꿋하게 버티고 서 있는 것이었다.

어느 순간 박일우의 눈에 주차장 한쪽 구석에 뒹굴고 있는 굵직한 각목 하나가 들어왔고, 박일우는 곧바로 달려가서 각목을 집어 들었다.

"야! 일우야! 적당히 해둬라. 이 새끼하고 할 말도 좀 있고 하니 말이야."

청년들 중의 하나가 진정시키듯이, 그리고 한편으로는 주의를 주듯이 말했다.

그러나 박일우는 오히려 급한 마음이 들었던지 '개새끼!' 하고 분한 외침을 뱉으며 김산을 향해 내달았다.

김산에게로 가까이 다가서며 박일우는 머리 위로 한껏 치켜든 각목을 그대로 김산의 머리를 향해 내려쳤다.

김산의 머리가 박살이 나고 안 나고 하는 것은, 그리고 그 결과로 김산이 죽고 살고 하는 것은 지금 박일우에게는 일단 나중의 문제였다.

당장에 터질 것 같은 분노를, 자신에게 주어진 시간과 기회 안에서 해소하는 것만이 급했다.

그러지 않으면 박일우 자신이 먼저 미치고 말 것 같았으니까.

그 순간 김산은 납작 허리를 숙이면서 오히려 박일우의 품 속으로 파고들었다.

그리고 박일우의 턱 바로 밑에서 솟구치듯이 허리를 일으 켜 세우면서 왼손으로 머리 위로 떨어지고 있는 각목의 손잡 이부를 움켜잡았다.

동시에 박일우의 복부로 그의 오른 주먹이 꽂혀들었다.

"헉!"

짧고 급하게 헛바람 들이켜는 소리와 함께 박일우의 몸이 순간적으로 흠칫 굳었다.

비록 제대로 힘이 실리지 못한 김산의 오른 주먹이었지만, 그래도 정확하게 명치에 틀어박혔던 것이다.

다음 순간 김산은 왼손을 강하게 비틀어 박일우에게서 각 목을 뺏어 들었다.

붕!

부웅!

왼손 하나로 사뭇 어설프게 휘두르는 각목이었지만, 김산 이 마구잡이로 휘둘러 대는 각목에는 패거리들이 섣불리 다 가설 엄두를 내지 못하게 할 만큼의 섬뜩한 기세가 담겨 있었 다.

처음에는 개중에서도 우람한 덩치가 돋보이는 놈 하나가

팔뚝과 어깨로 각목을 받을 각오로 김산에게 접근을 시도하기도 했으나, 놈의 어깨에 각목이 떨어지는 즉시로 놈은 외마디 비명 소리를 토하며 그대로 바닥으로 나뒹굴고 말았다.

그리고 그 다음부터는 누구도 김산에게 함부로 접근을 하지 못하게 된 것이었다.

김산은 기세를 살려 패거리들을 몰아붙이며 바깥으로 통하는 통로 쪽으로 이동해 가고 있었다.

"새끼들아! 뭐 해! 저 새끼 잡아!"

김산이 입구 쪽과 가까워져 가자 무리들 중 보스로 보이는 자가 급하게 외쳤다.

그리고 그사이 주변에서 손에 쥘 것을 찾아 든 패거리 중의 몇 놈이 앞장서며 거칠게 각목 등을 휘두르며 감산에게로 덮쳐들었다.

그러나 그때 김산은 패거리 사이의 찰나적인 틈을 발견하고서 바깥을 향해 전력으로 달려나가고 있었다.

"막아!"

보스가 다시 외쳤으나, 사력을 다해 각목을 휘두르며 달려가는 김산의 기세에 정면에 있던 맨손의 두 놈이 불가항력으로 길을 비켜서고 말았다.

순간 김산은 무조건 바깥을 향해 뛰었다.

해는 이미 넘어간 것 같았으나 주위는 아직 환했다.

마침 상가 주변을 지나고 있던 몇몇의 행인들은 자신들의 눈앞에서 갑작스럽게 벌어지고 있는 살벌한 백주의 추격전을 대하고는 얼른 움츠리며 길 한옆으로 비켜서야만 했다.

김산은 얼마 도망치지 못해 패거리에게 뒤를 따라잡히고 말았다.

역시 불완전한 반쪽의 몸이 문제였다.

그의 왼쪽 다리는 걸을 때는 큰 무리가 없었으나, 지금 전력을 다해 뜀박질을 하게 되자 외견상으로도 완연하게 쩔뚝거리는 모양이 드러나고 있었다.

그러니 그가 건장한 청년들의 추격을 따돌리기란 거의 불가능한 일이었던 것이다.

바라볼 수 있는 유일한 희망은 누군가의 도움을 받는 것이었다.

그러기 위해서는 좀 더 사람들이 많은 곳으로 도망쳐야 했고, 최소한 조금이라도 더 시간을 끌어야만 했다.

"거기 서, 새꺄!"

악다구니를 쓰며 따라붙는 패거리들과의 거리가 좁혀질 때마다 김산은 죽을힘을 다해 각목을 휘둘렀다.

한 가지 다행인 것은, 단거리였지만 전력으로 질주해 온 패거리들이 숨을 헐떡이는 것에 비해, 김산은 아직까지는 별반 지친 것 같지 않다는 점이었다.

그런 덕분으로 김산이 마구 휘둘러 대는 각목은 여전히 위협적이었다.

또한 그런 까닭으로 패거리들은 김산을 다 따라잡고도 막상 어떻게 하지 못하고 멈칫거리는 통에 다시 김산과의 거리가 벌어지기를 벌써 몇 차례나 반복하고 있었다.

그러나 그런 추격전의 양상도 그리 오래가지는 못했다.

패거리 중 일부가 길을 우회하여 김산의 앞으로 돌아왔고, 김산은 마침내 길 한복판에서 놈들의 포위망에 다시 갇히고 말았던 것이다.

길 건너편 쪽으로는 구경꾼들이 하나둘씩 늘어나고 있었다.

그리고 그것이 신경에 거슬렸던 듯, 보스 격의 놈이 조금은 서두르는 기색으로 짧게 외쳤다.

"까버려!"

그것을 시작으로 놈들은 그야말로 무차별적으로 손에 든 각목과 방망이들을 휘두르기 시작했다.

붕!

부웅!

휙!

휘익!

그에 맞서 김산은 지금껏 도망치는 중에도 끝까지 버리지 않고서 움켜잡고 있던 각목을 마주 휘두르며 놈들에게 저항했다.

그러나 이미 상대가 되지 않는 싸움이었다.

김산 하나를 둘러싸고 십여 놈이 마구잡이로 휘둘러 대는 그 무지막지한 몰매에, 혼자로서는 무슨 허점 파악이니, 기술이니 하는 따위가 통할 리 만무했다.

콰직!

나무 부러지는 소리와 함께 김산의 손에 들렸던 각목이 두 동강이 나버렸고, 이어 김산의 전신으로는 놈들의 무자비한 타작질이 떨어졌다.

퍽!

퍼억!

따악!

전신이 부서지고 으스러지는 고통 속에서도 김산은 오직 한 가지 생각에만 맹목적으로 매달리고 있었다.

'여기서 무너져 버리면 끝장이다. 경찰이 올 때까지만이라도 버텨야 한다.'

그 절박한 생각 하나로 김산은 쏟아지는 몰매 중에도 가까이에 있던 한 놈을 향해 돌진했다.

"어어……? 이 새끼가……?"

김산에게 허리를 붙잡힌 놈은 당황해하는 중에도 무릎을

올려 차고, 팔꿈치로 김산의 어깨를 내려찍었다.

그러나 김산은 놈의 겨드랑이 사이에다 머리를 박은 채로, 그리고 놈의 허리 뒤로 양손을 깍지 낀 채로 필사적으로 버티기 시작했다.

또한 놈을 방패막이 삼아 이리저리 마구 방향을 틀어대면서 놈들의 몰매를 조금이라도 피하고자 했다.

"허! 이 새끼 이거, 완전 꼴통이네?"

놈들 중 누군가가 잠시 어이없다는 듯 말을 뱉었으나, 이내 밖으로 드러나는 김산의 등이며 다리 등에 대해 집중적으로 매가 떨어졌다.

퍽!

퍼억!

겨냥된 타격이 가해질 때마다, 김산의 몸은 크게 움찔거렸다.

그리고 놈들 중에는 집요하게 김산을 따라붙으며 주먹과 발로 김산의 얼굴 부위만을 노려 치는 놈도 있었다.

그런 때문에 진작부터 피투성이가 되어 있던 김산의 얼굴은 이제 머리로부터 흘러내리는 피가, 그가 머리를 박고 있는 놈의 옆구리 쪽 옷자락을 흠뻑 적시는 것으로도 부족해 바닥으로 점점이 굵은 방울을 이루며 떨어져 내리고 있었다.

끝이 없다 싶을 정도로 몰매를 맞던 중 어느 순간에, 김산은 문득 자신에게 어떤 한계가 오고 있다는 생각을 했다.

그것은 육체적인 고통의 한계는 아니었다.

고통이라면 차라리 벌써부터 익숙해지고 있다고 해야 했다.

두려움이나 공포 따위도 아니었다.

그것들에 대해서도 김산은 이미 둔감해져 있었으니까.

그 한계는 절망이나, 혹은 포기 같은 것이었다.

그리고 곧 용하게도 잘 버텨주던 전신에서 갑작스럽게 힘이 빠져나간다는 느낌과 함께, 김산은 더 이상은 버티기 어렵겠다는 생각을 했다.

김산의 귀에 마치 환청인 것처럼 '삐용삐용' 하는 사이렌 소리가 들린 것은 바로 그 즈음이었다.

그리고 그 소리는 금방 환청이 아닌, 실제의 소리로 선명하게 들려왔다.

삐용삐용!

경찰차의 사이렌 소리였다.

그리고 막 느슨해지려던 김산의 양팔에 다시금 힘이 들어갔다.

그때 보스 놈의 명령이 있었다.

"야! 짭새들 오기 전에 이 새끼 끌고 가!"

이어서 몇 놈이 달라붙어서는 김산의 다리와 허리 등을 번쩍 들어 올리는 것이었다.

경찰을 피해 놈들의 본거지나, 다른 곳으로 끌고 가려는 것일 터였다.

순간 김산은 있는 힘껏 소리를 지르며 발작적으로 전신을 마구 비틀어 발버둥을 쳤다.

"으아아악!"

그 한번의 발악에 자신에게 남은 마지막 힘을 다 쏟아내기라도 한 듯, 김산에게서는 순간적으로 가히 폭발적인 힘이 발휘되었다.

그리고 그 통에 김산의 몸을 받쳐 들고 있던 서너 놈들은 김산의 몸을 놓치는 것으로도 부족해 일시 사방으로 튕겨나고 말았다.

그리고 그 순간에 김산은 벌떡 몸을 일으켜 사이렌 소리가 나는 쪽을 향하여 무작정 뛰기 시작했다.

뛴다기보다는 왼 다리를 땅에 질질 끌면서 필사적으로 걷는 것이었지만.

놈들은 도망치는 김산을 뒤쫓아 붙잡으려고 했다.

그러나 그때 백여 미터 앞쪽의 길모퉁이에서 경찰차 한 대가 천천히 미끄러져 나오고 있었다.

번쩍이는 경광등과 사뭇 요란하게 '삐용!' 거리는 사이렌 소리와는 달리, 그다지 급하지도 않은 속도로.

그리고,

"일단 튀자!"

하는 보스 놈의 외침이 있었고, 그에 놈들은 곧바로 사방으로 흩어져서 달아났다.

처음에 김산은 무작정으로 경찰차를 향해 달려가려고 했었다.

그러나 경황 중에도 놈들이 쫓아오지 않는다는 것을 알았고, 또 경찰차의 사리렌 소리와 번쩍이는 경광등 불빛이 너무도 선명하게 눈에 들어오자 문득 다른 생각이 드는 것이었다.

사실은 그 또한 아무런 거리낌 없이 경찰에게 보호를 요청할 처지는 아니라는 생각이었다.

그가 거의 일방적으로 폭행을 당했다지만, 시작은 그와 박일우의 싸움이었으니, 어쨌든 김산 자신 또한 싸움의 당사자로 되는 것이었다.

그리고 또 한 가지 퍼뜩 생각이 미친 것은, 지금 그의 얼굴이었다.

경찰에게 보호를 요청한다면 신분을 밝혀야 할 테고, 그런 중에 다소 시간이 걸리는 얼굴의 변용을 푸는 과정을 생생히 보여주어 '두 얼굴의 사나이'로 인한 소란을 일으킬 수도 없는 노릇이 아닌가.

다시 말해 지금의 그는 경찰에게 밝힐 신분이 없다는 얘기가 되는 것이었다.

경찰차와 대략 삼십여 미터의 거리가 되었을 때, 김산은 마침 바로 옆으로 갈리는 좁은 골목길로 뛰어들었다.

그리고 경찰차는 간발의 차이로 김산을 지나쳤다.

경찰이 온통 피투성이에다 만신창이가 된 모습의 김산을 발견하지 못했는지, 아니면 발견하고도 그들이 신고받은 지점으로 먼저 가서 신고자에게 자신들이 제때에 출동했다는 것을 인정받는 일이 더욱 급했는지는 알 수 없는 일이었다.

4. 유보(留保)

골목 안쪽 막다른 곳에 종이 박스와 폐지 등을 가득 실은 작은 리어카 한 대가 세워져 있었다.

김산은 그 리어카 뒤쪽의 담벼락에 기대앉아 있었다.

주머니를 뒤졌더니, 그 난리통에도 다행히 휴대폰은 그대로 있었다.

김산이 휴대폰을 가지고 다니면서도 쓴 일은 거의 없었다.

그나마 몇 차례 전화를 받은 일은 있었지만 걸 일은 없었으니, 지금 할배에게 거는 이 전화가 아마도 처음일 것이었다.

또한 그렇기에 김산이 평상시처럼 별일 아니라는 것처럼 말하려고 애를 썼음에도 불구하고 '좀 와달라!' 는 김산의 한 마디에, 수화기 저편의 할배의 목소리는 대번에 급해지고 있었다.

할배가 곧 온다는 사실만으로도 김산은 말로 할 수 없을 정도의 든든한 마음이 되었다.

할배는 김산에게 세상에서 가장 믿고 기댈 수 있는 두 사람 중의 한 사람인 것이다.

만난 지 얼마나 되었는가는 전혀 관계가 없는 일이었다.

두 사람이 나눈 마음의 교류가 얼마나 질기고도 끈끈한 것이었는지가 중요할 뿐.

마음이 안정되고 나자, 기다리기라도 했다는 듯 그제야 온몸의 감각들이 새삼 깨어나며 마구 아우성들을 치기 시작했다.

그래도 고통은 이미 넘치도록 각오하고 있던 터라, 김산에게는 차라리 당연하다는 느낌이었다.

더욱 신경을 쓰게 만드는 것은 머리 위 정수리 부근의 따뜻하면서도 스멀거리는 느낌이었다.

김산이 가볍게 머리 위를 쓰다듬어 손바닥을 보니 아주 흥건하게 피가 묻어 나왔다.

그 선명한 붉은색 때문이었는지, 김산은 갑자기 머리가 어질거리고 속까지 메스꺼워지는 것 같았다.

급한 대로 우선은 손수건을 꺼내어 상처 부위를 눌러보았으나, 금방 흥건히 젖어들고 마는 것이 손수건 정도로는 감당이 될 일이 아니었다.

김산은 자신도 모르게 잔뜩 인상을 찡그리고 있다가 문득 피식하고 웃고 말았다.

머리에서 펑펑 피가 솟구치고 있다는 생각을 하자, 좀 전까지 그 험악한 상황에서도 떠올리지 않았던, 예의 그 '이러다 죽겠다' 하는 생각이 아련한 두려움과 함께 설핏 들고 있었던 것이다.

김산은 나직이 소리 내어 중얼거렸다.

"이건 본래의 김산이 해야 될 생각이다."

그리고 김산은 언뜻 지금의 자신이 가장 급하게 해야 할 것이 바로 그 '본래의 김산' 으로 돌아가는 일이라는 생각을 떠올릴 수 있었다.

얼굴을 다시 바꾸는 일 말이다.

변용을 푸는 일은 평상시보다 쉽지가 않았다.

피를 많이 흘린 것과 연관이 있는지는 모르겠으나, 운기(運氣) 시의 진기의 흐름이 부드럽지 못하고 파동 치듯이 출렁거리는 것이, 도무지 운기를 진행시켜 나갈 수가 없을 정도였다.

그러면서 김산은 점차 자신의 정신이 혼미해지고 있다는 생각을 했다.

실제로도 김산은 가물가물하게 정신을 놓고 있는 중이었다.

시간은 잠시 멈추어 있는 것 같았다.

아니, 그런 감조차도 없이 김산은 얼마간인가를 그렇게 비몽사몽으로 있었던 것 같았다.

"흩어져서 놈을 찾아라! 놈이 근처 어딘가에 짱박혀 있을지도 모른다."

가까운 곳에서 들리는 사뭇 귀에 익숙한 놈들의 외침 소리에 김산은 퍼뜩 정신을 차렸다.

그리고 급히 몸을 일으켰다.

아니, 일으키려고 했으나, 그것은 마음뿐이었다.

반쯤 몸을 일으키다가 아찔한 현기증이 치미는 바람에 김산은 자칫 앞으로 고꾸라질 뻔했다.

간신히 벽에 기대어 잠시 정신을 차린 다음에야 김산은 힘겹게 몸을 바로 세울 수가 있었다.

일단은 위치를 옮겨야만 했다.

할배가 곧 올 것이고, 앞쪽으로 보이는 10층짜리 상가 앞에서 만나기로 했으니. 이 근처에서 멀리 갈 수는 없었다.

그러나 어쨌든 당장에 놈들의 손으로부터는 벗어나야만

하는 것이었다.

휘청거리며 힘겹게 걸음을 옮기느라 김산은 자신의 뒤로 점점이 핏방울이 떨어지고 있다는 것조차 느끼지 못하고 있었다.

얼마나 마음이 급했던지, 운전대를 잡고 있는 할배의 손에는 식은땀이 홍건하게 고여 자칫 손이 미끄러질 정도가 되어 있었다.

그러나 할배의 오랜 경륜은 침착을 강요하고 있었다.

도로 주변으로 몇 개의 상가들이 보였고, 이윽고 오른쪽으로 찾고 있던 10층짜리 상가가 보였다.

그러나 할배는 곧바로 차를 세우지는 않고 일단은 그곳을 지나쳐 갔다.

약속된 위치에 김산이 보이지 않았고, 그렇다면 내려서 찾는 것보다는 차로 주변을 먼저 둘러보는 것이 여러모로 나을 것 같았다.

기준이 되는 상가를 두고 한 바퀴 주변 도로를 거의 다 돌았을 즈음, 앞쪽의 한 골목길 입구에 십여 명의 사람들이 몰려 있었다.

골목 안에서 벌어지는 어떤 소동을 구경하고 있는 중인 것 같았다.

지금의 위치에서 골목 안의 광경이 보이지는 않았지만, 미리 활짝 열어둔 차창을 통해 여러 명의 사내들이 내는 거친 고함 소리와 악다구니들이 들려왔다.

할배는 골목 바로 입구의 도로 가에 차를 세웠다.

끼익!

가벼운 브레이크 음이 났다.

침착하자고 했지만, 자신도 모르게 브레이크를 밟는 발에 힘이 들어갔던 모양이었다.

할배는 차에서 내려 곧장 골목 안쪽을 향해 달렸다.

빠른 속도였지만, 요란스럽지 않고 가벼운 몸놀림이었다.

주위를 둘러싼 십여 명의 패거리 사이로 바닥에 나뒹군 채 마구 짓밟히고 있는 젊은이 하나가 보였다.

그는 이미 의식을 잃은 상태인 듯 축 늘어져 있었으나, 그 흐트러진 체형만으로도 할배는 그가 바로 김산이라는 것을 알 수 있었다.

할배는 할 수 있는 최대한의 속도로, 그러나 조용히 앞을 향해 달렸다.

달리는 중에 할배는 간단히 허리춤의 혁대를 빼 들어 손에 쥐었다.

길고 두터워 보이는 시커먼 가죽띠에 유난히 커 보이는 하얀 버클이 무엇인가에 반사되어 언뜻 반짝하는 빛을 내고 있었다.

그러나 대여섯 걸음을 전력으로 질주해 가던 할배는 무엇을 보았는지, 일시 멈칫하며 급하게 몸을 멈춰 세우고 있었다.

몰매를 당하던 젊은이가 꿈틀하며 몸을 뒤틀었는데, 순간적으로 보인 얼굴이 낯설었던 때문이었다.

그 얼굴은 절대로 할배가 찾고 있는 김산이 아니었다.

할배의 얼굴에 짙게 극심한 당황과 혼선이 어렸다.

그것은 젊은이를 도와야 할지 말지에 대한 혼선이 아니었다.

자신의 섣부른 판단으로 어쩌면 지금 또 다른 곳에서 다급함을 맞고 있을 김산에게서 멀어져 버렸다는 절박함이었다.

바로 그때, 희미한 외침 하나가 할배에게 들렸다.

그 외침 소리는 희미하고 무력하였으나, 사력을 다해 부르짖는 절규 같은 것이었다.

"할배!"

막 돌아서려던 할배의 몸이 움찔하고 떨렸다.

그리고 할배의 얼굴에는 다시금 극도의 혼란과 당혹스러움이 깔렸다.

그러나 그것은 아주 짧은 시간에 불과했다.

세상에서 그를 '할배' 라는, 그 특이하면서도 정감에 가득

찬 이름으로 부를 사람은 단 한 사람밖에 없는 것이었다.

바로 김산이었다.

비록 얼굴은 아니었지만, 그 한마디로 그는 김산일 수밖에 없었다.

"이놈들!"

불가(佛家)에서 말하는 사자후(獅子吼)가 바로 이런 것일까?

할배의 고함 소리는 무한한 분노와 절박함을 담고서 우렁우렁하게 골목길 전체를 울렸다.

그 고함 소리를 들으며 김산은 희미하게 미소를 떠올렸다.

지극한 안도가 담긴 미소였다.

희끗희끗한 머리로 보자면 분명 노친네인데, 우렁찬 고함 소리와 함께 달려드는 할배의 그 장골의 기세는 결코 노인의 것이 아니었다.

쉭!

빡!

쉬익!

빠각!

할배가 휘두르는 혁대는 그런 소리를 내고 있었다.

바로 그 유난히도 커 보이는 버클이 마구잡이로, 그러나 겨냥이라도 한 듯 비교적 정확하게 패거리의 대갈통을 갈기는 소리였다.

마치 광풍처럼 휘몰아치는 그 맹렬한 혁대질(?)에 금방 사방에서 피가 튀었고, 고통과 공포에 질린 처절한 비명 소리가 잇달아 터져 나왔다.

"악!"

"크윽!"

거의 연속적이다시피 서너 놈이 머리가 깨져 피를 철철 흘리면서 고꾸라지고 있는데도, 할배의 난폭함은 조금도 숙여들지 않고 있었다.

그 거친 단호함과 잔혹함은 가히 감당 불가의 것이라, 대가리들을 감싸 안고 바닥에 주저앉아 버린 서너 놈을 제외한 나머지 놈들이 거의 혼비백산하다시피 하여 뒤로 멀찍이 물러서고 있었다.

그러나 할배는 거기에서 멈추지 않았다.

마치 무슨 철천지원수라도 만났다는 듯, 놈들을 뒤쫓아가는 것이었다.

할배의 그 악착같은 기세는 거의 인간의 것이 아니라 무슨 악귀같이 보였다.

놈들은 다른 생각을 할 여지도 없이 주춤주춤 뒤로 물러서기에 바빴다.

그런 중에도 할배는 그중 가운데에 있는 한 놈을 손가락으로 지목해서는 기어이 쫓아가서 결국은 놈의 두개골에 빨간 칠을 해놓고야 말았다.

빡!

"크악!"

그대로 바닥으로 주저앉으며 내지르는 놈의 처절한 비명 소리에 나머지 대여섯 놈들은 아예 등을 보이고 도망을 쳐버렸다.

그러자 할배는 더 이상 놈들을 쫓는 대신에 성큼성큼 큰 걸음으로 되돌아와서는 재빨리 김산을 등에다 들쳐 업었다.

이십여 미터 떨어진 곳에서는 놈들이 한데 모여 이쪽의 동정을 살피고 있었다.

놈들의 기색에서는 아직까지 황당함이 그대로 남아 있었다.

하긴 생각할 틈을 주지 않고 벼락같은 기세로 몰아친 할배의 기세에 속수무책으로 당하긴 했지만, 이제 조금 정신을 차리며 생각해 보니, 생각할수록 어이가 없는 일일 것이었다.

그러나 동시에 그 어처구니없음에 대한 반발 또한 이내 생겨난 모양으로, 놈들은 각목이며 쇠파이프 등을 곧추세우고 조금씩 이쪽을 향해 거리를 좁혀오고 있었다.

하지만 그렇다 하더라도 아직까지는 좀 전 할배가 보여주었던 그 단호함과 잔혹함의 공포가 남아 있었던지, 곧바로 거리를 확 좁혀오지는 못한 채 사뭇 조심스럽게 다가오고 있는 중이었다.

"할배!"

등 뒤에서 들려오는 희미한 목소리에 잔뜩 굳어 있던 할배의 어깨 근육이 살짝 풀리며 한결 부드러워졌다.

김산이 온몸이 만신창이가 될 정도로 많이 다치기는 했지만, 그래도 자신을 알아볼 정도의 의식이 있다는 것에 대해 할배도 조금은 안심이 되는 것이리라.

더불어 또 한 가지의 안도가 있기도 했다.

바로 지금 자신이 업고 있는 이 청년이, 비록 처음 보는 울퉁불퉁한 기괴한 얼굴을 하고 있지만, 그가 바로 김산이라는 데 대한 새삼스러운 확신이었다.

"도련님! 조금만 참으십시오. 일단은 여기를 벗어나야 합니다."

할배는 힐끗 뒤를 돌아보며 놈들과의 거리와 도로 가에 세워놓은 차와의 거리를 가늠하였다.

사실 할배의 숨은 이미 거칠어져 있었고, 다시 한 번의 싸움을 치르기에는 많이 지쳐 있는 상태였다.

그리고 처음부터 기선 제압의 묘를 살렸던 것이 기대 이상의 효과를 거두긴 했지만, 이미 한 번 당해본 이상 놈들도 이제 좀 전과 같이 어이없게는 당하지 않을 터였다.

이제 다시 제대로 싸움이 벌어진다면, 아무래도 할배 혼자로서는 건장한 청년들인 놈들을 상대하기가 벅찰 것이라는 각오를 해야만 했다.

더구나 김산의 상태가 위급한 지금, 놈들과 싸움을 벌일 형편은 더욱이 되지 못하였다.

할배는 최대한 느긋한 걸음걸이로 차로 다가가서 뒷문을 열고 김산을 태웠다.

그때 놈들이 속도를 내서 달려오는 것이 보였지만 할배는 그다지 서두르지 않았다.

조심스럽게 차 문을 닫고 나서야 할배는 몸을 돌려 놈들을 향해 우뚝 서며, 예의 그 우렁찬 '사자후'를 다시 한 번 토해냈다.

"이놈들!"

그리고 할배는 머리 위로 혁대를 치켜 올려 휘두르며 놈들을 향해 마주 달려나갔다.

할배의 그 기세는 오히려 처음보다 더했으면 더했지, 조금도 못하지 않았다.

당장에 달려오던 놈들의 기세가 주춤하며 늦추어졌고, 개중 두어 놈은 벌써 엉덩이부터 뒤로 빼고 있었다.

그러나 막상 할배가 실제로 달려나간 것은 운전석까지의 두세 걸음뿐이었고, 놈들이 주춤하는 사이에 차로 올라타 시동을 걸었다.

부르릉!

그제야 속았다는 것을 눈치 챈 놈들이 다시 전력을 다해 달려오기 시작했다.

그러나,

부우우우웅!

최대한으로 가속페달을 밟는 가속음과 함께 차가 팅기듯이 앞으로 달려나갔다.

끼이이이익!

급출발에 놀란 타이어가 찢어지는 듯한 비명 소리를 토해 냈다.

차는 놈들이 달려오는 쪽을 향해 급가속으로 달려나갔다.

그러나 그 굉음에 가까운 엔진 소리와 차가 내고 있는 엄청난 가속도에 차를 향해 육탄으로 달려들 놈은 없었다.

대신 놈들은 부산했다.

"야! 번호판 봐!

"번호판에 청 테이프 발라놨습니다."

"으아아아! 씨발!"

김산은 차 뒷좌석에 누워 있었다.

그런데 피투성이인 채로 그의 얼굴이 서서히 변하고 있

었다.

본래의 그의 얼굴로, 본래의 김산으로 돌아가고 있는 것이었다.

그 변화의 과정은 아주 느리게 진행되고 있었지만, 다급한 마음으로 두 눈을 부릅뜬 채 앞쪽만 주시하고 있는 할배는 뒷좌석에서 일어나고 있는 그 기상천외의 장면을 보지 못하고 있었다.

팔목으로 연결된 가느다란 투명 호스를 통해 한 방울씩 액체가 흐르고 있었다.

링거 수액이었다.

너무나 익숙한 광경이며 느낌이었다.

그러나 또한 예전과는 전혀 다른 새로움이 있었다.

절망 대신에 안정과 푸근함이 있었다.

집이었다.

그리고 김산 자신의 방 안이었고, 그의 침대였다.

가만히, 가느다랗게 실눈을 뜨자, 침대 옆에 걱정스러운 얼굴로 서 있는 할아버지와 무슨 큰 죄라도 지은 사람마냥 잔뜩 위축된 얼굴을 한 할배가 조심스럽게 흰 가운 차림의 의사의 말을 듣고 있었다.

"출혈이 좀 과다했고, 전신 곳곳에 심한 타박상을 입기는 하였으나, 다행히 골절이라든지 당장에 수술을 요하는 상황은 없어 보입니다. 그러나 엑스레이 촬영을 포함해 몇 가지의 정밀 검사를 해봐야 정확한 진단이 가능할 것이니, 환자가 의식을 찾는 대로 며칠간이라도 입원 치료를 하는 것이 나을 듯싶습니다.”

할아버지는 무겁게 고개를 끄덕이며 힐끗 할배를 봤다.

그 눈길에 질책이 다분하였다.

당장에 할배의 몸이 움찔하는 것 같았다.

그런 모습들을 실눈으로 보며 김산은 입가로 슬그머니 떠오르는 미소를 참기가 어려워졌다.

그 미소는… 행복에 겨운 것처럼 보였다.

“그게 뭐였어요?”

할배와 둘이 있게 되었을 때 김산이 그렇게 물었다.

할배는 시원스럽게 대답을 하지 않고 표시나게 불만스럽다는 표정만 짓고 있었다.

그러나 김산이 계속 눈짓으로 독촉을 하자, 마지못한 듯 불퉁한 목소리로 대답했다.

“혁댑니다.”

“혁대? 허리띠 말인가요?”

“예!”

김산은 언뜻 묘한 표정이 되었다가 이내 은근한 눈빛이 되어 할배를 보았다.

그에 대해 할배는 당장에 불안한 표정이 되었다.

이윽고 김산이 싱긋한 웃음으로 할배와 눈을 맞추며 말했다.

"그거… 저한테도 좀 가르쳐 주세요."

할아버지는 김산에게 하고 싶은 말씀이 있는 듯했으나, 한동안 망설이는 모습이었다.

할배가 침대에 누워 있는 김산에게 마지못해 '혁대 쓰는 법'을 시범 보이는 중에 갑자기 방문을 열고 들어왔을 때도 할아버지는 짐짓 모르는 체 넘기는 기색이었다.

기겁을 한 할배 혼자서 얼렁뚱땅 딴전을 피우느라 괜한 요란을 떨었다.

할아버지는 아마도 김산이 당신의 얘기를 받아들일 만큼 차분해지기를 기다리는 듯했다.

이윽고 하루는 할아버지가 김산이 누워 있는 침대의 머리 맡에 의자를 놓고 앉았다.

할배는 할아버지의 무거운 기색을 눈치 채었는지, 슬그머니 자리를 피해 버렸다.

할아버지의 목소리는 잔잔하게 가라앉아 있었다.

"네가 무엇을 하던 굳이 못하게 하고 싶지는 않다. 약간의 도움과 조언을 해주는 정도는 몰라도 결국은 네가 스스로 결정하고, 헤쳐 나가고, 또한 책임져야만 하는 네 인생이기 때문이다. 하지만 요즘에 네가 하고 있는, 그리고 앞으로도 계속해서 하려고 하는 것으로 보이는 그 행동들에 대해서는 걱정이 많이 된다. 어떤 이유이든, 어떤 명분이든, 그것이 결국은 폭력인 때문이고, 그렇다면 또한 사회의 상식과 질서에 반하는 일이기 때문이다. 물론 네 심정에 어떤 억울함과 분노가 있기 때문일 것이라는 점은 이 할애비도 기꺼이 이해하려고 노력할 것이다. 뿐만 아니라 네가 어떤 입장에 처해 있더라도, 또 어떤 심정에 있더라도, 기꺼이 네 편이 되어줄 것이다. 그건 네가 나와 한 가족이라는 이유만으로도 충분히 당연한 일이기 때문이다."

김산은 가만히 할아버지를 불렀다.

"할아버지!"

김산의 그 목소리에는 무언가를 호소하는 느낌이 녹아 있었다.

그러나 할아버지는 가만히 고개를 끄덕이며 자신의 말을 계속했다.

"잠시만 시간을 가지라는 말을 네게 해주고 싶다. 지금은 그럴 때가 아니라는 말을 네게 해주고 싶다. 적어도 네가 성인이 되어서, 네 스스로 자립하여 사회의 한 구성원으로서의 자격과 능력을 갖출 때까지는 지금 네가 품고 있는 그 격정과 분노, 그리고 판단과 결정을 잠시만, 다만 몇 년간만 유보해 두라는 말을 해주고 싶다. 그래도 늦지는 않을 것이다. 이 할 애비의 생각으로는 지금 네게 보다 시급한 것은 따로 있지 싶은 것이다."

방학이 끝나고 2학기가 시작되었으나, 김산은 지독한 감기 몸살과 폐렴을 사유로 학교에다 일주일간의 병결서를 냈다.

5. 10년의 약속

몇 달의 시간은 금방 흘러가 버렸다.

시간의 의미는 누구에게나 다 다르겠지만, 고3의 2학기의 시간은 각자에게 어떤 의미로든 쏜살같이 흘러가 버렸다.

늦가을로 접어드는 듯하더니 성큼 겨울이 다가왔고, 고3은 수능을 치렀다.

그리고 '가' 군이니, '나' 군이니, '다' 군이니, 논술이니, 구술이니 하는 한바탕 입시의 홍역이 지나갔다.

장훈은 서울대학(서울에 있는 대학)의 체육교육과에 합격을 했다.

조유진은 아들이 공무원되기를 소원한다는 그의 아버지의 바람대로 부산대학(부산에 있는 대학)의 행정학과에 무난히 합격을 했다.

김산은 수능을 쳤으나, 막상 대학에 지원하지는 않았다.

그는 할아버지의 권유와 그 스스로의 숙고 끝에 유학을 준비하고 있는 중이었다.

봄이 시작된다는 입춘(立春)은 벌써 지났고, 얼음이 녹아 물이 된다는 우수(雨水)마저 며칠 전에 지났는데도 아직까지 날씨는 때때로 매섭다 할 정도로 이삼 일 간격으로 추위가 맹위를 떨치곤 하였다.

추운 날씨였지만 졸업식은 예정대로 운동장에서 열렸다.

기념사, 그리고 시상과 수상이 마치 대부분의 졸업생들과는 관계없는 소수의 몇몇만을 위한 행사이기라도 한 것처럼 지리하게 이어졌다.

식순이 모두 끝나고 나자 졸업생들이 제각기 가족들과 함께, 혹은 끼리끼리 기념 사진을 찍느라 운동장은 구석구석까지 분주하였다.

그들 틈에 어울려 김산도 조유진과 장훈, 그리고 여동훈 등과 함께 기념 사진을 찍었다.

묘하게도 졸업식 날까지도 그들 산사모의 멤버들은 그들끼리만 모여 간신히 소외를 면하고 있는 모양새였다.

또한 한 사람의 가족도 오지 않은 것으로도 그들은 끝내 공통점을 과시하고 있었다.

김산 역시 아무도 오지 않았다.

할아버지와 할배와는 졸업식 후 따로 식사하는 자리를 만들어놓았다.

김산이 그렇게 원하였기에 두 노인들도 크게 이의를 달지는 않았다.

그리고 이모네 식구들에게는 따로 알리지도 않았었다.

정들은 가족들인지, 김산으로서는 알지 못하는 많은 사람들로 둘러싸여 있었다.

그리고 제법 많은 여학생들과 몇몇의 남학생들이 그녀와 기념 사진 찍기를 원하며 주변에 몰려들어 있었으나, 그들 중의 몇몇만이 마치 선택되듯이 사진을 찍곤 하였다.

김산은 문득 성큼성큼한 걸음으로 그녀를 향해 다가갔다.

그러나 그가 정들을 둘러싸고 있는 사람들의 벽을 헤치고 안으로 들어가려 할 때, 누군가가 조용히 그의 팔을 잡아챘다.

전에 한 번 본 적이 있던, 정들의 수행원이라던 그 중년 남자였다.

김산이 호소하듯 말했다.

"정들에게 할 말이 있습니다. 딱 한마디면 돼요."

그러나 중년 남자는 김산의 팔을 잡은 손아귀에 은근히 힘을 더하며 굳은 얼굴로 가만히 고개를 흔들었다.

"우리 이러지 않기로 했을 텐데……?"

주변에 가득한 소음으로 그 짧고도 건조한 대화들은 오로지 김산과 중년 남자 사이에서만 통용되고 있었다.

김산은 중년 남자의 팔을 뿌리쳤다.

그 돌연한 과격함과 또 예상치 못한 힘에 중년 남자는 일시 멈칫거렸다.

그러나 그는 놀라는 기색과는 달리 사뭇 자연스러운 연결 동작으로 김산의 뒤로 돌아가며 김산의 겨드랑이로 해서 목 뒤로 깍지를 꼈고, 그럼으로써 김산이 추가적인 어떤 행동을 하지 못하도록 간단히 제압했다.

그것이 그냥 힘으로만 하는 것이 아니라 제대로 기술이 걸린 것이었기에, 김산은 일시 버둥거리는 것조차 힘에 겨워하는 듯했다.

그러나 중년 남자 역시 그렇게 김산을 제압한 상태에서도 뒤쪽으로 끌고 가지는 못했다.

그 자리에 굳건히 버티고 선 김산의 뚝심은 제법 대단한 것이어서, 중년 남자로서도 당장에 어떻게 하기란 용이하지 않았던 것이다.

김산과 중년 남자가 둘만의 조용한, 그러나 사뭇 거친 힘겨루기를 하고 있을 때 문득 정들이 자연스럽게 사람들의 사이를 빠져나오며 빠르게 다가왔다.

김산에게는 조금도 관심을 기울이지 않는 듯하였지만, 사실은 그녀도 계속 김산에게 신경을 쓰고 있었던 모양이었다.

"그 손 놓아주세요."

주변의 눈치를 보며 나직하게 하는 정들의 명령에 중년 남자는 어쩔 수 없다는 듯 김산을 제압하고 있던 손을 풀었다.

정들이 아무 일도 아니라는 듯 눈길을 다른 곳으로 주면서 태연스럽게 김산의 곁으로 섰다.

그러나 그녀의 목소리는 사뭇 차가웠다.

"이러면 너만 우습게 된다는 걸 아직도 모르겠니?"

김산은 타는 듯한 눈빛으로 정들의 옆얼굴을 보며 짧고 간략하게 말했다.

"그때 거기로 와라. 비 오던 날 거기 말이야. 잠깐이면 돼."

그리고 김산은 정들의 대답을 듣지 않은 채 몸을 돌려서 빠르게 걸어가 버렸다.

그런 김산의 뒷모습을 바라보는 정들의 눈빛에는 잠시 망연한 빛이 어리고 있었다.

'그때 거기……!'

본관 건물 뒤. 화단 사이의 좁은 길.

김산과 정들은 '그때 거기' 에 그때처럼 마주 보고 서 있었다.

비록 그때처럼 억수 같은 빗줄기는 쏟아지지 않고 있었지만.

"유학 간다며? 어디로 가니? 전공은 무엇으로 할 건데?"

"몰라. 아직 정하지도 않았어. 이제부터 천천히 고민해 봐야지. 뭐, 어쩌면 안 갈지도 모르고……."

"호호호! 넌 여전히 자유롭구나."

"자유……? 후후! 자유라기보다는 그냥 지금으로서는 딱히 방향을 잡지 못했다는 게 맞겠지."

마치 그동안에도 매일같이 만났다는 듯이, 두 사람은 그렇게 가볍게 말을 나누었다.

그리고 잠시간의 침묵이 흐른 뒤에, 김산이 잔잔한 목소리로, 그러나 노려보듯 정들의 눈을 응시하며 말했다

"난 네게 이 말을 하고 싶었어."

"뭔데?"

정들은 마치 반발이라도 하듯 김산의 눈을 마주 응시하며 짧게 반문했다.

그러나 그토록 당당하고 당차기만 하던 그녀의 눈은 지금 왠지 모르게 미미한 흔들림을 보이고 있었다.

김산은 힘든 표정으로 천천히 말을 꺼내고 있었다.

"우리… 십 년 뒤에 다시 보자. 이제부터 십 년 동안, 난 어떤 식으로든 나 자신을 변화시키려고 해. 그래서… 십 년 뒤에는 나도 네 곁에 당당히 설 수 있는, 당당히 서 있어도 조금도 어색하지 않은 그런 존재가 되려고 해."

정들은 잠시 눈을 크게 떴다가 이내 짧은 웃음을 토해냈다.

"훗!"

그 웃음의 의미는 모호했으나, 김산의 표정은 곧바로 딱딱하게 굳어졌다.

김산의 말이 한결 무겁게, 그리고 빠르게 이어졌다.

"부탁한다. 십 년 뒤의 오늘 이 시간까지만 내게 기회를 줘. 그때 내가 네 앞에 나타나지 않는다면, 그때는 나를 완전히 잊어도 좋아."

그리고 김산은 몸을 돌려 뛰어가 버렸다.

정들이 무슨 대답을 할 틈도 주지 않고서.

정들의 표정은 애매하게 변해 있었다.

조금 전의 짧은 웃음의 뒤끝이 아직도 남아 있는 듯도 했고, 약간은 멍한 듯도 했고, 혹은 어떤 아련함이 머물러 있는 듯도 보였다.

그리고 김산의 모습이 본관 건물의 모퉁이를 돌아 사라질 즈음에 정들은 희미한 목소리로 들릴 듯 말 듯 혼잣말로 무어라고 중얼거렸다.

그러나 그녀의 혼잣말은 너무나 희미했기에 무슨 말인지 모호했다.

어쩌면 그녀 자신에게조차도 모호하였는지도 모를 일이었다.

운동장을 가로질러 교문을 통과할 때까지 줄곧 달음박질을 치면서, 김산은 문득 시간이 흐른다는 것을 실감하였다.

작동을 시작한 모래시계에서 느릿하게 아래로 흘러내리는 모래알처럼, 십 년의 시간은 이미 흐르기 시작한 것이다.

그리고 그 십 년은 금방 지나갈 것이었다.

정해진 시간이기에.

약속된 시간이기에.

시간은 흐르고 있었다.

시간은 흐르고 또 흘렀다.

그리고 또…….

시간은 자꾸만 흘렀다.

6. 김강(金江)

나는 김강이다.

언제부터인가 나는 내 안에 나 이외의 또 다른 존재들이 있다는 것을 인정하게 되었다.

비록 그들은 드물다고 할 정도로 아주 가끔씩만 그들의 생각을 표출하곤 했기에, 나는 처음에 그것이 나 자신의 잠재의식과 같은 것으로만 알았다.

그러나 지난 십여 년간 그들은 차츰 보다 구체적이고도 차별적으로 내게 생각을 전해왔고, 이윽고 나는 그들이 내 안에 존재하는 또 다른 존재들이라는 것을 인정하게 되었다.

이제 그들은 내게 아주 익숙한 존재들이 되었다.

그러나 그들 스스로는 자신들이 내게 완전히 종속되어 있으며 결코 별개의 존재이지 않다는 것을 마치 철칙처럼 고집하고 있었다.

그러한 것은 그들에게 마치 절대 불변의 원칙과도 같아서, 만약 그들이 스스로 정한 그 철칙이 깨어지면 그들의 존재 또한 소멸하고 마는 것으로 여기고 있는 것 같았다.

처음에 그들이 보여준 자신들에 관한 기억과 의지의 조각들은 지극히 단편적이고도 희미하기만 했다.

그러나 지난 십 년의 세월이 흐르는 동안 그 기억과 의지의 조각들은 하나씩 하나씩 그 이빨들이 맞추어졌다.

그리고 나는 마침내 그 기억과 의지의 조각들이 나보다 앞서 살다간 어떤 두 사람의 인생의 기록이자, 염원이라는 것을 알게 되었다.

김윤혁, 그리고 윤호준이 바로 그들이다.

그들은 이미 죽은 존재들이다.

그러나 지금 내 안에 그들이 존재하고 있다는 것 또한 엄연한 사실이다.

비록 그들 스스로가 나의 의지에 종속적으로만 존재하는 것을 운명으로 여기고 있기는 하지만, 어쨌든 나의 의지와는 분명히 다른 그들의 의지가 내 안에 존재한다는 것은 엄연한 사실인 것이다.

나는 기꺼이 그들을 나의 일부로 받아들이기로 결심한 바가 있다.

그러나 그것은 결코 그들을 위한 결정은 아니었다.

바로 나를 위한 결정이었다.

내가 가지고 있던 절실함을 이루어보고자 내린 결정이었다.

그 절실함이란 바로, 세상의 누구보다도 특별하게 살아보고 싶다는… 나의 욕망이었다.

나는 그들과 함께 '새로운 나'를 창조해 내게 되었다.

본래의 나와는 많이 다른 '나'를……

그렇게 나의 욕망과 그들 나름의 의지와 염원이 합쳐져서 나는, 아니, 우리는 새로운 존재인 '나', 김강(金江)으로 재창조되었다.

7. 김윤혁(金崙赫)

김윤혁은 담배에 불을 붙이고 깊게 들이마신 다음 길게 연기를 내뿜었다.

언제나 그렇듯 격렬한 정사 뒤의 허탈감과 하얀 담배 연기는 참으로 잘 어울리는 이미지의 조합 같았다.

그의 곁에는 나영이 죽은 듯이 누워 있었다.

매번 그러하듯이 그녀는 지금 소위 말하는 '작은 죽음'에 빠져 있는 중이었고, 다시 깨려면 아마도 2분 내지 3분은 족히 걸릴 것이었다.

‘중독이다.’

그에게 나영의 몸은 일종의 중독이었다.

평상시에는 다소곳하고 차분하다가도 귓불을 쓰다듬는 가벼운 손짓 한번에 금방 온몸이 흐느적거리고, 가슴에 하는 한번의 키스에 달뜬 신음 소리를 흘리고 마는 뜨거운 육체의 주인.

절정에 오르는 과정 내내 짙은 신음 소리를 흘리고, 입술을 깨물고 어깨를 물어뜯는다.

절정에 이르기 직전에는 귀가 따가울 정도로 고함을 지르기 시작해서, 마침내 절정의 고지에 오르는 순간에는 전신에 경련을 일으키며 몸이 굳어지고 만다.

그리고는 ‘작은 죽음’에 빠져드는 것이다.

그가 어둠의 세계에 몸을 담은 지도 어언 이십 년이 훌쩍 넘었다.

그간 이런저런 인연으로 적지 않은 여인들을 섭렵했다고 할 수 있는 그로서도 나영과 같은 여체는 처음이었다.

오 년 전 우연한 인연으로 그녀를 만난 후, 그들은 줄곧 묘한 인연을 이어왔다.

어쩌면 육욕만을 위한, 더 이상 견디기 힘들어진 욕망을 분출하기 위해서만 서로를 필요로 하는 빈 껍데기 육체끼리의 인연인지도 모를 그런 인연을.

이미 사십대 후반을 넘어 오십의 나이로 가고 있는 김윤혁이었다.

그 하고 싶은 대로만 살아온 오십여 평생이었지만, 돌아보면 막상 이루어놓은 것은 아무것도 없었다.

마냥 외롭고 허전한 마음뿐이었다.

중독이라고 할 만큼 강렬한 나영의 젊고 뜨거운 육체가 주는 뿌듯함도 잠시뿐, 그의 근원적인 허전함을 채워줄 수는 없었다.

"후우!"

반쯤 타 들어간 담배의 연기는 어둑어둑한 실내에 뿌연 장막을 드리우고 있었다.

그것이 마치 은막이 되기라도 하듯 일단의 흐릿한 기억의 잔영(殘影)들이 그 속으로 잔잔히 투사되고 있었다.

사랑?

그것은 사랑이었을까?

만약 그런 것이 사랑이라면, 김윤혁에게 그것은 처음이자 마지막 사랑이었을 것이다.

그 뒤로 그는 한번도 그런 사랑을 다시 해보지 못했다.

더구나 지금의 그는 스스로가 자인하듯이 이미 타락해 버렸으니, 앞으로도 그때의 그 순수하고 애틋했던 사랑 같은 것을 다시 해볼 수는 없을 것이다.

벌써 이십 년 전의 일이다.

그 짧았던 일 년간의 사랑은.

지금도 단정짓지 못하듯이, 그때는 더욱이 그런 게 사랑일 수도 있다는 것은 짐작조차 하지 못했었다.

오로지 그만을 위해 모든 걸 희생할 정도로 순종적이었던 여인이었다.

그런 그녀를 버리고 그는 일방적으로 떠나왔었다.

그때는 그런 희생과 순종은 자신과는 맞지 않다고 생각했었다.

그런 희생과 순종을 받는 것에 대해 유치하다고, 남자답지 못하다고 생각했었다.

그 뒤로, 어느 때부터인가 마치 그에게 남은 마지막 안식처처럼 외롭고 힘들 때마다 그녀 생각이 났지만, 막상 단 한 번도 그녀를 찾아볼 생각은 하지 못했었다.

아직 젊었을 때는 스스로 나약해지고 있다는 것을 인정하기 싫어서.

그리고 나이가 좀 더 들었을 때부터는 스스로가 자격이 안 된다는 생각에서.

착하고 예뻤던 그녀였으니, 아마도 좋은 남편 만나 아들딸 낳고 잘살고 있으리라.

지금 그가 그녀의 앞에 나타난다고 해도 아마도 그녀는 결코 그를 알아보지 못하리라.

얼굴이 변해서가 아니라, 그토록 무정하고 못났던 한 사내에 대해서는 벌써 까맣게 잊어버렸을 테니까.

혹여 그녀의 기억 속에 그에 대한 것이 조금 남아 있다고 해도, 결코 그녀에게 그에 대한 과거의 기억들을 다시 떠올리게 하고 싶지는 않았다.

그 음울하고도 불행했던 기억들을.

더구나 그녀에게 어떤 피해를 주고 싶은 마음은 없었다.

지금의 그는 다만 누구와 관련이 되는 것만으로도, 그 사람에게 위험과 피해를 안겨주는 그런 존재가 되어 있었으니까.

마치 존재하는 자체로 주변의 정상적이고 건강한 세포들을 파괴해 들어가는 암 덩어리처럼 말이다.

그리고 다만 그 혼자만의 생각과 착각에 불과하겠지만, 그에게 그녀는 그가 마지막으로 보호해야 할 존재가 되어 있었다.

마치 그가 세상에 유일하게 남긴 가족인 것처럼.

'돌아가고 싶다. 그녀의 곁으로… 그녀가 알지 못하게 몰래 그녀의 곁을 지키더라도… 그녀의 곁에서… 그녀를 지켜보며… 나의 남은 인생을 보내고 싶다. 평온함 속에서… 아아! 그러나 역시 그러기에는 너무나… 모든 것이 너무나 늦어

버렸다.'

입에 문 담배 필터에 뜨거운 느낌이 올 무렵.

부르르!

머리맡에 둔 휴대폰이 진동으로 울렸다.

김윤혁이 언뜻 나영의 휴대폰이라는 생각을 하는데, 진동은 한 번 울리고는 그냥 그쳤다.

등 뒤에서 나영이 몸을 뒤척이는 기척이 들렸다.

'후후! 이제야 깨어난 모양이군.'

김윤혁은 마지막 한 모금의 즐거움을 더하기 위해 깊게 담배를 빨아들였다.

문득 등으로 풍만한 부드러움이 물컹하고 밀착해 드는 기분 좋은 감촉이 느껴졌다.

그리고 동시에 목 부분에 순간적으로 따끔한 느낌이 지나가고 있었다.

'음?'

늘 위험 속을 전전하며 누구보다도 민감한 본능을 소유한 그였다.

순간적으로 몸을 팅겨 올리며 목뒤를 훑어 막 빠져나가려던 손목 하나를 낚아챘다.

"너……?"

파르르 떨리는 가냘픈 손목에서 막 작은 주사기 하나가 바닥으로 떨어지고 있었다.

파랗게 질려 버린 나영의 얼굴색만으로도 그녀가 방금 무슨 짓을 한 것인지 짐작하고도 남았다.

그리고 문득 그것이 무슨 짓인지는 그렇게 중요한 것이 아니라는 생각이 들었다.

"왜……?"

나영이 어깨를 바르르 떨며 더듬거렸다.

"저… 저는……."

그러다 그녀는 숨 막히는 비명을 토했다.

"컥!"

그녀의 목줄기는 너무나 가늘어서 김윤혁의 한 손아귀에 들어오고도 여유가 남을 정도였다.

그러나 김윤혁은 이내 그녀의 목을 놓아주었다.

"누구냐? 누가 시켰지?"

나영의 얼굴은 어느 사이엔가 눈물 범벅으로 변해 있었다.

공포인지, 미안함인지 모를 눈물 범벅이었다.

물론 이런 상황에서 그것이 미안함 때문이기를 기대하기는 어렵겠지만.

허탈함과 또 한편으로는 그럴 수도 있겠다는 인정과 체념이 김윤혁의 가슴속으로 너무도 쉽게 파고들고 있었다.

벌써 오 년이었다.

비록 바깥으로 드러나지 않도록 주의를 한 만남이었지만, 이 바닥에서 누군가 의도적으로 그를 노렸다면 충분히 생각해 보고도 남았을 방법이었다.

'너무 방심했군.'

그러나 그는 김윤혁이었다.

이 바닥에서 누군가는 그를 일러 '밤의 전설' 이라고 부르는, 그는 바로 김윤혁이었다.

이미 벌어진 일에 대해 미련을 남길 성격은 아닌 것이다.

김윤혁은 천천히 침대에서 내려서며 옷을 걸쳤다.

나영은 공포에다 이유 모를 서러움까지 증폭이 되는지 침대에 엎드린 하얗고 매끈한 등판이 격렬한 기복을 보이도록 숨죽여 흐느끼고 있다.

그의 목에 주사된 것은 아마도 강력한 마약류 같았다.

벌써부터 의식의 한쪽이 아련하게 희미해져 가고 있는 것 같았다.

김윤혁은 똑바로 걸으려 애쓰며 침실을 나와 거실로 나갔다.

곧 누군가가 올 것이었으므로.

단단한 근육질로 뭉쳐진 거구의 청년 다섯.

그들과 비교되는 훤칠하면서도 미끈하게 빠진 몸매에 갸름한 선의 얼굴로 한눈에 미남이라 평할 만한 삼십대 중후반의 사내 하나.

그리고 그들과 전혀 어울려 보이지 않는 작고 깡마른 체형의 육십대쯤으로 보이는 노인 하나.

오십 평형 오피스텔의 거실은 제법 넓은 편이었지만 지금은 그들, 일단의 초대받지 않은 방문객들로 인해 꽉 차는 느낌이었다.

낯설고 어색하며 무언지 모르게 잔뜩 긴장되어 있는 분위기와 함께.

"강순태! 너였더냐?"

김윤혁이 거실의 인물들을 일별하고 나서 그중의 삼십대 미남형의 사내를 향해 그다지 놀라지도 않는 덤덤한 투로 물었다.

사내, 강순태의 표정으로 일순간 움찔하는 기색이 스쳤으나, 이내 그는 턱 근육이 뚜렷이 드러나도록 이빨을 한번 힘주어 악 다물고 나서는, 약간은 의식적인 듯, 혹은 애써 그렇게 만드는 듯, 엷게 미소를 떠올리는 표정이 되었다.

"죄송합니다, 형님!"

김윤혁은 빙그레 웃으며 말을 받았다.

"후후! 일이 이미 여기까지 왔는데, 아직도 형님이냐? 그래… 기왕에 당한 것은 당한 것이고… 이유 정도는 알려줄 수 있겠지?”

강순태의 얼굴이 미미하게 일그러졌다.

그는 계속 웃는 표정을 지으려 하고 있었으나, 긴장 때문인지 혹은 격동 때문인지 그것이 마음대로 잘되지 않는 것 같았다.

“형님! 형님은 너무 강하기만 했습니다. 형님 홀로만 말입니다. 사실 이 바닥에서 그런 독불장군식의 강자가 허용되지 않은 지는 꽤 오래되었습니다.”

“후후후! 배신의 이유치고는 너무 멋을 부리는 거 아니냐?”

“배신이라면, 형님이 먼저 하신 겁니다.”

“내가 먼저 배신을 했다……?”

“형님을 믿고 따른 지 벌써 십 년입니다. 한동안 형님은 제 우상이었습니다. 그러나 어느 때부터 형님은 더 이상 제 우상이 아니게 되었습니다. 형님은 지금도 여전히 강하지만, 그러나 타협을 모르는 형님의 강함은 곧 세상으로부터 인정받지 못하는 혼자만의 고집일 뿐입니다.”

김윤혁은 잠시 생각하다 문득 고개를 끄덕이며 너털웃음을 뱉었다.

“허허허! 그래, 그 말이 맞을 수도 있겠다. 이 바닥에 한번 발을 들인 이상, 끝없이 앞으로 나아가지 않고 그 자리에 멈추어 있다는 그 자체가 이미 주위의 많은 것들에 대한 배신이 될 수 있는 일이겠지. 욕심으로 이루어졌고, 또한 욕심으로만 달려가는 바닥이니까 말이다.”

강순태의 가벼운 고갯짓에 따라 다섯 거구의 덩치들이 앞으로 나섰다.

그러나 그때, 조용히 상황을 지켜보고만 있던 깡마른 체형의 노인이 성큼 앞으로 나섰다.

덩치들 사이에 끼어 더욱 왜소해 보이는 노인은, 그러나 두어 번 성큼 내딛는 걸음으로 기이하게 미끄러지듯이 덩치들을 앞지르더니 마치 그 왜소한 등판으로 덩치들을 가로막듯이 김윤혁을 마주 보며 거실의 한가운데에 우뚝 버티고 섰다.

그러나 비록 체구로 보자면 보잘것이 없다고 해야 할 노인이었지만, 다섯 덩치들은 일시 무언지 알 수 없는 기세에 눌리듯이 그 자리에 멈춰 서며 일제히 강순태의 눈치를 살폈다.

일시 강순태의 이맛살이 미미하게 찌푸려졌다.

노인의 나섬에 대해 몹시 마음에 들지 않는다는 듯한 기색이었다.

그러나 노인은 이미 자신의 등 뒤의 상황에는 아랑곳하지 않고, 보이지는 않으나 뚜렷하게 느껴지도록 김윤혁과 일종의 기세 대결로 들어가 있는 것 같은 형세였다.

강순태는 어쩔 수 없다는 듯 가볍게 고개를 끄덕였다.

그것을 보고 다섯 덩치들이 서서히 뒷걸음으로 물러나 본래의 자리인 거실 한구석으로 갔다.

노인의 눈은 반짝이고 있었다.

그것은 무언가 재미있거나 신기한 흥밋거리를 발견한 아이의 눈에서 비침 직한 그런 것과도 비슷한 눈빛이었다.

김윤혁의 눈길도 어느 때인가부터 노인에게로만 집중이 되고 있었다.

두 사람은 한마디의 말도 주고받지 않았으면서도 서로의 존재에 대해 느끼는 그 순간부터 그대로 대치에 들어가 버린 듯했다.

그러던 한순간 노인의 몸이 놀랍도록 가볍고도 빠르게 앞으로 미끄러져 나갔다.

그리고 두 사람은 마치 일부러 맞부딪치기라도 하듯 정면으로 서로의 주먹을 교환했다.

팡!

자못 기묘한 소리가 났다.

주먹과 주먹이 정직하게 맞부딪쳤는데 그 소리는 '팍!' 도 아니고 '퍽!' 도 아닌, 배구공을 스파이크할 때와 비슷한 소리를 만들어냈다.

그것은 격렬하면서도 부드러운 교합이었다.

주먹을 맞부딪는 것과 동시이다시피 두 사람은 마치 튕기듯이 각자 크게 두 걸음씩 뒤로 물러났다.

김윤혁은 딱딱하게 굳은 표정이 되었고, 노인은 놀라는 표정을 감추지 못하였다.

"훌륭하다. 내기(內氣)를 돌리지 않고, 순수하게 근육과 관절의 움직임만으로 발경을 해낸다는 것은 결코 쉬운 일이 아닌데… 그냥 꺾어버리기에는 그대가 쌓은 공과 자질이 아깝구나."

노인이 감탄하면서 한편으로 진정 안타깝다는 기색을 떠올렸다.

노인의 그 같은 반응에 김윤혁의 입가로도 다소 애매한 의미의 한가닥 희미한 미소가 떠올랐다.

그러나 바로 다음 순간 그는 크게 허리를 휘청했다가, 이어 마치 누가 끌어당기기라도 하는 듯이 비칠 한 걸음을 앞으로 내딛고 나서야 다소간 위태롭게 몸의 중심을 다시 잡았다.

노인이 설핏 놀라는 듯하다가, 이내 무슨 사정을 짐작했다는 듯이 별안간 노한 얼굴이 되어 강순태를 돌아보며 질타하였다.

"이 사람에게 무슨 수작을 부린 것이냐?"

노인의 시퍼런 서슬에 강순태가 흠칫하며 약간은 당황한 목소리로 대답했다.

"워낙 거친 사람이라, 우리 쪽 아이들이 미리 무슨 조치를 좀 취한 것 같습니다만……!"

노인이 더욱 서슬을 돋우었다.

"나를 부른 마당에 그따위 치졸한 짓을 하다니… 네가 감히 나를 모욕하고자 하는 것이더냐?"

잇달아 떨어지는 호된 질책에 강순태는 잠시 영문을 모르고 당하는 사람처럼 얼떨떨한 기색이었으나, 이내 그의 눈빛에는 서늘한 기운이 떠오르고 있었다.

그러나 강순태는 곧 노인을 향해 가볍게 고개를 숙여 보였다.

"뭔가 착오가 있었던 것 같습니다. 나중에 자세한 것을 알아보고 난 다음에 따로 용서를 구할 것이니, 우선은 화를 푸십시오."

노인은 잠시 잡아먹을 듯이 강순태를 노려보다가 차갑게 말을 뱉었다.

"아무래도 내가 오지 말아야 할 자리에 온 것 같군. 나는 뒤에서 암수나 쓰는 치졸한 자들과는 다시 상종하고 싶지 않으니 나중을 기약할 것도 없네. 그리고 어차피 자네들 쪽에서 이미 손을 쓴 마당이라면 이 자리에 내가 더 이상 있을 이유가 없는 것이니, 이 일은 자네가 알아서 처리하면 될 일일세.”

그리고 노인은 힐끗 김윤혁을 돌아보았다.

김윤혁에게서는 이제 혼미해지는 정신을 가누며 몸을 바로 세우려 애쓰는 기색이 역력해 보였다.

그런 김윤혁에게 잠시 안타깝다는 눈빛을 보낸 다음에 노인은 홱하고 몸을 돌려 빠른 걸음으로 현관을 향해 걸어갔다.

쾅!

사뭇 거칠게 현관문이 닫히는 소리가 들리기까지 묵묵히 노인이 하는 모양을 지켜보고 있던 강순태가 문득 청년들 중 하나에게 눈짓하며 명령했다.

“따라가 보거라.”

“예! 형님!”

청년 하나가 노인을 뒤따라 급히 바깥으로 나가고 난 다음에 강순태는 담배 하나를 빼어 물고 불을 붙여 깊숙이 연기를 빨아들였다.

그리고 느긋하게 혼잣말처럼 중얼거렸다.

“후후후! 들은 대로 꽤나 꼬장꼬장한 노인네로군. 미리 들은 바가 없었더라면, 자칫 늙은이의 주름진 면상에다 주먹을 꽂아버릴 뻔했어.”

“보통 노인이 아니던데, 누군가?”

이제는 아예 벽 쪽으로 물러나 다분히 힘겹게 벽에다 등을 기댄 자세로 묻는 김윤혁에 대해 강순태는 약간은 느물거리듯이 웃음을 흘렸다.

“흐흐흐! 그 지경이 되고서도 그런 데 관심이 있으십니까?”

“하하하! 순태, 너처럼 주도면밀한 성격이 일단 손을 쓴 이상, 이미 돌이킬 수 있는 구멍은 조금도 없을 테고… 나야 뭐, 네가 알다시피 본래 그런 쪽으로는 관심이 많았던 사람 아니었나?”

“형님도 참 안타깝습니다. 그 주먹 실력에, 그 대책없는 고집만 좀 꺾고 조금만 머리를 잘 굴렸어도 진작에 뭔가를 이루었어도 크게 이루었을 텐데…….”

김윤혁이 물끄러미 자신을 바라보고만 있자, 강순태는 문득 빙긋이 웃으며 말했다.

“괜히 억지로 버티지 말고 이쪽 소파로 와서 좀 앉으시는 게 어떻겠습니까? 지금쯤은 천지 사방이 빙글빙글 돌아가고 있을 텐데…….”

그러나 김윤혁이 고집스럽게 그대로 버티고 서 있자, 강순태는 가볍게 고개를 저었다.

“호국사에서 나온 노인넵니다.”

“호국사?”

“언젠가 한번 제가 말씀드린 적이 있었지 않았습니까?”

“음!”

“아무래도 그때는 제 보고가 조금 부족했던 것 같습니다. 호국사라는 데가 결코 간단한 곳이 아니어서, 쉽게 상상하기 어려울 만큼의 재력과 권력을 보유하고 있을 뿐만이 아니라, 좀 전의 그 노인네와 같은 무슨 무슨 기공을 연마했다는 소위 기인인지 무술인인지 하는 쪽의 인물들과도 관련을 맺고 있다는 얘기까지 했었어야 하는 건데… 하하하! 그랬더라면 아마 형님께서도 조금쯤은 관심을 기울였을 텐데 말입니다. 본래 무술 쪽의 강자라면 직접 만나보지 않고는 못 배기는 성격의 형님 아닙니까?”

“그런데 왜 말하지 않았나?”

“호호호! 사실은 형님이 정말로 그들과 덥석 손이라도 잡을까 봐 걱정이 되었습니다. 그렇게 된다면 저는 영원히 형님 밑에서만 머물다가 이 한 세상 다 보내야 하는 별 볼일 없는 신세가 될 것 같아서요.”

김윤혁은 문득 눈살을 찡그렸다.

그러나 강순태의 말에 대해 불쾌하거나 분노한 표정을 만들어낸 것이 아니라, 자꾸만 감기려는 눈을 크게 떠보려는 노력이었다.

강순태가 문득 뒤를 돌아보며 담담하게, 그러나 사뭇 차가운 한기가 감도는 목소리로 말했다.

"얘들아! 형님께서 많이 힘드신 모양이다. 이제 그만 보내드려야겠다."

네 명의 청년이 짧고 강하게 동시의 대답을 뱉어내며 일제히 앞으로 나섰다.

"예! 형님!"

청년들의 손에는 어느 틈엔가 길이 사십 센티미터 정도의 칼 한 자루씩이 들려 있었다.

김윤혁을 향해 성큼성큼 다가서는 그들의 기세에는 조금의 거리낌이나 망설임도 없는, 그야말로 무슨 일이건 저지르고 말 맹목성 같은 것이 비치고 있었다.

그때 김윤혁이 힘없는 목소리로 말했다.

"어이, 순태! 관둬라. 이 상황에서 굳이 연장까지 쓸 필요야 있겠나? 괜히 나중에 애들 욕만 보이지. 이렇게 끝내는 게 정해진 내 운명이라면, 차라리 내 손으로 깨끗하게 마무리하마. 그 정도는 배려해 줄 수 있겠지?"

김윤혁은 이제 생각하고 말하는 행위조차도 힘에 겨운 듯 보였지만, 그의 말은 여전히 강순태에게 어느 정도의 영향력을 행사하고 있는 것 같았다.

강순태가 가벼운 손짓으로 청년들을 멈추게 하고 나서 천천히 말했다.

"좋습니다. 형님께 제가 드리는 마지막 호의로 해두지요. 필요하신 게 있으면 말씀하십시오. 가능하면 편안히 가실 수 있도록 해드리겠습니다."

김윤혁의 두 눈은 이제 반 너머나 감겨 버렸는데, 그런 힘겨운 얼굴로도 그는 가볍게 웃음소리를 흘렸다.

"후후후! 고맙군."

그러나 김윤혁은 곧바로 허리를 휘청하며 그 자리에서 스르르 무너지며 바닥에 무릎을 꿇고 말았다.

그러면서도 그는 빙긋이 웃으며 투덜거렸다.

"이런 제길! 아무래도 자네들은 약을 너무 독하게 쓴 것 같군. 벌써부터 이렇게 힘들어지니 말이야. 어이, 거기 젊은 친구들! 날 좀 저쪽 창가로 데려다 주겠나?"

김윤혁이 힘겹게 손가락으로 가리키는 창문 쪽을 보면서 강순태는 금방 그의 의도를 짐작한 것 같았다.

이곳은 25층인 것이다.

강순태가 잠시 김윤혁과 거실 창밖으로 보이는 도시의 야경을 번갈아 바라보다가 이윽고 청년들을 향해 고개를 끄덕였다.

활짝 열어젖혀진 창문으로는 제법 세찬 밤바람이 불어 들어오고 있었다.

그 앞에 놓인 탁자 위에 서서 김윤혁은 문득 소리 내어 웃으며 독백했다.

"하하하! 옛날에 스승께서 말씀하시기를 사람 사는 것이 다 인과응보라, 업과 인연을 맺고 푸는 일의 이어짐이라고 하더니, 그 말씀이 하나도 틀리지 않구나. 결코 짧다고는 할 수 없는 세월 동안 나하고 싶은 대로만 하고 살았으니 무슨 커다란 후회 같은 것이 남을 일도, 그럴 염치도 없다만… 그래도 몇 가지 후회와 미련은 남는구나. 허허! 죽어도 슬퍼해 줄 이 하나 없는 죽음이라… 죽어도 나 죽은 줄 아무도 알지 못할 죽음이라… 허허허! 그리고 보니 나는 세상을 살았던 것이 아니라, 결국은 세상을 구경만 하다가 가는 것이로구나. 하하하하!"

*   *   *

[내 안의 그와의 대화]

'하필이면 그날 그 응급차에 네가 실렸던 것은, 운명이라고밖에는 달리 말할 수가 없을 것이다.'

"혹시 제게 원하는 것이 있습니까?"

'원하는 것? 후후! 죽은 자에겐 더 이상 원하는 것이 있을 수 없다. 나는 이미 없고 지금 있는 것은 오로지 너이니, 네가

원하는 것이 곧 내가 원하는 것이다. 다만……'

"다만?"

'나는 살아 있는 동안 내내 강해진다는 것에 대해 집착을 했던 사람이다. 만약 네가 원하는 것 중에도 강해지는 것이 포함이 되어 있다면, 나는 네가 누구에게도 꺾이지 않는 그런 강한 사람이 되기를 바란다.'

8. 윤호준(尹浩俊)

나는 윤호준이다.

나의 삶은 그다지 다양하거나 복잡하지 않았고, 더욱이 화려하지는 못했다.

나는 기껏 삼십 년도 되지 않는 짧은 생을 살다 죽었다.

또한 그 짧은 생의 대부분조차도 혼자서는 아무것도 할 수 없었으며, 누구의 도움 없이는 하루 종일 누워 있어야만 하는 천형의 육체 속에 갇혀서 살았다.

나는 소위 말하는 천재였다.

단 한 번 호기심으로 받은 IQ 테스트 결과 240이 나왔다.

IQ 240.

굳이 기록을 찾아서 비교해 보지는 않았지만, 아마도 세계 최고급의 기록쯤 될 것이다.

물론 비공식적 결과였고, 나는 IQ라는 수치 자체가 객관적으로 천재를 구분할 수 있는 지표가 된다고 믿지도 않는다.

하지만 두뇌에 있어서는 누구보다도 뛰어나다고 자부하였으니, 두뇌가 뛰어나다는 것만으로 천재의 기준을 삼는다면, 나는 또한 천재라고 자부할 수 있다.

그러나 나는 세상의 천재들과는 다를 수밖에 없는 천재였다.

말하자면 나는 박제된 천재였다.

어설픈 지식 계층들이 말하곤 하는 정신적인 사치로서의 박제가 아니라, 실제로 온몸이 박제된 처지였다.

차라리…….

차라리 정신마저도 박제가 되었더라면, 그나마 처한 현실에 억지로라도 만족하고 살았을 것이지만, 나는 불행하게도 몸이 박제된 주제에 가슴에다 너무나 뜨거운 열정을 가지고 말았다.

*   *   *

[내 안의 또 다른 그와의 대화]

"형은 혹시 내게 바라는 것이나 원하는 것 같은 거 없어?"

'원하는 것……? 후후! 너의 그 말에 대한 내 대답은 그분… 김윤혁 씨의 대답과 조금도 다를 것이 없다. 나 또한 이미 없는 것이고, 지금 있는 것은 오로지 너이니, 네가 원하는 것이 곧 내가 원하는 것이다. 네가 나를 형으로 생각해 주는 것만으로도 나는 더할 수 없이 만족스럽다.'

"나는 지금까지와는 좀 다르게 살아보려고 해. 괜찮을까? 이상하지 않을까?"

'후후! 나는 세상을 지배하는 상상을 하곤 했었다. 아니, 상상으로나마 나는 늘 세상을 지배하며 살았었다. 실제로는 꼼짝도 하지 못하는 불구 주제에 말이다. 만약 내가 할 수만 있었다면, 나는 정말로 세상을 품에 안아보려 했을 것이다. 저 거창한 세상이 과연 얼마만큼이나 내 품 안으로 들어올 수 있을지, 그 한계에 도전해 보았을 것이다.'

"하하하! 그럼 우린 둘 다 이상한 축에 들어가는 건가?"

'후후! 누군가는 말하기를 세상은 한없이 넓고도 깊으며 무한한 포용력을 지니고 있어서 언제나 적절한 조화와 평형을 이루고 있는 곳이라고 하더구나. 세상이 정말로 그런 무한의 포용력을 지닌 곳이라면… 네가 조금 이상한 방식으로 살아도 충분히 괜찮을 것이다. 또한 세상이 정말로 그렇게 언제

나 적절한 조화와 평형을 이루는 곳이라면, '이상하지 않은
것들' 에 대한 조화와 평형의 의미에서라도 그만큼의 '이상한
것들' 이 있어야 하는 것일 수도 있지 않을까?

"훗! 역시 형의 생각은 조금만 깊이 들어가면 나로서는 도
무지 알아듣지를 못하겠어."

'김산! 내 동생!'

"큭! 닭살! 왜?"

'원하는 게 없다고 했지만 사실은……'

"훗! 그럴 줄 알았어. 말해봐. 사실은, 뭐야?"

'난 너를 통해 몸과 정신이 모두 건강하게 자유로운, 그리
고 주체할 수 없도록 뜨거운 열정을 가진 진정한 젊음의 모습
을 보고 싶다. 물론 내가 아니라 절대적으로 너를 통해서…
네가 필요로 한다면, 나는 언제나, 그리고 철저하게 네가 요
청하는 범위 내에서 도움을 주마. 나는 다만 너의 건강함과
열정과 젊음을 지켜보는 것만으로도 넘치도록 만족한다.'

9. 그날

그날이 다가오면서 정들은 차츰 설레는 마음이었다.

그러한 설레임이란 것은 참으로 묘한 것이었다.

그녀로서는 감히 상상하지 못했던 감정이었다.

그날의 약속에 대해, 그리고 그에 대해, 지난 10년 동안 가끔씩은 스치듯 잠깐잠깐의 기억을 한 적은 있었다.

그만큼 지난 10년의 시간을, 그녀는 보다 비중있고, 보다 가치있는 수없이 많은 일들을 하느라 정말로 바쁘게 보내왔다.

그런데 갑자기 이런 무가치한 감상이라니…….

더군다나 설렌다는 느낌까지 가지게 될 것이라고는 정말
로 상상도 하지 못했기에, 그녀는 스스로의 지금 감정에 대해
서, 그 어이없음에 차라리 헛웃음이 나오고 마는 것이었다.

철없던 그때.
그 일련의 기억들.
생각해 보면 참으로 유치하기 짝이 없는 것들이다.
그때 그녀는 아마도 어떤 동정으로서 그를 대했던 것 같았
다.
지금 생각해 보면 그가 동정을 받을 만한 이유도, 또한 그
녀에게 그를 동정할 만큼 넘치도록 대단한 구석이 있었던 것
도 아니었었는데 말이다.
오히려 그는, 본래의 존재는 없이 온통 껍데기로만 둘러싸
여 있던 그녀 자신에 비해, 그리고 그 껍데기의 압박과 무게
에 짓눌려 버둥거리던 그녀에 비해, 비록 특별히 뛰어나다고
할 만한 배경과 재능은 없었지만, 그는 자신 스스로에 대해,
그리고 그를 바라보는 주위의 편협한 시선들에 대해 얼마나
당당했던가?
비록 유순하고 부드럽기만 했지만, 그 나이에 그럴 수 있었
던 그는 실제로는 얼마나 의연했던 것인가?
고민하고, 숙고하고, 잠시라도 판단을 미룰 수 없는 수많은

일과 상황들이 그녀를 둘러싸고 있었다.

그런데도 그런 무가치한 감상 따위나 떠올리고 있을 여유가 없다고 생각하면서도, 그때의 그 유치한 기억들은 자꾸만 새록새록 생겨나고 있었다.

그의 모습.

그가 했던 말들.

그의 웃음…….

그리고 그가 마지막으로 선언하고 돌아섰던 그 10년의 약속.

그날은…….

바로 그가 다시 그녀의 앞에 나타나겠다고 했던 약속의 날짜였다.

그날 그녀의 앞에 나타나지 않는다면, 그때는 자기를 완전히 잊어도 좋다고 그는 선언했었다.

자신이 그 정확한 날짜까지를 이토록 선명하게 기억하게 있었으리라고는, 그녀 스스로도 상상하지 못했던 일이었다.

그런데 문득 기억해 내고 보니 그 날짜는 너무나 선명하였다.

사실은 그 모든 것들이 우연한 기억으로 문득 되살아난 것이 아니라, 원래부터, 그때 이후로 언제나 늘 희미하게 그녀의 가슴 한구석에 지울 수 없는 각인으로 존재하고 있었던 것인 모양이었다.

정들은 나직이 소리 내어 중얼거렸다.

"무엇일까? 내가 이처럼 설레며 그에게서 기대하고 있는 것은 과연 무엇일까?"

2월 25일.

멀찌감치 보국고의 정문이 바라다 보이는 곳.

시간은 이제 막 열두 시가 다 되어가고 있었다.

정들은 승용차 안에서 묘한 기대감으로 차창 밖을 바라보고 있었다.

그녀는 오늘 운전기사만을 대동하였을 뿐, 늘 그녀의 주변에서 맴돌던 경호 팀과 비서 팀들은 따라붙지 못하도록 했다.

이것은 어디까지나 그녀의 사적인 일이었으므로.

남들에게 보이고 싶지 않은 일이었으므로.

'남들에게 보이고 싶지 않다……?'

정들은 그렇게 속으로 되뇌어보았다.

그것이 감추고 싶은 부끄러움이기 때문인지, 혹은 혼자만 감추어두고서 때때로 꺼내어 보고 싶은 은밀한 즐거움 같은 것이기 때문인지에 대해서는, 그녀 스스로도 아직까지는 판단을 유보해 두고 있는 중이었다.

아침부터 이상하게도 들떠 있는 하루였다.

그동안 지독스러운 훈련을 통해 몸에 붙여왔던 냉정한 사고와 평정심이 오늘따라 영 그녀를 겉돌고만 있는 것이었다.

정각 열두 시가 되었다.

그러나 어디에도 그의 모습은 보이지 않았다.

5분이라는 시간이 금방 흘러가 버렸다.

당연히 그녀는 벌써 이 자리를 떠났었어야만 했다.

그녀에게 일분일초의 시간은 그만큼 중요했고, 그것이 어떤 것이건 간에 시간을 넘긴 약속은 그 순간으로 이미 조금의 가치도 없어지는 것이었기에.

그러나 그녀는 쉽사리 운전기사에게 가자는 말을 하지 못하고 있었다.

벌써 몇 번이나 그 말을 내뱉었지만, 그 말은 차마 입 밖으로까지 나오지 못하고 입 안에서만 맴돌고 있었다.

12시 10분.

이제는 더 이상 기다릴 수가 없었다. 어떤 의미로든.

사실 처음부터 그녀에게는 이곳에서 누군가를 기다려야 할, 그녀 자신이 수긍할 만한 그 어떤 이유도 의무도 없었다.

“바보 같은 자식!”

정들이 자기도 모르게 그렇게 중얼거리는 소리에 앞자리

의 운전기사의 어깨가 움찔하였다.

정들이 쓰게 웃으며 짧게 말했다.

"가요!"

운전기사는 그제야 방금 전 정들의 중얼거림이 자신을 향한 것이 아니었다는 확신을 가진 듯 평상시보다 약간은 큰 목소리로 대답하며 차를 출발시켰다.

"예! 이사님!"

차창 밖으로 스쳐 지나가는 학교의 정문과 그 안으로 서 있는 새삼 익숙하게 눈에 들어오는 건물들을 스쳐 보면서 정들의 머리 속으로는 몇 가지의 단상들이 약간은 우울한 색채로 느릿하게 지나가고 있었다.

'후후! 어쩌면 우연찮게 그 빛바랜 약속을 떠올리고 이렇게 기다리기까지 한 내가 이상한 건지도 모르지. 나에게 그런 것처럼 그에게도 그때의 일은 다만 사춘기 시절 누구나 겪는 것처럼 아주 잠깐의 호기심 혹은 일시 과장되었던 감정의 한 자락이었을 뿐, 그 순간을 지나고 나서는 떠올리는 것만으로도 유치하고 부끄러워지는 그런 것뿐일 텐데……'

운전기사는 나름으로 그녀의 기분을 짐작한 듯했다.

차는 아주 천천히 학교 앞의 한산한 길을 미끄러져 가고 있었다.

정들은 문득 괜한 원망 같은 마음이 들었다.

‘꼭 그럴 정도의 의미를 둘 것까진 없는 일이지만… 그래도 그렇게 정확한 시간을 정하면서까지 약속을 했으면 그냥 아무렇지도 않게 나타나서 서로의 변한 모습을 한번 보는 것도 괜찮을 텐데… 훗, 김산! 넌 여전히 예전의 그 수줍음과 소심함을 벗어버리지 못했나 보구나.’

그러다가 다시 미안함을 호소하는 심정이 되기도 했다.

‘만나면 그때 미안했었다고… 네가 상처받지 않도록 좀 더 배려하지 못했던 것에 대해 미안했었다고 사과하고 싶었는데… 하지만 그때의 그 철없던 내가 무엇을 할 수 있었겠니?’

차가 천천히 움직이며 학교 정문을 한참이나 지났을 때 정들은 언뜻 사람 하나를 본 것 같았다.

그 사람은 좁은 골목길의 안쪽으로 서 있었기에, 마침 혼자만의 생각에 빠져들어 있던 정들이 잠깐 스쳐 지나간 그 사람의 이미지에서 어떤 의미있는 분석을 해내는 데는 다시 어느 정도의 시간을 필요로 했다.

‘혹시……?’

얼굴까지는 제대로 보지 못했다.

그러나 흔하게 볼 수 있는 편한 옷차림에다, 제법 큰 키여서 훤칠하다는 느낌이 들면서도 약간 구부정한 어깨 때문인지 건장하다거나 당당하다는 느낌은 없었던 것 같았다.

어쨌든 그녀가 알고 있던, 그리고 오늘 볼 수 있으리라 기대하고 있던 그의 모습과는 사뭇 다른 모습이었다.

그러나 그럼에도 불구하고 무언지 모르게 스치는 직감 같은 것이 있었다.

"차 돌려요."

좀체 보기 드문 정들의 급박함에 운전기사는 급하게 핸들을 틀었다.

그처럼 급하게 핸들을 꺾고, 급후진을 하였다가 다시 완전히 방향을 틀어 급가속으로 앞으로 달려가기는, 그가 그녀의 차 운전을 맡고 나서는 처음이었다.

"여기서 세워요."

끼익!

차는 정확하게 좀 전에 사내를 보았던 그 골목의 앞에 정지했다.

그러나 사내는 이미 거기에 없었다.

"가요."

정들이 우울한 목소리로 운전기사에게 지시했다.

그리고 다시 중얼거렸다.

"바보 같은 자식!"

그러나 이번에 운전기사는 어깨를 움찔거리지 않았다.

다만 왠지 그래야만 할 것 같다는 생각에 가속페달을 밟는 발에 힘을 주어 조금 빠르게 그곳을 벗어났다.

그걸로 끝인 줄 알았다.

그러나 그날 저녁 내내 정들은 머리 속을 맴도는 김산의 생각으로부터 자유롭지를 못했다.

차라리 잘되었다는 생각도 들었다.

어차피 그녀와는 어울리지 않는 잠시간의 감상이었을 뿐이니, 오늘로 완전히 끝이라고 단정을 해보기도 했다.

그런데도 도무지 후련해지지가 않았다.

지나간 일에 대해서, 정리해야 하는 기준과 방법에 대해 누구보다도 분명하게 알고 있는 그녀였는데도 말이다.

내내 사라지지 않고 있는 이 허전함 같기도 하고, 서글픔 같기도 한 잔재들의 정체는 도대체 무엇이란 말인가.

그러나 그녀는 알고 있었다.

이런 개운치 않은 느낌들은 결국 잠시 동안 스쳐 가는 감상적인 작은 혼선, 혹은 감정의 유희에 지나지 않을 뿐이라는 것을.

그리고 내일 아침이면 그녀가 원하든 원하지 않든, 그녀를 기다리고 있는 온갖 새로운 정보들과 또 시급히 판단하고 결정해야 할 상황들의 홍수 속에서, 그녀는 지금의 이런 유치한 감정과 느낌 따위들에 대해서는 기억조차 하지 못하게 될 것이라는 것을.

그게 그녀였다.

그게 그녀다운 것이었다.

그녀는 그렇게 훈련받아 왔고, 그 이전에 처음부터 그런 운명으로 태어난 것이다.

헤픈 감정 따위가 아닌, 오로지 합리적이고 냉철한 이성만으로 살도록.

10. 우연 혹은 필연

오늘은 분기 단위로 있는 청룡회의 정기 모임이 있는 날이
다.

정들에게도 이런저런 이유로 필요성이 있기에 바쁜 일정
중에도 특별한 사정이 아니면 참여하고 있는 모임이었다.

또한 모임의 성격상, 본의 아니게 세상의 이목에 대해 보안
을 유지하며 참여해야 하는 모임이기도 했다.

청룡회의 모임에 대해 세간에서는 소위 귀족 파티라고 알
려져 있었다.

국내 정재계(政財界)의 소위 굴지(屈指)라고 할 수 있는 명

문가들의 2세들이, 그들끼리만의 교류를 위해 결성한 모임이기 때문이다.

청룡회(靑龍會).

이름 그대로 젊은 용들의 모임이라는 제법 거창한 의미를 둔 이 모임은 3년 전에 결성되었다.

그 이름에 대해 정들은 약간의 거부감을 가지고 있었다.

누가 지었는지는 몰라도 참으로 촌티가 풀풀 날리는, 그야말로 '고색창연' 한 이름 같아서였다.

그들이 무슨 용(龍)이라면 일단은 한 수를 먹고 들어가는 홍콩이나 중국계의 화교계도 아닌데 말이다.

그러나 형식이 내용을 치장하는 효과보다는, 내용이 형식을 그럴듯하게 만드는 효과가 더욱 큰 법인가.

까다로운 조건을 달아서 가려 뽑은 회원들의 면면만으로도, 청룡회가 본래의 이름이 뜻하는 바보다도 훨씬 더 거창한 의미를 지니게 된 지는 이미 오래였다.

정들은 재작년에야 유학을 마치고 귀국하였던 터라, 조금 늦게 이 모임에 참여하였다.

청룡회는 언뜻 보기에 먹고 마시고, 동류의 족속들이 끼리끼리 모여 즐기기 위해 모이는, 말 그대로의 부유층 자제들의 귀족 파티 같았지만, 사실 그들에게는 나름대로 쉽게 무시해

버릴 수 없는 여러 가지의 특별한 의미가 있는 모임이었다.

정보 교환, 인맥 트기, 그리고 각종의 로비 등등이 바로 그런 의미들 중의 일부이다.

회원들 모두는 나름대로 각 분야에서 대단한 관록과 영향력을 가진 가문들의 2세들이었고, 또한 그들 스스로도 특별한 엘리트 코스를 밟아 대부분은 이미 기반을 잡아 정재계에서 제법 굵직굵직한 명함들을 가지고 있기도 하였다.

그러니 이런 모임에서의 인적 교류를 통해 잘만 하면 예상 외의 커다란 현실적 이득을 볼 수도 있었고, 또는 지금 당장은 아니더라도 그리 멀지 않은 미래에 기대해 볼 수 있는 잠재적 이득에 대한 기회의 선점 정도는 능히 노려볼 수 있는 것이다.

반면에 이런 모임에서 소외가 된다면, 그것은 바로 그들이 지금까지 발을 담아왔던 상류사회와 주류사회에서의 소외와 이탈을 의미하는 것이 될 터였다.

그러한 소외에 의한 박탈감과 상실감이란 것은 이미 상류사회의 맛을 알아버린 그들이 쉽게 견딜 수 있는 것이 아니었다.

하여 청룡회는 자유스럽고 느슨한 사교 모임인 것 같으면서도 실제로는 표면화되지 않은 상당한 규율과 엄격함, 또 나름의 질서를 가진 모임이기도 했다.

물론 모임 중에서도 상층부를 차지하는 리더 급들에게는 그러한 규율과 엄격함은 또 별개의 사항이 되는 것이지만.

정들 역시 그 상층부에 위치하는 한 사람이었다.

비록 스스로가 마다하여 명목상의 리더 급에는 속하지 않았지만, 어쨌든 그녀는 대한민국의 최고일 뿐만 아니라 세계 속에서도 초일류 글로벌 기업으로 평가받는 제일그룹의 유일한 상속인이라는 배경만으로도 이미 모임의 최상층부를 차지할 수밖에 없는 위치인 것이다.

정들이 청룡회라는 특별한 모임 중에서도 다시금 특별할 수 있는 또 하나의 부가적인 이유가 있다면 그것은 바로 이승조의 덕분이라고 할 수 있었다.

그녀가 원했든 원하지 않았든 말이다.

이승조는 이 년 임기인 청룡회의 초대 회장을 맡은 데 이어 이대 회장 직을 연임하고 있는 중이었다.

그는 비교적 원활하게 회원들 간의 결속을 다져 가고 있다는 평을 받고 있었으며, 그것은 곧 그에게 회원 모두가 바라는 대로의 명예와 실리를 두루 만족시킬 수완이 있다는 의미일 것이었다.

실제로 이승조는 서른의 나이로는 국내에 거의 전례가 없을 정도의 성공 가도를 달리고 있는 중으로, 단일기업 규모로는 국내에서 서열권에 드는 회사의 경영을 맡아 매년 주목받을 정도의 성장을 이루어가고 있는 재계의 촉망받는 젊은 경영자였다.

지난 몇 년 동안 이승조는 누구나 인정할 수밖에 없는 최고의 엘리트 코스를 밟아왔고, 이제는 같은 나이대의 젊은이들 중에서는 가히 군계일학이라고 할 정도의 화려한 이력을 이미 쌓아놓고 있는 중이었다.

물론 그런 데에는 그의 걸출한 개인적인 능력과 역량이 있는 것이지만, 그 외에도 그가 가진 배경의 뒷받침 또한 빼놓을 수가 없는 것이었다.

이승조가 동방그룹의 후계자로 공식 거론되기 시작한 지는 벌써 이삼 년 전부터였다.

동방그룹의 가계(家系)는 재계 외에도 전통적으로 정관계(政官界) 등 국내의 전반적인 파워 그룹들과 두루 폭넓은 인맥을 형성하고 있기로 정평이 나 있었다.

그러니 이승조가 청룡회의 결성 과정과 운영에 있어서 중심적인 역할을 하게 된 데에는, 그러한 가문의 영향력에 힘입은 바가 없었다고는 할 수 없을 것이었다.

저녁 무렵 정들은 몇 년 전에 생일 선물로 받았으나 그간 내내 집 차고에 처박아두었던 오픈 루프형의 빨간 스포츠카를 회사로 가져오게 했다.

오늘은 직접 운전을 해볼 요량이었다.

그것은 어쩌면 비슷한 동류들의 모임에 대한 일종의 반발이라고 할 수도 있을 것이었다.

온갖 종류의 경쟁과 암투가 난무하기는 청룡회라고 해서 예외가 될 수는 없었다.

에티켓과 젠틀맨 쉽, 그리고 룰 따위가 무슨 당연한 베이직이기나 한 것처럼 깔리기는 하지만, 인간들이 구성하는 어느 사회나 조직이 다 그렇듯이, 그곳 역시 결국은 무제한의 경쟁이 존재할 수밖에 없는 곳이었다.

치열한 눈치, 비굴, 아첨, 자신에 대한 과대 포장, 인맥짜기, 짝짓기 등등…….

스스로도 조금도 다르지 않다는 생각을 하면서도, 그런 그들의 속에서 평소에는 잘 드러나지 않았던 그녀 자신의 적나라한 모습을 그대로 투영해 보는 것 같아, 정들은 오히려 그들과 다른 모습을 보이고 싶은 기묘한 욕구—그들 속에 있지만, 그들과 확연히 다른 파격을 행하고 싶은 그런 욕구—를 가지곤 하는 것이었다.

지금 수행 팀들을 모두 제쳐 버리고 차고에 처박아두었던 '새빨간' 스포츠카를 몰고 나서는 기분도 그런 욕구, 그런 파격의 연장선일 것이었다.

사실은 기왕 오래간만에 '사교'를 전제로 하는 모임에 나가는 김에, 평상시의 꽉 짜인 일상에서 벗어나 자유롭고도 과감하게 기분을 한번 내보고 싶은 마음이 그녀에게 있는 것이다.

비록 그런 기분을 내기에는 서른이라는 나이가 좀 많다는 부담이 들기는 하였지만, 이럴 때 아니면 언제 또 그런 기분을 내볼 것인가.

그 찬란하다는 이십대의 인생을… 유학이다 경영 수업이다 뭐다 하여 즐기기는커녕 음미해 볼 틈도 없이, 느끼지 못하는 사이에 보내 버리고 말았지 않았던가.

시동을 걸고 가속페달을 밟아 차를 발진시키자, 차는 소리도 없이 미끄러져 나가기 시작했다.

'파트너는……?

스포츠카에 대해 가졌던 선입관과는 다르게 상당히 부드럽다는 느낌을 받으면서, 정들은 문득 엉뚱하게도 그런 생각을 떠올렸다.

그러나 정들은 이내 픽 웃고 말았다.

청룡회의 모임에는 반드시 파트너를 동반하거나, 혹은 동반하지 못한다면 모임 내에서라도 그날의 파트너를 정해야 한다는—하다못해 남자끼리나 여자끼리라도—일종의 불문율 같은 것이 있었다.

회원 모두가 이십대 중반에서 삼십대 후반까지의 나이라 일부의 기혼층들을 제외하면, 상당수가 결혼 적령기이거나 혹은 이미 시기를 훌쩍 놓쳐 버린 미혼들이었다.

그러니 서로 자연스럽게 짝을 찾을 수 있도록 명분을 주기 위한 이유도 있었다.

그러나 그런 것에 대해 정들이 굳이 고민을 할 만한 사항까지는 아니었다.

늘 그랬듯이 모임에 가서 상황에 따라 맞추면 될 일이었다.

누가 됐건 정해지면 정해지는 대로 말이다.

그리고 사실은 그녀의 곁에는 당연한 것처럼, 또 언제나 그랬던 것처럼 이승조가 함께 할 것이지만.

몇 년 전부터 두 사람 사이에 혼담이 오고 간다는 것은 이미 비밀 축에도 끼지 못하는 소문이었다.

물론 정들이건 이승조건, 누구도 혼담에 관해서는 일절 아는 체를 하지 않았다.

하긴 그들 간의 혼담이야 어릴 때부터 양가에서 말이 오갔으니 정작 두 사람에게는 덤덤하기도 할 일이었다.

또한 어릴 때부터의 단짝이라 서로를 너무나 잘 아는 까닭에, 서로가 싫어할 일이나 꺼려할 말을 미리 삼가는 때문일지도 몰랐다.

사실 정들이 이승조에 대해 남편감으로서의 특별히 어떤

거부감 같은 것을 가지고 있는 것은 아니었다.

그렇다고 사랑이니 애정이니 하는 사뭇 애틋한 감정 같은 것을 한번이라도 느껴본 적이 있는 것은 또 아니지만, 어쨌든 그녀에게 있어 이승조가 최소한 친근한 존재라는 사실은 분명했다.

그냥 불편하지 않고 친근하다는 느낌 같은 것 말이다.

그러나 그런 정도의 감정이라고 해도, 그녀가 가족 이외에 다른 사람에게서는, 더욱이 같은 나이대의 남자에게서는 느껴보기 힘든 감정임에는 또한 분명했다.

나아가 이승조만큼 자신을 잘 이해해 줄 수 있는, 한 여자로서보다는 있는 그대로의 정들로서 이해해 줄 수 있는 남자를 만나기는 어려울 것이라는 생각을 늘 해왔다는 게 보다 솔직한 정들의 심정일 것이었다.

어쩌면 그것은 이승조의 입장에서도 마찬가지일 것이고.

도로는 별 정체 없이 잘 뚫리고 있었다.

약속 장소가 있는 호텔까지는 이제 몇 블록만을 남겨두고 있었고, 이대로라면 예정보다 십여 분은 일찍 도착할 것 같았다.

그런데 갑작스럽게 앞에서부터 차들의 속도가 떨어지고 있었다.

그러더니 금방 도로의 흐름이 완전히 멈추어 버리고 마는 것이었다.

아마도 앞쪽에서 큰 사고가 난 것 같았다.

잘 흐르다가 갑자기 끊겨 버린 도로 흐름에 대해 짜증을 내려다가 정들은 문득 차라리 잘되었다는 쪽으로 생각을 바꾸었다.

그녀가 본래 대단한 긍정주의적 철학을 지녀서가 아니라, 그렇지 않아도 예상보다 십여 분이나 일찍 도착하게 된 것이 썩 마뜩하지는 않던 참이었기 때문이다.

그녀가 시간을 지키는 것에 철저하다는 것은, 정해진 시간에 늦지 않는다는 의미뿐만이 아니라, 빠르지도 않는다는 것을 의미하기도 했다.

때로 빠르다는 것은 차라리 늦는 것에 비해 못한 경우도 있는 것이다.

특히나 청룡회와 같은 성격의 모임에서 십여 분이나 일찍 나가 다른 회원들을 기다린다는 것은, 괜히 바라는 무엇이 있기라도 한 듯한 조급함과 실없음으로 비칠 수도 있지 않겠는가.

차들이 꼼짝도 하지 못하고 서 있는 중에, 앞쪽에서는 한바탕의 소란이 일고 있었다.

차들 사이로, 그리고 도로변에서 사뭇 급박하게 쫓고 쫓기면서 일단의 난투극이 벌어지고 있는 중이었다.

십여 명은 훨씬 넘을 것 같은 무리들이었다.

우람한 덩치들이 거친 몸짓으로 달리고 있었다.

하나같이 검은 정장에다, 지나치게 단순하다 싶을 정도로 속으로는 하얀 와이셔츠를 받쳐 입었다.

꼭 그런 옷차림이 아니더라도 짧게 깎은 소위 각두기 머리만으로도 그들은 자신들의 정체를 분명하게 드러내고 있었다.

폭력배, 조폭들 간의 싸움인 모양이었다.

정들의 이마가 살풋 찡그려졌다.

상관없는 일이라 생각할 수도 있겠으나, 사내들이 보이는 거친 행태는 그녀로 하여금 슬며시 걱정을 하도록 만들고 있었다.

쫓고 쫓기는 과정에서 사내들은 도로 위에 멈춰 선 차들 위로 뛰어오르기를 예사로 하고 있는 중이었던 것이다.

그로 인해 도로 주변은 한순간에 무법 지대로 화한 느낌이었다.

정들은 자신이 자초한 몇 가지에 대해 잠깐의 후회를 하지 않을 수 없었다.

괜히 따돌리다시피 하며 한 사람의 수행원도 대동하지 않은 우발적(?) 충동에 대해.

그리고 난데없이 스포츠카, 그것도 지붕도 달지 않은 오픈 루프의, 그것도 보란 듯이 눈에 확 들어오는 도발적 빨강의 스포츠카를 몰고 나온 일시적 치기(稚氣)에 대해.

보고 있자니 참 대단하다는 감탄이 절로 나오리만큼의 날랜 몸놀림이었다.

정들이 혹시 자신에게 난데없는 불똥이라도 튈까 봐 불안하고 초조한 마음으로 사태를 지켜보던 중에 한 사내의 움직임을 보면서 하는 감탄이었다.

쫓기는 사내는 이십대 후반이나 삼십대 초반쯤으로 보였다.

얼굴 생김새를 자세히 평할 만큼의 여유있는 상황은 아니었고, 다만 워낙 거구의 덩치들에게 쫓기는 중이어서 그런지, 보통 이상의 큰 키에다 늘씬하다고 할 수 있을 사내의 몸집은 상대적으로 호리호리하게까지 보였다.

청년은 지금 쫓기고 있는 중이었다. 혼자서.

그러니까 지금 도로 위의 수많은 차들을 꼼짝 못하게 세워 놓은 가운데 벌어지고 있는 이 어이없는 한판의 소동은 바로 청년 하나를 잡기 위한 어느 조폭 조직의 일대 추격전인 셈이었다.

청년은 십여 명의 거구들 사이를 요리조리 빠져 다니며, 때

로는 이리 치고 저리 차고 하며 마치 희롱이라도 하듯 멈춰
선 차들의 사이를 휘젓고 다니는 중이었다.

정들이 불안 반, 감탄 반으로 지켜보고 있는 중에 그들의
추격전은 금세 정들의 스포츠카를 훌쩍 지나쳐 갔다.

거구의 사내들이 내뿜는 거친 숨결이 생생하게 느껴질 정
도로, 그 일단의 무리들은 정들의 바로 곁을 지나쳐 갔다.

정들은 그런 와중에도 그녀 자신과 자신의 차가 아무런 손
해도 입지 않았다는 데 대해 내심 안도의 한숨을 내쉬었다.

이제 추격전은 그녀의 뒤쪽에서 벌어지고 있었고, 그것을
보기 위해 그녀는 운전석에서 약간 몸을 세워 고개를 뒤로 돌
려야만 했다.

그 일단의 사내들이 한데 뒤엉키다시피 하며 벌이는 소란
이 정들의 차로부터 제법 멀어졌을 때, 저쪽 멀리 반대편에서
다시 한 무리의 사내들이 도로변을 따라 몰려오고 있었다.

그쪽의 무리들도 근 십여 명에 이르렀는데, 그들이 연출하
는 험악함은 기존의 무리들과는 또 비교할 바가 아니었다.

백주 대낮에, 아니, 시간상 백주 대낮은 아니지만 가로등에
다 네온사인에다 하여튼 사방이 대낮같이 밝은 가운데 적지
않은 인파들이 다니는 도심의 대로 변에서, 손에 손에 야구방
망이에다 쇠파이프 등등을 치켜들고 몰려오는 모양새들이 마

치 삼류 조폭 영화에서나 나올 법한 밤의 전쟁의 한 장면을 보는 듯했다.

새로 나타난 무리들이 도로로 뛰어들면서 도로 한가운데에서는 보다 격렬하게 한판의 난장판이 벌어지고 있었다.

정들이 자신도 모르는 사이에 그 한판의 난투극에 정신을 빼앗기고 있을 때였다.

빵!

빠앙!

앞쪽으로부터 연신 경적들이 울리면서 꽉 막혔던 차들이 조금씩 움직이기 시작하고 있었다.

정들은 그 난투극의 진행 과정을 좀 더 보고 싶은 마음이 있었지만—사실은 그 청년의 활약상을 좀 더 지켜보고 싶은 욕심인지도 몰랐지만—그렇다고 다시금 흐르기 시작한 도로의 흐름에서 이단적인 존재가 되는 것을 감수해 가면서까지 그럴 생각은 조금도 없었다.

그녀는 다만 잠시, 그냥 우연히 흥미로운 하나의 사건을 구경했을 뿐인 것이다.

그러나 조금 흥미롭기는 했지만, 그녀와는 조금도 관련이 없는 우연한 사건일 뿐이었다.

차들은 조금씩 속도를 더하고 있었다.

그럼으로써 도로는 다시금 그 본래의 모습대로 흐름을 타기 시작했다.

그때였다.

제법 가까운 뒤쪽에서 악다구니 쓰는 소리가 들렸다.

"저 새끼 잡아!"

"빠져나가지 못하도록 앞을 막아!"

정들은 얼른 고개를 돌렸다.

그새 그들의 난투극은 새로운 양상으로 변해 있었다.

이십여 사내들이 고래고래 소리를 지르며 움직이는 차들 사이를 위태롭게 헤집고 다니는 중에, 그 혼란의 중심은 다시 도로를 거슬러 오고 있었던 것이다.

그 혼란의 선두에는 당연히 예의 그 청년이 있었다.

청년은 질주하고 있는 중이었다.

차들 사이를 달리다가 앞이 막히면 날렵하게 차의 보닛이며 지붕을 밟고 건너뛰며 방향을 바꾸었다.

그런 중에도 달라붙는 자들을 순간순간 치고 차는 그 몸놀림이 얼마나 날랜지 마치 정글을 누비고 다니는 한 마리의 야생 표범을 보는 듯하였다.

그러나 점차 속도를 내기 시작하는 차들과 이십여에 달하는 거구들의 추격을 요리조리 위태롭게 도망 다니는 그 모습은 보는 사람으로 하여금 안쓰러운 생각을 들게 하는 한편, 응원하는 마음까지 들도록 하는 데가 있었다.

그래 봐야 유유상종이라, 그놈이나 이놈이나, 다 폭력배들의 패거리이긴 마찬가지일 거라는 생각을 하면서도 말이다.

빵!

빠앙!

끽!

끼익!

혼란의 와중에서 제멋대로 끼어 드는 사내들로 인해 차들은 수시로 경적을 울리고 급브레이크를 밟아댔다.

조폭들은 괜한 화풀이를 하는지, 앞을 가로막는 차들을 향해 야구방망이며 쇠파이프로 보닛과 지붕을 내려치기도 하고, 문짝을 걷어차기도 하고 있었다.

개중 성질 급한 운전자가 있어 차창을 내려 밖을 내다보기라도 하면 곧바로 쌍욕을 들어야만 했다.

"뭘 보나, 씨방새야! 왜 떫다는 거냐? 근데 떫어도 눈깔은 아래로 깔아라이? 확 그냥 쪼샀삐기 전에……?"

그러나 이미 십여 분 가까이나 꼼짝없이 도로 한가운데에 갇혀 있던 차들이었으니, 그 울화통과 짜증만으로도 폭력배들의 위협에 대해 정면으로 치받지는 못해도 못 본 체 밀어붙일 작정들은 서는 모양이었다.

차들은 연신 브레이크를 밟아대면서도 앞차의 꽁무니를 놓치지 않으려 했다.

정들은 순간순간 앞차와의 간격을 확인하면서도 내내 청년의 모습을 쫓고 있었다.

그런데 잠시 시선을 놓친 틈에, 청년의 모습이 보이지 않았다.

그러나 사내들이 '와와!' 소리를 지르면서 손가락질을 해대는 것으로 보아서는 부근의 움직이는 차들 사이 어딘가에 몸을 숨기고 있는 모양이었다.

정들은 인상을 찡그렸다.

십여 미터나 뒤쪽에서 부산히 날뛰고 있던 사내들이 갑자기 빠르게 앞쪽을 향해 달려오고 있었기 때문이다.

차들이 움직이고 있다고는 하지만, 아직까지 그 속도는 빠르게 걷는 정도밖에 되지 않았기에, 이대로 가다가는 그녀 역시도 봉변의 범위 내에 드는 처지가 되고 말 터였다.

'제발 빨리 좀 가자!'

정들은 내심 다급한 심정이 되었다.

그런 심정이 통했는지 사내들이 정들의 뒤로 차 두 대 정도의 간격으로 가까워졌을 즈음에 앞차들의 흐름이 확연히 속도를 붙이기 시작하였다.

정들은 안도의 한숨을 내쉬며 가속페달을 밟아 속도를 올렸다.

갑자기 차체가 울렁 하고 흔들린 것은 바로 그때였다.

당황하여 백미러로 눈을 가져가자, 아니나 다를까, 누군가 뒷좌석으로 뛰어올라 있었다.

바로 그 청년이었다.

놀랐지만 정들은 짐짓 태연한 체를 하였다.

이럴 때일수록 놀라는 모습을 보이는 것은, 사태 수습에 조금도 이로울 게 없다는 것을 정들은 잘 알고 있었다.

"지금 이게 무슨 짓이에요?"

차분하면서도 차가운 목소리로 정들이 힐난하듯 말했다.

"아, 이거 미안하게 되었습니다. 아가씨! 본의는 아니지만, 보시다시피 워낙 급한 처지에 몰리다 보니 폐를 끼치게 되었습니다. 여기만 벗어나면 금방 내릴 테니, 잠시만 신세 좀 지는 것으로 합시다."

그 말뜻은 분명 다급한 것인데, 정들이 보기에 묘하게도 사내에게서는 막상 그다지 급한 기색이 없는 것 같았다.

어쨌든 정들로서는 더욱 난감한 상황에 처하지 않으려면. 우선은 차를 모는 것밖에는 다른 도리가 없어 보였다.

뒤쪽에서는 지금 조폭들이 그야말로 살벌한 기세로 고래고래 고함을 치며 전력 질주로 정들의 차를 따라오고 있는 중이었으니 말이다.

천만다행인 것은 이제 도로가 제대로 뚫렸는지 앞차들이 본격적으로 속도를 내고 있다는 것이었다.

부우웅!

가속페달을 밟으면서 백미러로 조폭들이 현저히 멀어지고 있다는 것을 확인하면서 정들은 겨우 안도의 한숨을 내쉴 수 있었다.

"당신 조폭인가요?"

정들의 물음에 청년은 피식하고 웃었다.

"훗! 내가 조폭같이 보입니까?"

그제야 정들은 백미러에 비치는 청년의 얼굴을 제대로 살필 수 있었다.

선명한 얼굴이었다.

그렇다고 미남형이란 의미는 아니다.

다만 이목구비를 하나하나 뜯어보자면 조금 지나치다 싶을 정도로 윤곽들이 선명하다.

그럼으로써 역시 조금은 지나치다 싶을 정도로 강한 이미지를 풍기는 얼굴이었다.

그나마 습관인 듯 내내 떠올려 놓고 있는 묘한 웃음기가 그 강한 이미지를 상당 부분 희석시켜 놓는 데가 있었다.

정들의 분석법상 이제 상한선과 하한선을 정해볼 차례였다.

장단점 분석이랄까?

최대한 좋은 쪽으로 보아 매력을 뽑으라고 한다면…….

'수컷' 으로서의 매력이 있다고 할까?

문득 떠올린 그 원초적인 묘사는 역시 청년의 강한 이미지 때문일 것이었다.

다듬어지지 않은, 사뭇 야성적인 카리스마라고나 할까.

그러나 자신을 한번도 '암컷' 이라는 개념으로 생각해 본 적이 없는 정들이니 그런 '매력' 따위에 호감을 가질 수는 없었다.

그녀가 사람을 평가하는 최고의 기준은 비지니스 상대로서이다.

또한 그것은 이 청년의 경우, 최대한 나쁜 쪽으로 보는 평가와 일치할 것이었다.

비지니스 상대라면……?

한마디로 꽝이었다.

아니, 그 이하였다.

뭐랄까? '불가촉(不可觸)' 의 클래스랄까?

다분히 위험스럽게 보이는 인상이었다.

더구나 지나치게 야성이 강해 용이하게 길들여지지도 않을 것 같은 인상이었다.

정들은 지금껏 수많은 인상들을 만나왔었다.

아예 그런 쪽으로는 전공을 쌓다시피 철저한 교육을 받기도 했었다.

잘나고 못나고, 유능하고, 무능하고, 품위있고 비열하고 등
등의 수많은 인상들을 직간접적으로 접해본 정들이었으나,
지금 그녀의 차 뒷좌석에 마음대로 난입(?)하여 마치 초대받
은 손님처럼 능청스럽고도 태연하게 앉아 있는 청년처럼 독
특한 이미지를 주는 인상은 처음이었다.

그것도 첫인상에, 더구나 이런 황당한 상황에서 백미러를
통해 보는 인상이라니…….

'지나치게 강하다', '어디로 튈지 예측이 불가하다', '통
제가 어렵다'.

그런 이미지들은 정들이 가장 싫어하는 이미지였다.

가능하면 접촉하지 말아야 할 이미지였고, 어쩔 수 없이 상
대를 하더라도 직접은 상대하지 말도록 교육받은 비지니스상
의 최악의 상대가 되는 이미지였다.

그래서 '불가촉'의 클래스인 것이다.

정들이 백미러로 자신을 유심히 살피고 저울질하는 것을
알았는지, 청년은 문득 하얀 이를 한껏 드러내며 익살스럽게
웃어 보였다.

정들이 얼른 백미러에서 눈길을 떼며 미뤄두었던 말을 이
었다.

"아니, 뭐 꼭 조폭같이 보인다기보다는… 몇십 명이나 되

는 조폭들을 몰고 다닐 정도면……."

정들이 대충 얼버무리자 청년이 틈을 낚아채듯 말을 잘랐
다.

"거 괜한 백수 엄한 조폭 만들지 마십시오. 그리고 말을 하
려면 있는 그대로를 말해야지, 내가 언제 조폭들을 몰고 다녔
다고 그럽니까? 어디까지나 내가 쫓겨 다닌 거지. 그리고 이
번 일은 정말로 우연히… 그러니까 그 조폭들이 사람을 잘못
본데서 비롯된 오해였다고요."

정들은 자신도 모르게 슬쩍 미소를 떠올리고 말았다.

몇 마디 주고받는 과정에서 청년의 말투와 내용은 비록 교
양있다고 할 것은 아니었지만, 그래도 아주 무례하거나, 혹은
무식하거나, 또 혹은 소위 조폭 식의 막가는 정도는 아니었
다.

청년에 대해서는 미리 최악의 평가까지 내려보았던 터라,
정들은 청년의 그 '기대 이상의 수준' 에 대해 적잖이 만족스
러워지기까지 하는 마음이 되었던 것이다.

"훗! 백수예요?"

정들이 웃으며 하는 물음에 청년은 오버스럽게 어깨를 으
쓱해 보이며 말을 받았다.

"보십시오, 이 깨끗한 두 손. 백수 중에서도 오리지날 정통
백숩니다. 조폭과는 엄연히 다르다 이겁니다."

정들이 받았던 첫인상과는 사뭇 어울리지 않아 보이는 청년의 넉살에 정들은 마침내 소리 내어 웃지 않을 수 없었다.

"호호호!"

정들은 문득 그녀에게 닥친 이 우연하고도 황당한 사건에 대해 제법 유쾌한 기분까지 느끼게 되었다.

청룡회의 정기 모임에 나가는 것은 그녀에게 썩 내키는 일은 아니었지만, 그래도 오랜만에 조금은 억지로라도 자유롭고 유쾌한 마음으로 가고자 했던 정들이었다.

그런데 모임에 가던 중 뜻밖의 우연으로 만난 이 청년은 그녀에게 전혀 기대하지 않았던 웃음과 유쾌함을 주고 있었다.

물론 그 웃음과 유쾌함은 전혀 비지니스적이지 않은, 그리고 전혀 본래의 그녀답지 않은 예외적 시각에서 나오는 것들이었다.

정들은 잠시 일상에서 벗어나 일탈을 즐기는 심정이 되었다.

이미 예리하게 평가해 둔 바 있듯이, 청년에게는 거칠고 건방진 면이 다분히 있었으며, 그러면서도 무언지 모를 또 다른 기이한 분위기로 정들로 하여금 불편함을 느끼게 만드는 중에도 또다시 묘한 유쾌함과 통쾌함 같은 것을 느끼도록 만드는 데가 있었다.

어쨌든 청년은 사람을 불편하게는 만들망정, 최소한 불쾌하게 만들지는 않고 있었다.

더욱 흥미로운 것은 문득 청년에게서 그녀가 너무도 잘 알고 있는 누군가와는 상당히, 아니, 아주 상극이라고 할 만큼의 반대적인 뉘앙스 같은 것을 느끼게 되었다는 점이었다.

한편 정들은 그런 뉘앙스를 느끼는 스스로가 이상하기도 했다.

그런 추정 내지는 판단을 뒷받침할 아무런 근거나 배경도 없으면서 그녀는 선뜻 그런 뉘앙스를 기정사실화해 가고 있었으니 말이다.

묘한 호기심과 흥미.

그것은 청년에 대한 관심이었다.

비록 잠깐의 일탈을 즐기고 있는 심정인 지금 이 시간에만 잠시 가지다가 금방 버릴, 일회성의 관심일 뿐이지만.

갑자기 그녀에게 엉뚱한 생각 하나가 슬그머니 떠오른 것은 바로 그때였다.

"난 이쯤에서 내리면 됩니다."

청년의 말에 정들은 도로변으로 차를 세웠다.

"오늘 실례 많았고, 또 고마웠습니다. 아가씨는 오늘 내게 큰 도움을 베풀었으니, 분명 앞으로 복 많이 받을 겁니다. 그럼 잘 가십시오."

청년은 예의 그 얼굴에 아주 달린 것 같은 미소로 끝까지 넉살 좋게 이별을 고한 다음에 차 문을 열었다.

그런데 그가 막 한 발을 땅에 내디뎠을 때, 정들은 돌아보지도 않고, 또한 대답을 바라지도 않는다는 듯한 투로, 중얼거리듯이 말했다.

"아무리 백수라도 말로만 공치사를 하고 간다는 것은 좀 너무하지 않나?"

사내가 차에서 내리다 말고 엉거주춤하게 선 채로, 그러나 별로 당황하거나 미안한 기색은 없이 빙글거리며 말했다.

"언제 따로 사례를 하겠다고 말하는 건 쉽죠. 다만 백수 처지에 당연한 헛말이 될 게 뻔하지만요. 이미 말했지만 난 사이비가 아닌 오리지날 정통백수라니까요. 달랑 몸뚱이 하나 외엔 아무것도 가진 게 없는 진짜 백수? 한 번 더 보여 드려요? 이 깨끗한 두 손?"

그러면서 청년은 두 손을 활짝 펴 보였다.

그런데 힐끗 돌아보는 정들의 입가에 묘한 미소가 어려 있었다.

"당신에게 진짜로 사례를 할 마음이 있다면, 아주 방법이 없는 것도 아니에요."

그 말에 청년이 새로 보인다는 듯 정들의 눈을 빤히 쳐다보며 물었다.

"뭡니까? 아가씨가 내게 원하는 게?"

정들이 느긋해 보이는 미소를 떠올리며 천천히 말했다.

"당신 말대로 내가 당신에게 요구할 수 있는 게 따로 뭐가 있겠어요? 당신이 유일하게 가진 그 달랑 몸뚱이 외에?"

청년은 일시 어이가 없어진 듯했다.

시종 보여주던 넉살은 물론이고, 아주 달아놓은 듯하던 얼굴의 그 미소조차 일시 사라져 버린, 아주 멍한 표정이 되어 있었다.

정들은 청년의 색다른 표정이 재미있다는 듯 생글거리며 말을 이었다.

"그 몸뚱이 잠시만 빌릴게요. 넉넉잡고 한두어 시간이면 충분할 거예요."

그러자 청년의 표정이 아주 묘하게 변했다. 이상야릇하게.

"그러니까 지금 내 몸뚱이를 원한다 이거요? 그럼……."

그러나 청년이 말을 더 잇기 전에 정들이 금방 차가운 얼굴로 돌변하며 말을 잘랐다.

"괜히 엉뚱한 상상 말아요. 난 지금 파트너 동반 모임에 함께 갈 임시 대타로 잠시 당신을 필요로 한다는 것뿐이에요."

청년이 이제는 여실히 호기심이 서린 눈빛으로 정들의 말을 나직이 되새김했다.

"파트너 동반 모임?"

그러면서 새삼 정들과 차를 한번 슬쩍 훑어본 청년이 제 딴에는 대충의 사정을 짐작했다는 듯이 다시 얼굴에다 예의 그 넉살 좋은 미소를 떠올리며 말했다.

"호오! 아가씨 정도의 미모에다, 차려입은 행색에다, 이런 정도의 고급 스포츠카면… 그 모임이라는 것도 무슨 금반지 계 같은 수준은 아닐 텐데… 아무리 임시 대타라지만 나같이 별 볼일 없는 백수를 파트너로 데려가도 괜찮겠소?"

정들이 짐짓 차갑게 코웃음을 쳤다.

"흥! 그건 당신이 걱정할 문제가 아니에요. 비록 즉흥적으로 떠올린 생각이긴 하지만, 난 어디까지나 내 안목을 믿는 사람이에요. 당신을 잠깐 본 내 감상으로는 비록 백수이긴 하지만, 그래도 아주 형편없는 백수는 아닌 것 같아서 하는 제안이라고 생각해 줘요. 뭐, 그럼에도 불구하고 당신이 내 기대에 영 못 미칠 수도 있겠지만, 만약에 그런 경우라도 다 내 안목이 부족하고 오늘 일진이 사나워서 그러려니 하고 넘길 각오는 이미 되어 있으니까, 당신은 다만 내 제안을 받아들일 건지 말 건지 그것만 결정하면 돼요."

청년은 잠시 생각을 하는 듯 보였다.

그러나 이내, 마치 생각지도 않았던 횡재를 만났다는 듯이 표시나게 벙싯거리며 입을 열었다.

"후훗! 아가씨한테 신세진 것도 있지만, 이거 말을 듣고 보니 은근히 땡기는 데가 있어서 도저히 아가씨의 그 제안을 거절할 수는 없을 것 같습니다.”

그러면서 청년은 슬그머니 다시 차로 올라탔다.

청년의 그런 모습에서 정들은 아무리 좋게 봐주려 해도 어쩔 수 없이 새삼스럽게 드는 약간의 경박하다는 느낌을 가질 수밖에 없었다.

‘내가 지금 괜한 번거로움을 자초하고 있는 건가?

그렇게 정들은 약간의 후회를 하며, 청년에게 다시 한 번 경계를 그어놓을 필요를 느꼈다.

“다른 건 몰라도 한 가지, 나한테 무례할 생각일랑은 아예 하지 말아요. 나는 당신 같은 백수가 함부로 무례해도 좋을 그런 사람은 결코 아니니까 말이에요. 미리 말해두지만 만약 조금이라도 허튼짓을 했다가는 당신은 금방 크게 후회하게 될 거예요.”

그러나 청년은 이제 그 본래의 능글맞기까지 한 넉살을 완전히 되찾고 있었다.

“음? 지금 그 말 협박입니까? 백수로서는 도저히 거절하기 어려운 매력적인 제안에다, 이제는 함부로 행동하지 못하도록 적당한 협박까지……? 하하하! 거, 사람 다루는 재주가 아주 능수능란하십니다. 뭐, 어쨌든 좋습니다. 사람 다루는 재주 하나만 보더라도 아가씨의 방금 그 협박이 그냥 하는 협박이 아니라는 건 충분히 알았으니까. 그럼 정식으로 아가씨의 제안을 받아들이도록 하죠. 오늘 밤 아가씨의 파트너로서 그 임무가 끝날 때까지 최선을 다할 것을 다짐합니다."

좀 전의 경박하다는 느낌에서 금세 또 다른 이미지를 보여 주는 청년에 대해 정들은 다시금 웃지 않을 수가 없었다.

"호호호! 뭐 그렇게 정색으로 다짐을 할 필요까지는 없어요. 나는 다만 오늘 밤 모임을 좀 가볍게 즐기려고 할 뿐이니까, 당신도 그렇게 생각하면 될 거예요. 사실 이 모임이라는 게 영 재미없는 인간들만 득시글거리는 데라서 말이죠? 아, 참! 당신 이름이 어떻게 되죠? 이제부터 우리는 어쨌든 파트너가 되었는데 최소한 서로의 이름이라도 알아놓아야 하는 거 아닌가요?"

청년이 고개를 끄덕여 정들의 말에 수긍하며 짧게 대답했다.

"레이디 퍼스트!"

그 소리에 정들이 픽 웃으며 별생각없이, 혹은 모르는 체 되물었다.

"무슨 소리죠?"

"이런 제길! 어디 구석진 데 있는 유치원 나왔소? 그 정도 영어도 못 알아듣게?"

정들은 순간적으로 숨이 턱하고 막힐 정도로 어이가 없어졌다.

이건 대놓고 무식하다는 비난이다.

그리고 그 상스러운 말투라니…

그보다도 이런 돌발성이라니…

상대는 그녀가 이미 판단을 내려놓은 대로, 비지니스적인 측면에서는 역시 최악의 상대였다.

그런데 정작으로 그녀의 숨을 턱 막히게 한 이유는 따로 있었다.

어이없는 중에 가슴 한구석으로 새록새록 솟아오르고 있는 이 시원함은 무엇인가?

이 통쾌한 후련함이란 도무지…….

'내게 혹시 마조히스트적인 성격이 숨어 있었던가?'

그런 생각까지 하면서 정들은 쓴웃음을 짓지 않을 수 없었다.

하긴 사내의 말처럼 유치원에서부터 이날 이때까지, 누구한테 무식하다는 소리를 직접 면전에서 들어보긴 처음이었다.

첫 경험이란 뭐든지 꽤나 특별한 느낌이 있는 모양이었다.

그때 청년은 친절하게도 자신의 고급 영어(?)를 해석해 주고 있었다.

"남의 이름을 묻기 전에, 먼저 자신의 이름을 밝힐 것. 그건 기본적인 에티켓입니다?"

정들은 어쩔 수 없이 헛웃음을 뱉고 말았다.

"훗! 그건 그렇다 치고, 거기에 레이디 퍼스트가 왜 나와요?"

그런데 청년의 대답이 또 걸작이었다.

"난 그렇게 배웠소."

정들이 이제는 반사적이다시피 다시 웃으며 말했다.

"훗! 어쨌든 좋아요. 난 정들이에요. 그쪽은?"

그러나 사내는 좀 더 여유를 부렸다. 능글맞게.

"정들? 정든다 할 때의 정들이요?"

지금 자신의 이 다소곳함이 어디에서 나오는 건지 정들은 스스로도 의아해졌다.

그러나 그러면서도 정들은 순순히 청년의 말을 받아주고 있었다.

"아니에요. 산과 강과 들 할 때의 들이에요."

청년은 잠시 말이 없었다.

역시 예측 불가다.

그녀가 무슨 특별한 말을 한 것도 아닌데, 금방 진지해진 것처럼 보이는 것이다

한 템포를 충분히 죽여놓고 나서야 청년은 입을 열었다.

"흠! 특이하면서도 좋군요. 역시 미인들은 이름마저도 예쁘다니까?"

“그런 칭찬은 반갑지 않으니까, 이제 당신 이름이나 말해 봐요.”

정들의 목소리에 약간의 강압적인 느낌이 녹아 있는데도 불구하고 청년은 여전히 느긋했다.

“내 성은 김이요. 그리고 이름은 이미 아가씨가 말했고…….”

“뭐예요?”

“방금 아가씨가 산과 강, 그리고 들을 말했지 않소? 그중에 내 이름이 있다니까……?”

그 말을 듣고 반사적이다시피 정들의 생각 속으로 퍼뜩 떠오르는 이름 하나가 있었다.

그리고 정들은 불현듯 그 이름을 중얼거리고 말았다.

“김산……?”

그러나 정들은 자신의 반사적인 중얼거림에 대해 미처 당혹스러워할 틈조차 가질 수 없었다.

곧바로 청년의 빈정거림이 터져 나오고 있었기 때문이었다.

“나, 참! 확실히 아가씨는 출신 유치원에 문제가 있는 것 같소. 찍기도 엄연히 실력인데, 어떻게 그렇게 못 찍을 수가 있소? 난 소싯적에 사지선다형은 물론이고 오지선다형에서도 출중한 실력을 발휘했는데 말이야. 이건 자기 이름 빼놓고 산과 강 둘 중에서 하나를 뽑으면 되는, 오십 프로 확률의 거저 먹기 문제도 못 맞추니 원……. 나, 김강(金江)이오. 한강, 낙동강 할 때의 그 강. 자자! 우리 이쯤 하고 일단은 출발을 해 봅시다."

청년, 김강이 그렇게 신랄하고도 일방적인 빈정거림에 이어 얼렁뚱땅 출발을 서둘렀으나, 정들은 잠시간의 사뭇 기묘한 어떤 감회를 되새기고 있는 중이었다.

'강이라고……? 강(江)……?

11. 파티

　차를 운전하는 중간중간에 정들은 새삼스럽게 백미러로 뒷자리의 김강을 살펴보고 있었다.

　그런데 벌써 익숙해진 것인가?

　아니면 그사이에, 그가 보여준 몇 번의 돌발적인 이미지로 인해 그에 대한 그녀의 평가가 다소간 변하기라도 했던 것인가?

　다시 보니 그는 처음의, 다소 지나치다 싶을 정도의 그 강한 이미지를 벗고 상당히 평범한 얼굴로 보이고 있었다.

　다만 얼굴 윤곽의 선이 굵고, 사내답다는 것은 여전했다.

그리고 비록 앉은 몸이지만 새삼 전체적으로 단단하고도 탄탄한 탄력이 느껴지는 몸매였다.

그리고 또한 생각해 보니 그의 목소리 역시 굵고 허스키하여 다소 특이하였지만, 듣기에 그다지 나쁘지는 않았다.

'홋! 대단하군. 이렇게 되면 그는 잠깐 사이에 자신에 대한 이미지의 일대 개혁을 이룬 셈인가? 그것도 나같이 깐깐한 사람을 상대로……?'

호텔.

흔히 보기 어려운 고급 스포츠카라서 그런가?

도어맨이 잽싸게 다가와 차 문을 열어주었다.

김강은 그 친절이 영 어색하다는 듯 조금은 조심스럽게 차에서 내렸다.

도어맨은 김강이 내리기를 기다려 부드럽게 뒷문을 닫고 운전석 쪽으로 다가갔다.

정들은 도어맨이 차 문을 열기를 기다렸다가 가벼운 미소를 머금고 천천히 내렸다.

그 모습이 아주 자연스럽다.

역시 대접이라는 것도 받을 줄 아는 사람이 받아야, 하는 사람이나 받는 사람이나 서로가 편하고 자연스러운 모양이었다.

대형 리셉션 룸이었다.

정들과 김강 커플(?)은 입구에서부터 주목을 받았다.

우선은 입구를 지키는 대여섯 명 청년들의 의심스러운 시선이었다.

그들은 무슨 경호원들인 것처럼 검은 정장에 귀에는 무선 이어폰까지 꽂은 차림들이었는데, 사뭇 삼엄하게 연회장으로 출입하는 인원들을 일일이 확인하는 모습이었다.

물론 초청장이나 신분증 제시를 요구하는 정도는 아니었으나, 청년들의 눈빛에는 출입하는 사람들의 면면을 예리하게 관찰하는 기색이 뚜렷했다.

하긴 청룡회의 회원들 전체라야 기껏 백여 명 안팎이니 그들 모두가 파트너를 동반해 온다고 하더라도 이백 안쪽일 것이고, 또한 그들 중의 대부분이 나름으로는 유명인사들이라고 할 수 있으니, 청년들의 그런 통제 방법이 가능할 듯도 했다.

그러나 김강에게 쏠렸던 청년들의 의심스러운 시선은 살짝 팔짱을 끼어준 정들의 가벼운 몸짓 한번으로 대번에 풀어져 버렸다.

그들 커플이 정작으로 대대적인 주목을 받은 것은 입구를 지나 연회장 안쪽으로 들어섰을 때부터였다.

연회장의 안쪽은 족히 수백 명은 너끈히 수용하고도 남을 넓은 공간이었다.

천장의 샹들리에, 바닥의 카펫, 벽과 기둥의 장식들…….

슬쩍 훑어보는 것만으로도 품격을 갖춘 호화로움이 느껴지는 그 공간의 안쪽으로는 제법 넓은 무대가 꾸며져 있었고, 지금 육인 조의 악단이 라이브로 연주하는 조용한 음악이 잔잔하게 흐르고 있었다.

무대의 앞쪽으로는 널찍널찍하게 수십여 개의 테이블이 배치되어 있었는데, 각 테이블에는 삼삼오오 정장과 성장(盛裝)을 한 남녀들이 자리하고 있었다.

온전히 비어 있는 곳이라고는 무대 좌우의 가장자리 쪽 테이블 몇 개뿐이어서, 정들은 자신에게 아는 체를 해오는 이들에게 가벼운 목례로 답례를 해가며 김강을 왼쪽 구석의 비어 있는 테이블을 향해 이끌었다.

자리를 잡고 앉아서도 정들은 가까이에서 혹은 멀리서 직접 찾아오거나 혹은 손짓 고갯짓으로 인사를 건네오는 이들에 대해 인사를 나누기에 한동안 바빴다.

그러나 그런 중에도 정들의 관심은 수시로 김강에게로 향하고 있었다.

정들의 그러한 관심이 김강에 대한 배려 차원의 걱정, 혹은 김강의 부적응 또는 실수로 인해 그녀에게 미칠 어떤 불이익에 관한 것은 아니었다.

그런 따위가 걱정이 되었다면, 그녀는 애초부터 이런 일을 만들지도 않았을 테니까.

그녀는 다만 지금의 이런 상황과 환경에 대해 그가 어떤 반응을 보일지가 궁금해지는 심정이었다.

아마도 이 자칭 백수는 자신이 임시 대타의 파트너 노릇을 해야 하는 상황과 환경이 설마 이런 종류의 것이었으리라고는 상상을 하지 못했을 것이니까 말이다.

그런데 무덤덤했다.

적당한 각도의 시선으로 사방을 천천히 둘러보는 그, 김강에게서는 오히려 여유 같은 것이 비치고 있었다.

여유 같은 것?

그것이 왜 당당함으로까지 여겨지는지에 대해서는 정들로서도 당장에는 그 추정 근거를 댈 수 없는 애매한 부분이었다.

화려하면서도 멋들어진 복장들의 사람들 사이에서도 김강의 수수하다고 해야 할 캐주얼 복장은 그다지 어색해 보이지는 않았다.

더구나 정들이 기대(?)했던 대로의 촌스러움 같은 것은 없었다.

정들이 김강에 대해 당당해 보인다는 애매한 억측(?)까지를 하게 된 데에는, 그가 자신에 대해 쏟아지는 그 일방적인 시선들에 대해서 시종 무덤덤한 기색을 보이고 있기 때문이었다.

관심과 호기심을 넘어 경계, 우려, 견제, 비난, 무시, 경멸 등등의 대부분은 부정적이고 비호의적인 의미들이 담긴 그 수많은 시선들에 대해서.

하긴… 어쩌면 김강이라는 이 자칭 백수에게는—정말 백수답게도—눈치란 게 아예 없어서, 지금 장중의 시선들이 자신에게로만 집중되고 있다는 사실 자체를 느끼지 못하고 있는지도 모를 일이었다.

그런 중에 정들은 문득 이 모든 상황이 사실은 자신의 예측했던 범주 내에서 일어나고 있다는 생각을 했다.

그것은 그녀로 하여금 일시 은근하게 으쓱해지는 기분이 들도록 만드는 것이었다.

애초에 그녀가 김강이라는 다분히 조폭이라는 의심이 가는 자칭 백수를 선택했던 이유는, 그에게 이런 정도의 상황과 환경 정도는 능히 견딜 뻔뻔함과 넉살의 여지를 발견하고 판단했었기 때문이지 않았겠는가.

조폭이든, 백수든, 정들이 판단하고 있는 김강은 별로 잃을 것이 없는 부류의 사람이었다.

그리고 그런 부류의 입장이라는 것은 곧 어떤 상황에서도

크게 손해 볼 것이 없는 입장일 것이니, 때로는 그 어떤 편견
과 견제 속에서도 오히려 당당해질 수도 있는 법이란 걸—혹
은 무작정의 반발 내지는 악에 받친 저항 같은 것일지도 모르지
만—미리 판단해 둔 정들 자신의 명철함이 아니겠는가.

　김강에게서 확연히 드러나 보이는—자신들과는 다른 부류에
게서 느껴지는—이질감 외에도, 청룡회의 회원들과 또한 못지
않게 대단할 그 파트너들이 김강에게 그처럼 부정적이고도
비우호적인 시선을 보낼 이유는 또 있었다.
　바로 정들 자신 때문이었다.
　바로 김강이 정들 자신의 파트너로서 이 자리에 있기 때문
이었다.
　김강을 향한 시선들 중에 섞인 무시와 경멸의 의미는 바로
김강이, 정들이 펼치는 일종의 이벤트성 깜짝쇼에 출연한 일
회성의 단역 배우임을 익히 짐작하기 때문일 것이었다.
　정들과 이승조 사이에 혼담이 오가고 있는 지 꽤나 오래되
었다는 것은, 적어도 이 자리에 참석하고 있는 사람들 사이에
서는 이미 소문을 넘어 기정사실화되어 있는 터였다.
　비록 혼담의 당사자인 두 사람 중 누구도 그 같은 소문에
대해 일절 언급하지 않았고, 또한 구체적이라 할 만한 어떤
소식이 따로 있었던 것은 아니었지만, 통상 재벌가의 혼사라

는 게 대개는 정략적이라는 등등의 구설수를 피하기 위해서라도 그렇게 비밀스럽게 무르익다가 일이 다 성사되고 난 다음에야 한꺼번에 터뜨리듯이 발표가 되는 게 관례가 아니던가.

더욱이 두말할 필요도 없이 명실 공히 대한민국 재계 일위인 제일그룹과 재계 이위에다 해방 이후의 역사와 그 부침을 함께 해온 터라 민족기업이라고까지 불리는 전통과 저력의 명문 기업인 동방그룹 간의 혼사라면, 그야말로 세상을 떠들썩하게 만들고도 남을 일대의 사건일진대, 양측이 모두 극히 조심스러울 수밖에 없는 일일 것이었다.

그러나 양대 가문이 워낙 거창하고도 대단한 가문인 까닭에 그 같은 혼담은 신중에 거듭 신중을 기하고 있는 것처럼 보였지만, 사실 다른 모든 조건과 여건들을 모두 배제해 두고 당사자들인 정들과 이승조 두 사람만 놓고 보더라도, 그들이 정말로 잘 어울리는, 서로를 제외해 놓고 보면 서로에게 더 이상 잘 어울리는 짝을 찾기 어려울 정도로 잘 어울리는 한 쌍인 것이라는 점에 대해서는 누구도 부인하지 못할 것이었다.

전후의 사정이 그런 터에, 지금 정들이 난데없이 새로운 파트너를, 그것도 한 번도 본 적이 없는, 소위 족보도 없는 무명의 파트너를 이런 자리에 데리고 왔으니, 그것이야말로 초미의 관심거리가 아닐 수 없는 일이었다.

또한 그 파트너라는 인물은 스스로 '족보'가 없다는 것을 그대로 입증이라도 하듯이 입고 있는 차림새라든지, 머리 스타일, 나아가 풍기는 이미지 등등이 결코 정들에게, 그리고 이 자리에 있는 모두와 같은 클래스로 어울리지는 못할 다른 계층의 사람이라는 것을 드러내고 있는 것이었다.

한편 일부에서는 정들이 이승조와 어떤 가벼운 알력이 있어 그에 대한 깜찍한 항의와 반발의 표시를 보여주기 위해서이거나, 혹은 그와 유사한 계기에 더하여 오늘 모임의 흥을 좀 색다르게 돋워보기 위한 하나의 깜짝 이벤트를 벌이고 있는 것이 아닌가 하는 생각들을 할 만도 하였다.

그것은 역시 당사자들 중의 한 사람인 이승조가 내내 흥미롭다는 관심의 빛을 띠고서 사뭇 여유있는 기색으로 지켜만 보고 있는 점만으로도 능히 짐작해 볼 수 있는 상황이었다.

"옷 좀 갈아입고 올게요."

정들의 그 말에 김강은 일시 멀뚱한 표정이 되고 마는 듯했다.

정들은 그의 표정에서 '갑자기 무슨 옷을 바꾸어 입는다는 것이며, 어디에서 바꾸어 입는다는 것이냐……?' 하는 등등의 의문을 읽을 수 있었다.

사실 그녀도 기왕에 파격을 범하는 김에 편하게 입고 온 복
장으로 그대로 있을까 하는 생각을 해보기도 했었다.

그러나 아무리 그렇더라도 자리에 맞는 옷을 갖춰 입는 것
은 비지니스상의 기본적인 예의이고, 그런 맥락에서 예의를
갖추는 것이 그녀에게는 오히려 마음이 편했다.

다른 한편으로는 자신이 자리를 비운 동안 보다 따갑게 집
중될 장중의 시선들을 김강 혼자서 한번 견뎌보게 하고 싶은
마음이기도 했다.

이 엉뚱한(?) 백수가 과연 어떤 또 다른 새로운 면모를 숨기
고 있는지, 혹은 어디까지 당당한 체 내지는 뻔뻔할 수 있는
지가 궁금해진 것이다.

"예쁘네요!"

블루 톤의 싱글버튼 원피스 차림으로 나타난 그녀를 보고
김강이 보낸 짧은 찬사였다.

사뭇 투박한 그 짧은 찬사는, 그러나 정들에게는 이상하게
도 별로 기분 나쁘게는 들리지 않았다.

비록 그에게, 아니, 누구에게든 그런 식의 찬사를 듣는다는
것은 어색하고 쑥스러운 일이기는 했지만.

사실은 그녀에게 방금의 김강처럼 대놓고 예쁘다고 말하
는 식의 직접적인 찬사를 해준 이는 가족을 제외하고는 지금

까지 없었다.

물론 사람들이 그녀에 대해 그런 종류의 찬사를 해주지 않는 것은 오히려 경박하게 들릴 것이라는 우려 때문일 것이라고 짐작은 하지만, 그래도 그녀의 입장에서는 한 번쯤은 들어보고 싶은 찬사였기도 했다.

이승조는 태연해 보였다.

그 태연은 대범해 보이고자 하는 것인지도 몰랐다.

정들 그녀에게, 그리고 모두에게.

그에게 그녀는, 모두가 인정하는 그의 여자였다.

그러하기에 그는 지금 그녀가 연출하고 있는 이런 정도의 파격쯤은 애교로 봐줄 수 있는, 혹은 봐주어야 한다는 생각을 하고 있는 것일까?

또 혹은, 이것이 진짜로 그녀의—일시적인—바람기라고 해도, 또한 그 정도는 능히 포용하고 관용할 줄 아는 남자라는 사실을 보여주고 싶은지도 몰랐다.

비록 정작으로 그가 무언가를 보여주고 싶어하는 대상인 그녀 자신은, 그 어떤 경우에도, 그 어떤 남자에게도 포용당하거나 관용의 대상이 되는 것을 결코 바라지 않지만 말이다.

그리고 사실은 이승조 자신도 그녀가 어떤 성정의 여자라는 것에 대해 너무도 잘 알고 있을 것이지만.

어쨌든 그는 최소한 다른 사람들에게 보이는 자신의 이미지만큼은 그녀 같은 여자조차도 능히 포용해 낼 수 있는 그런 남자로 비치기를 원하고 있는지도 모를 일이었다.

어쩌면 이승조는 지금 '네가 아무리 그래도 세상에서 네게 가장 잘 어울리는, 아니, 네게 어울릴 수 있는 남자는 나밖에 없다'고 무언으로 과시하면서 그녀의 파격을 지켜보고 있는 지도 모르는 것이다.

'그래……?'

정들은 문득 자신의 상상에 대해 그렇게 반발했다.

자신은 결코 누구의 예상대로 되는, 더구나 여자로서 남자의 예상 범위 안에서만 놀아야 하는 그런 정들이 아니라는 것을 좀 더 확실히 보여주고 싶은 반발이었다.

아니, 그녀 스스로도 그런 사실을 다시금 확인해 보고 싶었다.

그녀는 예측이 곤란한 상대에 대해서는 '불가측 클래스'라고 분류를 할 만큼 기피 대상으로까지 삼고 있는 바지만, 정작으로 그녀 자신은 다른 사람들에 대해 바로 그런 예측 불가의 면모를 지니기를 바라고 있는 것이었다.

조용하게 음악이 흐르는 속에서 사람들이 저마다 식사와 대화를 즐기는 동안, 김강과 정들은 별 대화를 나누지 못했다.

정들은 테이블로 찾아오는 사람들과 간단한 인사와 의례적인 인사를 나누기만도 바빴고, 김강은 먹기에 바빴다.

김강은 테이블에 기본적으로 세팅되어 있던 접시들의 음식과 와인 한 병을 자리에 앉자마자 해치웠다. 정들이 미처 손대지 않은 것까지.

그리고 곧바로 웨이터에게 '좀 더 술다운 술'을 주문하여 위스키 한 병을 서빙받았고, 연이어 안주 삼아 연어 샐러드를 세 접시째, 그리고 스테이크를 또한 세 접시째 시켜서 열심히 먹고 마셨다.

심지어는 이승조가 몇몇 청룡회의 핵심 멤버들을 동반하고 와서 그에게 인사를 건넸을 때도, 김강은 그저 건성으로만 고개를 까딱하였을 뿐 여전히 먹는 데만 열중하는 모습이었다.

그런 김강의 모습은 마치 자신이 먹을 때는 누구도 건드리지 말라는 은연중의 시위로까지 보였다.

정들은 사람들과 인사를 나누는 중에도 간간이 김강의 모습을 흘겨보며 웃지 않을 수 없었다.

그것은 한편으로 체념과 인정의 의미였다.

백수는 어쩔 수 없는 백수인 것이다.

'훗! 오늘 아주 날 잡았군. 먹을 수 있을 때 실컷 먹어두자, 뭐 그런 주의인가?'

사람들의 식사가 어느 정도 끝나고, 또 회장 이승조를 비롯한 몇몇의 인사말과 경과 보고 등이 식순에 의해 진행됐다.

그리고 나서 테이블의 구색이 술과 안주로 새로이 바뀌면서 밴드는 곧바로 강한 비트와 빠른 박자의 팝과 힙합 곡들을 연주하기 시작했다.

역시 분위기를 업시키는 데는 강렬한 음악과 그에 맞춰 몸을 흔드는 것만큼 좋은 것도 없다는 것인가.

그러나 연주가 흥을 더해가는 데도 무대로 오르는 사람들은 그다지 많지 않았다.

다만 사람들이 테이블을 오가며 술잔을 비워내는 속도가 빨라지고 있을 뿐이었다.

그러다가 음악은 경쾌한 댄스 뮤직으로 바뀌었다.

그리고 그제야 테이블을 지키고 앉아 있던 커플들이 하나둘 무대로 올랐다. 마치 기다리기라도 했다는 듯이.

처음에는 왈츠니 탱고니 하는 볼룸 댄스 곡들이 연주되었고, 십여 쌍들이 멋지게 무대를 누비며 솜씨를 선보였다.

제법 다듬어진 태가 나는 화려한 솜씨들이었고, 구경하는 사람들 사이에서는 간간이 환호성과 박수가 터져 나왔다.

이윽고 라틴풍의 댄스 곡들이 연주되기 시작했을 때, 그때까지 테이블에 앉아 구경만 하고 있던 커플들 중 근 이십여 커플들이 속속 무대로 몰려 나갔다.

그리고는 마치 자신들도 춤출 줄 안다는 것을 보여주기라도 하듯이 매끄럽게 스텝을 밟았다.

지르박으로 시작하여 맘보, 디스코의 리듬이 계속하여 흘렀다.

그리고 생기발랄하게 차차차 리듬이 연주되기 시작했을 때, 정들은 김강의 소매를 잡아끌었다.

"우리도 분위기상 한 곡 정도는 춰줘야 하지 않겠어요?"

김강의 얼굴에 언뜻 당혹감 같은 기색이 스치는 것을 보며, 정들은 오히려 즐기는 기분이 되어 김강을 무대로 이끌고 나갔다.

김강이 라틴 댄스를 출 줄 알고 모르고는 그다지 상관없는 일이다(물론 백수가 라틴 댄스를 출 줄 아는 확률은 거의 없는 것이겠지만).

그냥 그는 그 나름으로 몸을 흔들고, 정들 또한 정들 나름으로 리듬을 즐기면 그만이었다.

일부러 무대의 중앙으로 나아가면서 정들은 조금 의식적으로 강한 비트와 또 조금은 익살스럽고도 요염한 분위기를 섞어 액션을 취했다.

그녀에게 사교댄스는 기본 교양과목(?)으로써 이미 어느 정도 수준급이라는 소리를 들을 정도로 마스터한 바 있는 터였다.

정들이 무대로 나왔다는 것만으로도 연주는 더욱 흥거워졌는데, 정들이 연출하는 과감한 액션으로 무대는 대번에 열기를 더해갔고, 무대의 각 커플들은 뒤지지 않겠다는 듯 더욱 정열적으로 스텝을 밟고 있었다.

처음에 김강은 영 어색하고도 당혹스러운 기색으로 주변의 커플들을 흘깃거리는 모습이었다.

그러나 정들이 본격적으로 리듬을 타기 시작했을 때, 뜻밖에 그는 갑자기 전혀 다른 사람이라도 된 듯 조용하고도 절도 있는 스텝을 밟기 시작했고, 이윽고는 정들을 리드하기 시작했다.

그랬다.

그건 분명 리드였다.

차차차의 리듬을 알고, 또 액션을 알지 못하면 가능하지 않은.

한마디로 김강의 솜씨는 장난이 아닌 수준이었다.

충분히 정들을 리드하고도 남을 정도였고, 파트너로서 정들의 액션을 한껏 돋보이도록 해주는 적절한 호흡과 리딩을 보여주고 있었다.

그러니 그들이 금방 다른 커플들의 주목을 받게 된 것은 당연하였다.

사실 주목이야 그들이 연회장에 들어서는 순간부터 줄곧 받고 있는 것이었지만, 지금의 주목은 그것과는 또 사뭇 다른 의미의 주목일 수밖에 없었다.

"이봐요! 당신 조폭에다, 백수에다, 혹시 제비까지 겸하고 있는 거 아녜요?"

정들의 귓속말이었다.

혹여 옆의 커플들이 듣기라도 하면 입장이 곤란해질 말이니 정들로서는 귓속말을 할 수밖에 없었을 것이다.

그런데 귓속말을 하느라 김강에게 바짝 안기듯이 한 정들의 모습이 사뭇 살뜰하고도 정다워 보였던 모양이었다.

턴을 하면서 언뜻 스쳐 본 이승조의 눈빛에서 제법 신경 거슬려 하는 기색을 본 것 같아 정들은 그렇게 생각했다.

김강의 대답은 역시 평범하지 않았다.

"새는 맞지만, 제비는 아니죠."

그 엉뚱한 말에 대해 물어보지 않을 수 없어 정들은 다시금 김강에게로 몸을 밀착시켜야만 했다.

"새? 무슨 새? 호호호! 혹시 봉황이라도 되나요?"

"훗! 봉황? 나는 그런 작은 새는 간지러워서 키우지도 않아요. 나는 날갯짓 한번에 구만 리 장천을 나는 대붕이요."

정들의 두 눈이 살짝 크게 떠졌다.

삶은 호박에도 박히지 않을 이빨인데, 하여튼 말을 받는 그 순발력만큼은 대단하다고 해야 하지 않겠는가.

그러고 보면 김강의 머리 회전 또한 그렇게 나쁜 것은 아닐 것이라는 생각이 새삼 드는 것이었다.

하긴 이 백수의 새삼스러운 면이 어디 머리 회전뿐이랴?

언제나 자신의 안목에 대해서는 상당히 후한 점수를 주는 정들이었지만, 오늘 저녁 그녀의 안목은 그 정확도에 있어 아무래도 다시 평가를 받아야만 할 것 같았다.

비록 여전히 그에 대한 모든 것이 결국은 그녀 자신이 미리 평가해 두었던 범주 안에 있는 것이라고 자위하고는 있는 바였지만, 그래도 고작 한 시간여 만에 김강에 대한 그녀의 평가는 벌써 몇 번이나 달라지고 있는 것이 사실이었다.

더욱 기가 찬 것은 아직도 그가 어떤 인물인지에 대해 그녀 스스로가 만족할 만큼, 그리고 그에 관한 호기심을 접어버릴 만큼은 판단을 내리지 못하고 있다는 점이었다.

아니, 솔직히는 갈수록 그의 본모습에 대해서는 점점 더 미궁으로 빠져 이제는 약간씩 혼란스럽기까지 하였다.

하지만 그렇다 하더라도 그녀는 자신이 오늘 밤 겪고 있는 이 우연과 의외가 이제 거의 끝나가는—사실 숫자상으로는 이미 끝나 버린 것이지만—이십대의 시기 동안 단 한 번도 겪어보지 못했던 최초의 의외로운 사건이라는 데 대해서 점차로 묘한 흥미와 흥분을 느끼고 있는 중이었다.

그녀의 그런 흥미와 흥분이라는 것은 다른 사람들은 결코 짐작조차 못할, 그야말로 그녀만의 아주 특별한 의외로움 같은 것이었다.

좀 전부터 이승조가 즉석에서 맞춘 파트너와 함께 무대로 나와 근처에서 춤추고 있다는 것을 알았지만 정들은 신경을 쓰지 않기로 했다.

즐겨야 할 때는 즐기는 것에 집중하는 것이 가장 좋은 것이다.

즐길 수 있을 때 즐겨야만 또 일할 에너지를 유지할 수 있다는 그녀의 아버지의 교훈(?)을 이 순간 굳이 떠올리지 않더라도.

퀵 퀵 슬로~

퀵 퀵 슬로~

연주는 룸바 리듬을 타고 있었다.

그런데 김강이라는 이 엉뚱한 백수는 거침없이 리듬을 타고 있었다.

정말로 사랑하는 연인 사이라도 되듯이 가볍고 부드럽게 그녀를 리드해 가는 스텝과 매끄러운 힙 액션은 그녀에게 전혀 어색하거나 부담스럽지 않았다.

빠른 로큰롤과 이어지는 디스코 리듬에 맞춰 자이브 스텝까지를 밟고 나자, 연주는 갑자기 숨을 죽이며 감미로운 블루스의 리듬을 흐느적거리며 토해내고 있었다.

무대 위의 커플들은 한껏 흥을 낸 뒤의 포만감으로, 그리고 채 식지 않은 흥분으로 끼리끼리 안고 안기어 느릿하게 스텝을 밟아갔다.

그러나 정들은 그런 분위기에 취할 틈도 없었다.

김강이 곧바로 테이블로 돌아갈 태세였기 때문이었다.

이미 반쯤이나 몸을 돌리고 있는 그의 모습에서는 마치 대타로서의 자신의 역할을 다했다는 듯한 당당함(?)이 배어 있었다.

적어도 정들은 그렇게 느꼈다.

정들이 스스로도 그 의미를 규정할 수 없는 조금은 씁쓸한 미소를 떠올리며 걸음을 옮기려는데, 누군가 그녀에게 손을 내밀고 있었다.

정들이 문득 보니 언제 다가왔는지 이승조가 가까이 와 있었다.

그가 손을 내민 것은 함께 춤추자는 뜻일 테고.

이승조와 블루스를 추는 것은 그녀에게는 익숙한 일이었다.

이전에도 몇 번이나 추어본 적이 있을뿐더러, 사실은 오늘 이 자리에서도 만약에 그녀가 그 우연한 사건에서, 저 엉뚱한 백수를 만나지 않았더라면, 그래서 잠깐의 파격을 즐기려는 마음을 먹지 않았더라면, 그녀는 당연히 이승조와 춤을 추고 있을 것이었다.

그러나 정들은 자신도 모르게 망설이고 있었다.

어쨌든 지금의 그녀에게는 파트너가 있는 것이다.

비록 임시 대타이지만, 그래도 이승조와 춤을 추기 위해서는 그에게 양해를 구하는 시늉이라도 하는 것이 최소한의 예의인 것이다.

물론 이승조에게서는 그녀의 임시 대타 파트너에게 양해 따위를 구해보려는 기색은 조금도 보이지 않고 있었다.

마치 잠시 자격 미달의 인물에게 맡겨놓았던 자신의 파트너를 돌려받는다는 당연함이 이승조에게는 있었다.

한순간 정들은 자신의 마음속으로 역시 스스로도 규정할 수 없는 어떤 반발 같은 것이 생기는 것을 느꼈다.

왜인지는 알 수 없었고, 사실은 누구를 향한 것인지도 알 수 없는 그런 반발이었다.

그러나 그녀는 더 이상 망설이거나 혹은 혼란스러워할 필요가 없었다.

바로 그때 막 무대를 벗어나 테이블로 돌아가려던 그녀의 임시 대타 파트너인 그 엉뚱한 백수가 성큼성큼 다시 그녀 쪽으로 돌아오고 있었던 것이다.

그리고 설핏 찡그린 백수의 표정으로는 못마땅하다는 기색과 함께 선명한 불쾌감이 드러나 있었다.

적어도 정들은 그렇게 느꼈다.

그리고 그런 느낌은 곧바로 그녀에게 약간의 불안감과 또한 동시에 약간의 기대감 같은 것을 가지도록 만들고 있었다.

정말로 그녀에게 어울리지 않게도 말이다.

그 엉뚱한 백수는 큰 걸음으로 성큼성큼 그녀에게 다가와서는 사뭇 표시나게 이승조의 앞을 막아섰다.

그리고는 그녀의 손목을 와락 당겨 잡더니, 다짜고짜 무대의 다른 한구석으로 끌고 가는 것이었다.

아니, 사실은 그녀도 순순히 끌려가 주었다.

이 의외의 상황에 대해 조금은 당혹스럽고, 조금은 불안하고, 또 솔직히는 조금은 흥미롭고 하는 등등의 복잡한 감정으로.

그런 중에도 그녀는 무대의 한가운데서 어이없다는 듯 내민 손을 거두지도 못한 채 멍한 기색으로 서 있는 이승조를 볼 수 있었다.

비록 이승조의 그런 모습은 아주 잠깐이었고, 또 이승조는 금방 마치 재미있는 장난이라도 주고받았다는 듯 짐짓 어깨까지 으쓱하며 그 특유의 자연스럽고도 당당한 걸음걸이로 자신의 테이블로 돌아갔지만.

어쨌든 정들이 이승조의 그런 멍한 모습을 보는 것은 정말 오랜만이었다.

아니, 정확하게는 근 십여 년 만의 일이었다.

고등학교 3학년 때 이후로.

김강의 가슴은 특별히 대단하달 정도로 넓어 보이지는 않았는데, 막상 감미로운 블루스의 리듬에 맞춰 합법적으로(?) 살짝살짝 안겨보려니, 그 단단하고도 세밀한 가슴의 근육이 생생하게 느껴지는 것이었다.

젊은 사내의 가슴이라는 느낌.

그런 느낌은 정들에게 낯설었다.

그녀가 언제 누구에게서 사내라는 느낌을 가져본 적이 있었던가.

'홋! 처음일까?'

문득 정들은 그렇게 되뇌었다.

한 무리의 오래된 기억과 그 기억의 언저리에 희미하게 남아 있는 느낌들이 떠올랐기 때문이었다.

그때.

첫 키스와 가슴의 속살 위를 조심스레 더듬던 그 떨리는 손길.

그러나 그녀는 지금도, 그때 그런 행위들을 허락했던 자신의 마음이, 그 감정이, 여자로서 남자에 대한 감정이었는지, 아니면 상대에 대한 동정과 자신으로 인한 가슴 아픔에 대한 보상 심리 때문이었는지, 또는 당시 한 치 빈틈도 없이 자신을 둘러싸고 압박하던 그 모든 상황들에 대한 충동적인 반항이었는지, 여전히 모호하기만 하였다.

다만 그녀의 이성적인 생각으로는 상대와 무관하게 그녀 스스로의 내부의 갈등을 해소하기 위한 어떤 충동적인 표출이었을 확률이 컸다.

밴드는 자신들의 주 종목이 그쪽이었던지, 유독 길게 블루스를 연주하고 있었다.

그리고 정들은 블루스에 이르러 새삼 김강의 춤 솜씨가 대단한 수준이라는 것에 대해 인정하지 않을 수 없었다.

특별히 화려하다거나 멋을 부리는 것은 아니었다.

그러나 무슨 경기가 아닌 다음에야 춤에 있어서 가장 중요한 것은 관객들에게 보여주는 것이 아니라, 춤을 추고 있는 두 사람이 얼마나 자신들이 추고 있는 춤에 몰입되고 매료되느냐 하는 것이 아니겠는가.

그런 점에서 김강의 리드는 거의 퍼펙트하다고 할 수 있었다.

정들로 하여금 내내 편안하고 안온함을 느낄 수 있는 부드러움이 있는가 하면, 큰 스텝이나 급한 터닝의 액션을 할

때에는 순간순간의 절제된 박력을 여실히 느낄 수가 있었
다.

어느 순간부터 정들은 오로지 춤에 몰입해 있었다.

김강이라는 기둥 하나에 그녀의 신체적 정신적 무게를 모
두 기대어놓고서, 자유롭게 그리고 마음대로 온몸의 활기를
표현해 내고 있었다.

두 사람의 스텝은 마치 물 위를 미끄러지는 듯했다.

둘의 움직임이 음악에 맞춰지고 있는 것이 아니라, 그들의
몸에 음악이 감미롭고도 리드미컬하게 감겨들고 있는 듯했
다.

정들이 그동안 각종의 사교춤을 배웠고, 그런 중에 각 분야
의 최고라는 댄서들과 춤을 춰보기도 했지만, 이토록 춤이 흥
겹게 느껴지기는 처음이었다.

'아아! 이런 것이 바로 춤의 매력이라는 것인가? 옛날의
유한부인들이 한번 빠져들면 결코 빠져나올 수 없다고 하던
그 매력이 바로 이런 것인가?' 하는 생각까지 드는 것이었
다.

그러나 그런 잠깐 스치고 지나가는 단상들이 지금 그녀가
빠져 있는 춤의 감미로움을 깰 수는 없었다.

그녀는 이 순간 뜻밖에도 춤에 매료되어 있는 자신의 즐거
움을 그저 즐기기만 하면 되는 것이었다.

지금 이 순간만큼은.

길고 흥겨웠던 댄스 타임은 끝이 나고, 밴드는 다시 조용한 무드음악을 연주하고 있었다.

그러나 사람들의 흥은 쉽게 식지 않는지 술을 마시다가 흥에 겨운 커플들은 수시로 무대로 나가 춤을 추곤 했다.

김산과 정들은 테이블에 앉아 있었다.

두 사람 사이에 긴 시간을 얘기할 만큼의 공통된 관심사가 있을 리 없었으나, 정들은 맞은편에 앉은 엉뚱한 백수를 가만히 지켜보고 있는 것만으로도 다른 누구와 대화를 나누는 것에 못지않은 재미와 흥미를 느끼고 있는 중이었다.

그 엉뚱한 백수, 김강은 그다지 우람하지도 않은 몸매 어디에 그토록 끝없이 음식을 집어넣을 수 있는 공간이 있는 것인지, 정말 쉬지도 않고 끝없이 먹고 마셔대고 있었다.

그나마 게걸스럽게는 보이지 않는다는 게, 어쨌든 파트너된 입장으로서는 다행이라면 다행이었다.

정들은 테이블 위의 접시가 빌 때마다 웨이터를 불러 새 접시를 주문해 주었다.

자신들에 대해, 좀 더 구체적으로는 자신의 파트너인 김강에 대해, 사뭇 부정적인 공감대가 사람들에게 형성되고 있다는 것은 정들도 진작부터 느끼고 있는 바였다.

비록 남녀 구분이 없다지만, 그래도 청룡회의 회원 대부분은 남자였다.

그러니 파트너로, 더욱이 소수인 여자 회원의 파트너로 온 남자는 어쨌거나 손님일 수밖에 없었다.

때로 손님은 손님으로서 지켜야 할 예의와 분수를 요구받기도 하는 법인데, 정들이 보기에 지금의 김강이 바로 그런 처지로 몰려가고 있는 것 같았다.

사람들은 김강에 대해, 그가 지나치게 오버를 하고 있다고 느꼈거나, 혹은 분수에 비해 너무 주목을 받으려 하고 있다고 느끼고 있는 듯했다.

이미 몇 번의 우연을 가장한 시비가 시도되고 있었고, 또한 그 시도들은 점차로 제법 노골적으로 되어가고 있었다.

파티의 전체적인 질서를 통제하고 있거나, 혹은 통제할 수 있는 위치에 있는 사람들 중에도 몇몇은 김강을 둘러싼 그 같은 시비의 소지들을 눈치 챈 것 같았다.

그러나 누구도 그런 조짐들에 대해 우려하거나 미리 조정해 보려는 기색은 보이지 않았다.

그들은 오히려 은근한 흥미로 사태의 추이를 구경하려는 것 같았다.

심지어는 정들 자신조차도.

사실은 진작부터 정들 자신이 짐짓 묵인하는 듯한 기색을 보이고 있었기에, 그러한 시비의 시도가 계속되고 있는 것인지도 몰랐다.

"어이, 잠깐!"

마치 호통이라도 치는 듯한 김강의 목소리에 조용하게 깔리는 감미로운 선율의 무드음악에 젖어 있던 실내가 화들짝 깨어났다.

그때 막 김강을 지나쳐 두어 걸음쯤 가고 있던 사내 하나가 덩달아 흠칫하면서 그 자리에 멈춰 섰다.

사내는 미처 예상하지 못했던 상황에 대해 판단과 정리가 필요했던 듯, 그리고 소리를 친 김강과 더불어 사람들의 관심 어린 시선들이 자신에게도 모아져 있다는 것을 의식하기라도 하듯, 아주 잠깐의 멈칫거림을 보였다.

그러나 이내 뒤로 돌아선 사내의 얼굴에는 빙긋한 미소가 어려 있었다.

마치 기다리고 있던 입질을 받은 낚시꾼처럼.

정들도 알 만한 사내였다.

고영호.

알짜 기업으로 소문난 H유통업체의 2세로, 정들의 기억에 괄괄한 성격에 남들에게 박력파 내지는 의리파로 대접받기를 좋아한다는 인상으로 남아 있는 사내였다.

고영호는 이승조 등 청룡회의 핵심 그룹과 친밀한 교분을 쌓기를 원하는 것 같았다.

그런 까닭에 이전 모임에서 정들도 그와 몇 차례 간단한 대화를 나누기도 했었는데, 그때마다 그가 자신의 완력과 그런 계통에서의 인맥을 은근히 자랑하며 호기를 부렸었다는 기억이 있었다.

그는 오늘 김강에 대한 대다수의 부정적인 심정을, 마치 자신이 대표하고 있는 듯한 심정쯤으로 되어 있는 것 같았다.

그는 좀 전부터 이미 두세 차례나 김강에 대한 가벼운 시비를 시도하고 있는 중이었다.

지나치면서 모르는 체 김강의 발을 밟으려 한다든가, 혹은 슬쩍 어깨를 부딪치려 한다든가 하는 따위의 행위들이었다.

고영호의 그런 시도들은 정들도 눈치 챌 수 있을 만큼 사뭇 노골적인 것들이었는데, 정작 김강은 매번 모르는 체 슬쩍슬쩍 넘어가곤 했다.

정들은 처음에 고영호의 그런 유치한 시도에 대해 다소간 불쾌한 생각이 들었으나, 그 불쾌감은 곧 역설적이게도 김강에 대한 묘한 거부감 같은 것으로 바뀌어 버렸다.

너무 '점잖은 체' 혹은 '참는 체'를 한다는 것이 김강에 대해 그녀가 거부감을 가지는 이유가 되었다.

불쾌하면 불쾌하다고 표시를 내던지, 혹은 겁이 나면 겁이 난다고 솔직하게 말을 했으면, 그녀가 알아서 적절한 조치를 취해주었을 것인데 말이다.

기껏 별 볼일 없는 '삼류 조폭' 내지는 '백수' 주제에, 속된 말로 별 용빼는 재주도 없으면서 '체' 하는 김강에 대한 거부감 같은 것이 일었던 것이었다.

그런 까닭으로 정들은 계속되는 고영호의 시도에 대해 모른 체를 하고 있는 중이었다.

그러던 중에 고영호는 방금도 자신의 파트너와 함께 무대로 나가면서 일부러 김강의 곁으로 지나가며 슬쩍 발을 밟으려 시도하였고, 역시 김강은 아는 듯 모르는 듯 빙긋이 웃으며 발을 거두어들였다.

그러나 고영호는 취한 척 휘청거리며 테이블 쪽으로 붙어 지나가면서 어깨에 걸치고 있던 양복을 휘두르듯이 내려 은근슬쩍 김강의 뒤통수를 치고 지나간 것이었다.

흘깃 곁눈질로 보고 있던 정들의 눈살이 저절로 찌푸려질 만큼 노골적인 시비였다.

그리고 그 순간 정들은 김강의 인상이 확연히 변하는 것을 보았다.

아니, 변한 것은 인상이라기보다는 김강이라는 사내의 분위기를 또 한 번 일신시키기에 충분한 일종의 기세와도 같은 것이었다.

그것은 김강의 또 다른 면모라고 할 만했다.

아니, 이번에 그가 보여주고 있는 모습이야말로 기실은 그가 그동안 감추어두고 있던 그의 진면모인지도 몰랐다.

바로 조폭다운, 깡패적인 면모 같은 것 말이다.

그러나 그런 중에도 김강은 오로지 성질과 힘으로만 밀어붙이려는 무작정의 시비가 아닌, 제법 영리한 면모를 보여주고 있었다.

"당신 말이야? 나한테 무슨 불만있어? 아, 이 사람아! 무슨 불만이 있으면 불만이 있다고 말을 하던지, 아니면 깨놓고 맞짱 한번 뜨자고 화끈하게 나오던지 해야지 말이야, 불알 찬 사내자식이 뭘 그렇게 쪼잔하게 노나? 뒤에 숨어서 사람 뒤통수나 치고 말이야? 사내자식이 쪽팔리게 그러면 안 되지."

비록 다분히 속물다운 '말본새'였으나, 김강은 지금 자신이 처한 입장을 차라리 공개적으로, 그것도 제법 조리있게 밝히고 있었다.

지금 고영호가 자신에게 시비를 걸고 있다는 것과 그 시비에 대해 자신은 당당하게 시비를 가릴 각오가 되어 있다는 것을 대중을 향해 호소 내지는 선언하고 있는 것이었다.

물론 김강의 그런 호소 내지는 선언이 아니더라도 대부분의 사람들은 이미 그가 처한 처지를 능히 짐작하고도 남음이 있었지만.

나아가 김강의 그런 호소 내지는 선언은 자신이 이제부터 시비를 가릴 대상이 이곳에 있는 대다수가 아니라, 다만 고영호라는 일개인임을 분명히 해놓고자 하는 의도 또한 엿보였다.

그렇게 해놓음으로써, 자신에 대한 사람들의 지지까지는 이끌어내지 못하더라도, 최소한 자신이 이제부터 고영호와 벌이려는 시비 가림에 대해 다른 이들이 끼어들지는 못하게 해놓으려는 그런 의도 말이다.

그리고 그가 택하려는 시비 가림의 방식은 생각해 볼 여지도 없이, 그가 이미 언급한 바 있는 '화끈한 맞짱' 일 공산이 컸다.

마치 중세 서양사에 등장하는 기사들의 일 대 일 결투와도 같은 그런 방식 말이다.

정들이 짐작하기로 김강의 의도는 그런 것이었다.

그리고 김강의 그런 시도는 두말할 필요도 없이 무모하고 유치한 것이었음에도 불구하고, 그러나 지금의 이런 상황에서는 여러모로 그럴듯하다는 생각이 들기도 하였다.

즉, 이곳의 모두가 젊은 남녀들이고, 또 적당히 술에 취하고 흥이 올라 이성보다는 감정적인 성향으로 되어 있고, 그럼으로써 어떤 극단의, 혹은 다분히 편향된 재미와 흥미라도 쉽

게 수용할 수 있는 느슨한 상태들이라는 점에서 그러한 것이
다.

정들이 김강에 대해 제법 영리한 점이 있다고 생각하는 것
은, 그가 그러한 주변의 상황들을 십분 활용해서 자신의 불리
한 조건을 간단히 뒤집어, 현재의 처지에서 그가 취할 수 있
는 가장 유리한 조건이며, 또한 아마도 그가 가장 잘할 수 있
는 분야일 일 대 일의 싸움으로 단번에 바꾸어 버리는 영활함
때문이었다.

물론 그러한 모든 짐작과 추정은 아직까지는 오직 정들의
머리 속에서만 그려지고 있는, 말 그대로의 짐작과 추정일 뿐
이었다.

고영호는 우선 정들의 눈치부터 살폈다.

아니, 고영호뿐만이 아니라, 그 순간 모든 사람들의 시선이
잠깐씩이나마 정들의 얼굴을 스치고 지나갔다는 것이 차라리
맞을 것이었다.

정들 또한 자신에게로 쏠리는 사람들의 시선을 느끼고 있
었다.

그러나 그녀는 차라리 담담한 미소를 떠올렸다.

자신의 그 미소가 몇 가지의 각각 다른 의미들로 해석되기
를 기대하면서.

우선 김강에게는 기왕에 '진면모'를 드러낸 이상 중간에

포기(?)하지 말고 끝까지 한번 성질을 부려보라는 격려로 해석되기를 기대하였다.

원래의 생겨먹은 그대로 '조폭답게' 혹은 '백수답게' 말이다.

사실 그녀가 김강에게 바라는 그런 기대는 전혀 새로운 것이 아니었다.

그녀가 이 모임에 생면부지의 김강이라는 조폭이자 백수를 임시 파트너로 데려오면서부터 기대했던, 일탈과 파격에 대한 기대와도 일치하는 것이니 말이다.

다음으로 그녀는 또한 고영호에게―나아가 이승조를 비롯하여 지금 그녀의 반응을 살피고 있는 모두에게―김강을 뜻대로 처리해도 무방하다는, 그 결과가 어떻게 된다 하더라도 그녀는 관계치 않겠다는 의미로 해석되기를 또한 기대했다.

어쨌든 정들의 얼굴에 떠오른 담담한 미소는, 그때까지 조금씩 망설이며 주춤거리고 있던 분위기를 급작스럽게 한 방향으로 흘러가도록 만드는 데 결정적인 역할을 했다.

누구도 말로 하지는 않았지만, 그러나 모두가 침묵함으로써, 이윽고 분위기는 고영호와 김강 두 사람이 그들이 가진 최후의 수단으로써 서로 간의 문제와 갈등을 해소하는 것을 용인하는 것으로, 혹은 그렇게 하도록 부추기는 것으로 되었다.

"이봐, 친구! 미리 경고해 두겠는데, 당신 그렇게 함부로 말하다가는 크게 다치는 수가 있어?"

고영호의 상대적으로 점잖은 응수에 김강은 더욱 '깡패다운' 투로 말을 받았다.

"친구? 자식 거, 말 한번 징그럽게 하네. 하여간 너 지금 그 말, 나하고 맞짱 뜨자고 하는 거 맞지?"

순간 고영호의 표정이 약간은 당황스럽게 변하였다.

그러나 김강은 상대가 말을 바꿀 것을 염려하기라도 하는 듯, 얼른 굳히기로 들어가는 모습이었다.

"좋아, 좋아! 자네가 그렇게나 원하는데, 매정하게 거절하는 건 예의가 아니겠지. 더구나 자네나 나나 여기 파트너들이 지켜보고 있는데 주먹 한 방 날려보지도 않고 꼬리를 내리는 건 남자로서 너무 쪽팔릴 거잖아? 그런데 말이야, 자네가 나한테 미리 경고를 해주었으니까 나도 미리 말해주는 건데 말이야… 어쩌지? 나, 싸움 꽤나 잘하거든? 사실은 잘하는 게 싸움질밖에 없거든?"

그러면서 김강은 슬쩍 정들을 돌아보며 한쪽 눈을 찡긋하였다.

그 엉뚱하고도 갑작스러운 행동에 정들은 자칫 분위기에 맞지 않게 웃음을 흘릴 뻔하였다.

고영호의 얼굴은 표시가 날 정도로 벌겋게 달아오르고 있었다.

지금 김강이 부리고 있는 저 여유는 본래 김강의 것이 아니라, 고영호 자신이 부리고 있어야 하는 여유였다.

저처럼 저속하기 짝이 없는 양아치적인 의기양양함이 아니라, 훨씬 더 격조있고 멋있는 대사와 폼으로 말이다.

고영호는 문득 이승조가 있는 쪽을 돌아보았다.

그것은 마지막으로 이 싸움에 대한 어떤 보장 같은 것을 확인하기 위한 의미였다.

마침 이승조도 고영호를 보고 있었다.

이승조의 곁에 서 있던, 그의 개인 비서이자 경호원이기도 한 유기현이 나직이 물었다.

"제지할까요?"

그러나 이승조는 무표정한 채로 입으로만 대답했다.

"아니! 그냥 두고 보도록 하지."

그리고 그의 고개가 가볍게 끄덕여졌다.

이 싸움을 용인하고, 그로 인해 벌어질 모든 결과에 대해서는 자신이 기꺼이 공동 책임을 지겠다는 의미를 담고서.

물론 벌어질 결과의 형태와 향후의 상황에 따라서는 그의 지금의 고갯짓은 다른 의미가 될 수도 있었다.

그러나 이승조는 고영호가 그렇게 받아들이기를 기대했고, 고영호는 과연 그렇게 받아들인 것 같았다.

“개자식!”

으르렁거리듯 외치며 고영호는 김강을 향해 돌진했다.

서너 걸음의 거리를 남겨놓고 공중으로 도약해 오른 고영호는 오른 무릎을 세우면서 그대로 김강의 정면으로 짓쳐들었다.

고영호의 그 한 수 플라잉 니킥은 문외한인 정들이 보기에도 꽤나 능숙해 보이는 폼이었으며, 또한 김강이 감히 어떻게 정면으로 맞받기는 어렵다 싶을 정도의 강력한 기세를 담고 있었다.

과연 김강은 속수무책인 듯 쇄도해 들어오는 고영호를 멀거니 바라보고만 있었다.

정들의 표정이 일시 딱딱하게 굳어들었다.

위험에 처한 김강의 처지가 안타까운 한편, 이 순간 그런 안타까움을 느끼는 자신에 대한 어색함이 뒤섞이는 묘한 심정 때문이었다.

그런데 바로 다음 순간 정들의 입에서 희미한 탄성이 새어 나왔다.

“아!”

고영호의 세워진 무릎이 그대로 김강의 가슴 어림을 찍으려는 찰나, 어떻게 움직인 것인지, 별로 움직인 것 같지도 않게 김강의 몸이 좌측으로 비스듬하게 고영호의 몸을 비껴서

돌아 지나가고 있었다.

그리고,

팍!

어떻게 해서 나는 소리인지가 불분명한 가벼운 부딪침의 소리가 나는 동시에,

"컥!"

듣는 것만으로도 그 소리의 임자가 겪는 고통의 크기가 얼마만큼인가를 소름 끼치도록 실감할 수 있게 해주는 짧은 비명이었다.

다음 순간.

공중에 떠 있던 고영호의 몸이 한순간 보이지 않는 어떤 걸림돌에 걸리기라도 한 듯 멈칫하더니, 그대로 바닥으로 추락했다.

그리고는 내동댕이쳐지듯이 '철퍼덕!' 하고 나뒹굴었다.

고영호는 웅크린 채 목을 움켜잡고서 부들부들 떨고 있었다.

두 눈을 까뒤집었으나, 소리도 내지 못하였고, 움직이지도 못하였다.

그렇게 둘의 싸움은 뭐가 어떻게 된 건지 알 수도 없이 한순간에 끝이 나버렸다.

소리도 내지 못할 만큼 극도의 고통을 호소하고 있는 고영

호에게 잠시 무심한 눈길을 주고 있던 김강은 곧 몸을 돌려 자신의 테이블로 돌아왔다.

그리고 아직도 놀란 표정을 다 지워내지 못하고 있는 정 들을 향해 반짝하고 사라지는 묘한 의미의 희미한 미소를 떠올려 보인 다음에 느긋하게 술잔을 들어 입으로 가져갔 다.

"악!"

뒤늦게 짧고 높은 소프라노 성의 비명이 터져 나왔다.

전혀 상상하지 못했던 결과에 놀란 고영호의 파트너가 낸 비명 소리였다.

또한 미처 놀라움을 표시해 내지 못하고 있던 모든 사람들 의 경악을 대변하는 소리였다.

이승조 또한 그 비명 소리를 듣고 나서야 곁에 있던 유기현 에게 의문 사항을 물을 수 있었다.

"어떻게 된 거지?"

"목의 급소를 쳤습니다. 아주 깨끗하게. 저자, 예사로운 실 력이 아닙니다."

유기현의 목소리에도 감추지 못할 긴장이 서려 있었다.

그때 입구 쪽에 대기하고 있던 검은 정장의 청년들 네댓 명 이 김강에게로 다가서고 있었다.

김강은 느긋하게 미소를 지으며 청년들을 바라보았다.

그런 그의 태도에서는 모두에게 미리 용인을 받은 싸움에서 이긴 자의 느긋함이 느껴졌다.

또 한편으로는 만약 누구라도 자신의 정당한 승리에 대해 이의를 제기한다면 결코 용서하지 않겠다는 단호한 의지 같은 것이 느껴지는 듯도 했다.

정들은 문득 김강에게서 전문 싸움꾼(?)의 노련한 기질 같은 것이 이제 본격적으로 드러나기 시작하는구나 하는 생각을 했다.

김강의 여유와 기질에 대해 청년들이 지레 긴장한 빛을 띠어갈 때, 유기현이 재빠르게 청년들에게 다가섰다.

"자네와 자네, 두 사람은 부상자를 부축해서 호텔 의무실로 데려가고, 나머지는 원래의 위치로 돌아가라."

호텔 현관 앞.

파티를 끝내고 나오는 사람들을 태우기 위해 고급 승용차들이 줄줄이 대기를 하고 있었다.

정들이 호텔 측의 주차원이 끌어다 준 자신의 스포츠카를 넘겨받아 운전석에 오르자, 김강은 당연하다는 듯이 냉큼 조수석으로 올라탔다.

정들이 그 능청스러움에 어쩔 수 없이 실소를 짓고 마는데, 그때까지 현관 앞에 서 있던 이승조가 말을 건넸다.

“2차들 갈 텐데, 같이 안 가겠어?”

그러나 정들은 별 생각하는 기색도 없이 고개를 저었다.

“아니! 오늘은 이 정도로 하는 게 좋겠어. 나 먼저 갈게.”

그리고는 곧바로 미끄러져 나가는 정들의 스포츠카를 지켜보며 이승조의 안색이 서서히 굳어지고 있었다.

“여기쯤에서 대충 찢어지는 걸로 합시다.”

김강의 그 말에 정들은 은근히 기분이 상하고 말았다.

안 그래도 애초에 계획했던 것만큼, 아니, 그 이상으로 파격을 즐겼으니 이쯤에서 끝을 내려고 하고 있던 참이었다.

그런데 오히려 상대가 먼저 그렇게 말을 해버리니 은근히 불쾌해지는 것이었다.

계획하고, 판단하고, 결말을 짓는 것은 어디까지나 정들 자신의 몫이지, 결코 이 깡패 내지는 백수가 해야 할 일은 아닌 것이다.

“명함 같은 거 있으면 줘봐요. 혹시 연락할 일이 있을지 모르니까…….”

차를 길가로 대며 정들이 그렇게 말했다.

“훗! 연락할 일요……? 아마도 오늘처럼 임시 대타가 필요한 경우가 가끔씩은 있나 봅니다. 뭐, 나야 좋지만… 백수가 가당찮게 무슨 명함씩이나…….”

그러면서 김강은 주머니에서 휴대폰을 꺼내 불쑥 정들에
게 건네주었다.

이제는 어느 정도 적응이 될 법도 했건만, 불쑥불쑥 튀곤
하는 김강의 돌발성은 여전히 정들을 당혹스럽게 만들고 있
었다.

휴대폰을 건네준다는 것은, 그녀가 연락해도 되고 안 해도
되는 그런 일방통행의 연락처가 아니라, 상호 연락 가능한 연
락처를 주고받자는 의미였다.

그런데 이 예측 불가의 깡패이자 백수에게 자신과 닿을 수
있는 어떤 끈을 남긴다는 것이 영 찜찜하기는 했지만, 언뜻
그런 찜찜함에 대해서도 슬그머니 반발이 생기는 것이었다.

그녀는 정들이었다.

기껏 연락처 하나 남기는 것으로, 더욱이 기껏 깡패 내지는
백수인 사내 하나로 인해 그녀가 곤란하게 될 이유도 까닭도
없는 것이었다.

더구나 우습게도 먼저 연락처를 달라고 한 것은 바로 그녀
쪽이 아니던가.

정들은 건네받은 휴대폰의 폴더를 열고 자신의 번호를 찍
었다.

그리고 통화 버튼을 누른 다음 발신 신호가 세 번쯤 울리
기를 기다렸다가, 다시 폴더를 닫고 그에게 휴대폰을 돌려주

었다.

빙그레 웃으며 차에서 내린 김강은 뒤도 돌아보지 않고서 뚜벅뚜벅 걸어갔다.

그런데 대여섯 걸음이나 걸어갔을까?

문득 멈추어 선 그는 한 손을 머리 위로 들어서 가볍게 흔들었다. 여전히 뒤는 돌아보지 않은 채로.

그 껄렁하면서도 유치한 뒷모습에 새삼 어이없고, 무언지 모르게 조금은 더러운 기분이 되어 정들은 다시금 실소를 흘리고 말았다.

정들은 그대로 급하게 가속페달을 밟았다.

끼이이익!

아스팔트에 부대낀 타이어가 짧고도 날카로운 비명을 토해냈다.

12. 평범에 대한 회상

　정들은 또다시 한동안을 정신없이 일상에 파묻혀서 지내는 중이었다.

　일로 시작해서 일로 끝나는 일상이다.

　그녀 스스로도 한번 일에 빠지면 거의 다른 생각을 떠올리는 경우가 드물었다.

　소위 중증의 일 중독 증세라고 할까?

　오늘은 근 두 달여 이상을 매달리고 있던 메인 비지니스 하나가 중간 매듭을 지었다.

　간만의 여유를 가지게 되었기에 정들은 스스로의 충전을

위해 휴식을 취해야겠다는 생각을 했다.

그러다 문득 떠오른 것은…

어이없게도 한 사내였다.

아니, 그 떠오름의 실체는 그 사내 자체가 아니라 그 사내가 가지고 있던 분위기와 기질 같은 사뭇 주변적인 것들이었다.

이상하게도 정적으로 그 사내, 김강에 대해서는 그 얼굴조차도 잘 기억이 나지 않았다.

하긴 그렇게 강한 인상을 남길 만큼 잘생기거나 멋지게 생긴 얼굴은 아니었던 기억은 분명했다.

보통의 경우였다면 정들은 가족들과의 식사, 혹은 친한 친구들과의 쇼핑 등 다른 쪽으로 휴식과 충전의 방법을 찾았을 것이다.

그러나 이상하게도 갑작스럽게 떠오른 그 생각은 정들에게 점차로 강렬하고도 묘한 흥미를 유발하고 있었다.

'한 번만 더 만나볼까? 그 사내… 그 예측 불가의 이단아를?'

그런 것에 대해 걱정한 바도 없었지만, 어쨌든 그에게는 깡패로서의, 그리고 백수로서의 어떤 구질구질함 같은 것은 없는 듯했다.

벌써 족히 두어 달은 지나가고 있음에도 불구하고, 그동안 한번도 연락이 오지 않았던 것을 보면 말이다.

'훗! 그는 짐작이나 했을까? 그때 내가 찍어준 그 번호가 다른 대부분의 사람들에게는 상당한 보안 사항에 속한다는 것을……?'

그것은 사실이었다.

그의 휴대폰에 찍어준 번호는 그녀의 가족과 측근의 몇몇 사람에게만 공개된 철저하게 사적인 번호였다.

그런 점에서 그녀가 잠시의 충동으로 그 번호를 그 엉뚱한 백수에게 오픈하였다는 것은 참으로 어이없다고 해야 할 일이었다.

물론 일단 지나간 일에 대해 괜한 후회 따위를 할 그녀는 아니었다.

정들이 김강에게 전화를 걸고 만날 시간을 정하는 데까지는 별 망설임이 없었다.

원래부터 망설임 같은 것은 그녀에게 어울리지 않는 감정이었다.

냉혹한 비지니스의 세계에서 생존하려면 정확한 예측과 판단으로 기회를 선점하여야만 하는 것이기에, 그녀에게는 별다른 위험성이 없다고 판단되면 하고 싶은 것을 일단 하고 보는 거침없음이 있었다.

비지니스에 있어서 그런 성향은 보통 추진력이라는 말로 미화되기도 하지만, 사실은 그녀 자신의 이기주의를 만족시키기 위함일 때도 많았다.

다만 이번 경우에는 무어라고 표현해 내기 어려운… 뭐랄까, 낯설고 어색하다고 할까? 아니면 차라리 유치하다고 할까… 하여간 그런 묘한 느낌들도 있는 건 사실이었다.

그러나 그런 느낌들은 그녀에게 또한 묘한 흥미를 배가시키는 측면이 있었다.

처음으로 경험해 보는 일에 대한 호기심 혹은 조금은 쑥스럽게 설레는 기분 같은 것이라고 할까?

그런 점에서 김강이란 인물은 더욱이 그녀에게 갑작스럽게 생긴 일종의 비밀스러운 비상구 같기도 하였다.

일상에서 지칠 때면 아무도 모르게 잠시 이탈하여 새로운 활력을 찾고 다시 돌아올 수 있는, 그런 적당한 스릴을 겸비한 긍정적이고도 호의적인 탈출구.

시간까지는 간단히 정하였는데, 장소를 정하는 것은 정들에게 영 낯설었다.

그녀가 누구를 만나는 데 있어서 직접 스케줄을 잡아본 적이 있었던가.

그런 것은 으레 비서 팀의 일이었다.

만나는 상대의 클래스와 그 만남에서 다루어지는 사안의

성격에 따라 적절한 장소와, 심지어는 식사의 메뉴와 음료나 술의 종류까지 다 비서 팀에 의해 결정이 되는 것이었다.

물론 그녀가 호텔 이름 몇 개쯤 외우지 못하는 것은 아니었으니, 굳이 고민할 필요 없이 호텔에 딸린 커피숍이나 레스토랑에서 만나자고 해도 될 일이었다.

그러나 지난번처럼 무슨 모임의 파티도 아닌 둘만의 모임에서 대뜸 호텔에서 보자고 하기는 조금은 민망한 노릇이었다.

무엇보다 김강이라는—특별한—백수를 그런 정형화된 느낌의 장소에서 만나고 싶지는 않았다.

그녀가 지금 그를 만나자고 하는 것은, 바로 그의 비정형적인, 그리고 비예측적인 어떤 개성에 흥미를 느껴서가 아니던가.

결국 그녀는 아주 쉬운 방법을 택했다.

"어디가 좋겠어요? 어디라도 괜찮으니까 그쪽에서 한번 정해보세요."

뜻밖에도 그는 압구정동에서 만나자고 했다.

물론 그라고 해서—그가 백수라고 해서—압구정동을 거론하지 말라는 법은 없겠으나, 정들이 생각하는 그는 아무래도 압구정동이 풍기는 이미지와는 영 맞지가 않았다.

어쨌든 그렇게 시간과 장소가 정해졌기에 정들은 그를 만나는 데 필요한 몇 가지 절차들을 밟았다.

비서 팀에게 그녀의 저녁 스케줄을 오프시키라고 했고, 또한 그녀의 개인 수행 팀들에게는 지극히 사적인 일임을 강조하며 은근히 강압하여 뒤를 따라붙지 못하게 만들었다.

물론 그렇다 하더라도 경호상의 최소한의 필요성을 이유로 휴대폰 위치 추적을 당해야 하는 것쯤은 감수해야 하겠지만.

정들은 택시에서 내렸다.

그가 장소로 정했던 압구정동의 K빌딩 앞이었다.

빌딩의 1층 로비로 들어가면서 정들은 왠지 마뜩하지 않은 기분으로 되었다.

깔끔한 실내나, 빌딩의 각층 안내 보드에 적혀 있는 제법 화려하고 고급스러워 보이는 술집이며 레스토랑이며 유흥업소들의 구색이 별로 마음에 들지 않았기 때문이었다.

정들이 약속 시간을 10분이나 넘겨, 그것도 사람들이 오가는 로비 구석에서 멀뚱히 서서 기다리고 있자니 화가 나지 않을 수 없었다.

그녀가 가지고 있는 시간에 대한 철저한 관념으로는 벌써 자리를 떠났어야만 했었다.

그러나 그녀는 이상하게도 마지막으로 5분쯤은 더 기다려

줄 수 있다는 마음이 되었다.

이런 식으로 누구를 기다려 보는 것도 그녀에게는 첫 경험이니, 그것에 대한 애매한 감회 같은 것이 있기도 했다.

그리고 무엇보다도 그녀가 지금 기다리는 사람이 기껏 깡패이자 백수라는 점을 감안해야 한다는 생각이 있기도 했다.

백수인 그에게 정들 자신만큼의 시간관념이 있을 리 없을 것이며, 더구나 한창 복잡할 저녁 시간 서울의 교통 상황에서 역시 기껏 백수인 주제의 그에게 약속 시간을 지키는 데 필요한 수단들이 별달리 있을 리 없겠다는 생각에서 나오는 일종의 관용이었다.

김강이 회전문을 통해 로비로 들어선 것은 그녀가 마지노선으로 정해놓은 15분이 막 경과하는 바로 그 순간이었다.

그런데 언뜻 보기에도 그는 잔뜩 불퉁한 얼굴이었다.

'적반하장이 따로 없군.'

정들은 더욱 화가 치솟았다.

한편으로는 자신이 이미 치른 그 대단한 양보에 대해 억울한 생각까지 드는 것이었다.

빠르게 다가서며 김강은 대뜸 따지듯이 입을 열었다.

"아니, 왜 사람을 기다리게 만드는 거요?"

"정작 기다린 게 누군데 그래요?"

어이없음에 정들은 제대로 화를 내지도 못했다.

그런데 어이없다는 기색은 오히려 그가 더한 것 같았다.

"지난번에는 영어에 약한 모습을 보이더니… 혹시 한국말을 이해하는 데도 좀 문제가 있는 것 아니오?"

김강의 말이 그쯤에 이르자 정들은 차라리 말문이 막히고 말았다.

"……?"

그런 중에도 지난번 처음 만났을 때의 장면들이 확하고 스쳐 지나갔다.

레이디 퍼스트가 어쩌고 하면서 출신 유치원까지 들먹이던 그의 황당함이.

정들이 약간은 멍한 눈으로 보고 있는 중에, 김강의 다그침이 쇄도하고 있었다.

"내가 분명히 K빌딩 앞에서 만나자고 했습니까, 안 했습니까?"

순간 정들은 더욱 멍해지고 말았다.

퍼뜩 기억을 돌이켜 보니, 그는 분명 K빌딩 앞에서 만나자고 했던 것 같았다.

빌딩 안이 아니라 빌딩 앞에서.

'그러면 그는 정말로 말뜻 그대로 빌딩 앞에서 기다렸단 말인가? 밖에서?

실로 상상하기 어려운 ‘한국말’에 대한 의미 해석의 차이에 대해, 정들은 언뜻 상황에 맞지 않는 실소를 흘려내고 말았다.

“훗!”

그러자 대번에 김강의 인상이 와락 일그러지고 있었다.

그 인상의 험악함 때문이 아니더라도, 정들은 인정할 건 인정해야 한다는 생각을 했다.

역시나 그녀가 인정한다고 해서 별로 손해 볼 것이 없는 일인데 말이다.

“어머! 미안해요. 거기까지는 생각을 못한 내 실수였네요.”

그렇게 말을 뱉어놓고서 정들은 금방 그녀 스스로가 어색해지고 말았다.

‘어머?’

그녀로서는 아마도 생전 처음으로 써보는 낯간지러운, 아니, 입 간지러운 감탄사였다.

그러나 얼떨결에 뱉은 그 한마디의 감탄사가 의외의 효과를 발휘하였던지, 백수의 일그러졌던 인상은 언제 그랬느냐는 듯 슬금슬금 풀어지고 있었다.

“뭐… 실수까지야… 우리 일단은 나갑시다.”

그리고 그는 몸을 돌려서 회전문을 향해 성큼성큼 걸어갔다.

정들이 뒤따라오는지는 신경도 쓰지 않고서.

레이디 퍼스트?

그 투철한 젠틀맨 정신은 어디로 출장을 보낸 건지…….

압구정동에 이런 곳이 다 있었던가 싶었다.

이 금싸라기 땅에, 이런 넓이로 포장마차가 땅을 차지하고 있다니 말이다.

빈자리를 찾아 앉으면서 김강이 대강 주워섬기는 말로는 밤에만 서는 포장마차라고 했다.

낮엔 세차장으로 쓰는 공간인데, 세차장 영업이 끝나는 밤이 되면 화려한 실내 포장마차로 변신한다는 것이었다.

포장마차라도 비싼 땅에 세워진 포장마차라 다른 것인가.

대여섯이나 되어 보이는 깔끔한 유니폼의 종업원이 건네주는 메뉴판은 차라리 글로벌하다고 할 정도였다.

그 흔한 김밥만 하더라도 캘리포니아 롤에서 아보카도 롤까지 아주 각양각색이다.

주류는 소주는 당연하고, 양주에 와인에다 칵테일까지 가능하다.

나가사키 짬뽕과 상해 크랩 등등이 안주 메뉴로 올라 있다.

정들이 일부러 신경을 써서 본 것은 아니지만, 무슨 무슨 알지도 못할 퓨전의 이름을 달고 있는 메뉴들 옆으로 적혀 있는 가격들은 그녀가 짐작하고 있던 포장마차의 가격 수준과는 많이 다른 것 같았다.

그런 분야에 대해 자세히 비교할 정도의 상식이 그녀에게 있는 것은 아니었지만.

어쨌든 김강은 소주와 안주 몇 가지를 시켰다.

뭘 먹을 거냐고 정들에게 물어보는 과정은 당연한 듯이 생략하고서.

'에라이! 한 번만 더 레이디 퍼스트 어쩌고 했다가는 봐라… 그냥 콱!'

정들은 그렇게 잠깐 당찬, 그리고 맞은편의 깡패에게 사뭇 걸맞는 대사를 읊었다. 속으로만.

'그래! 바로 저런 얼굴이었지.'

'원샷!'을 연발하고 있는 그의 분위기에 장단을 맞추어 정들이 중간중간 서너 잔의 소주를 마시면서, 그제야 제법 자세히 그의 얼굴을 살펴보고 그녀가 새삼 느끼는 심정이었다.

"보통 하루를 어떻게 보내요?"

"백수가 뭐 보내고 말고 할 게 있나요? 그냥 보내지는 거지……."

"훗! 아니, 그래도… 꼭 무슨 일이 아니더래도… 하는 게 있긴 있을 거 아녜요? 하루 종일 잠만 자는 건 아닐 테고… 뭐 소일거리라든지……."

"소일거리……?"

공통의 관심사가 있는 것도 아니고, 그렇다고 그냥 술잔만 들이켜고 있기도 뭣해서 정들이 그냥 생각나는 것들을 화제로 삼아 말을 시키는 중에 김강이 문득 빤히 그녀를 쳐다보고 있다가 픽 웃으며 말했다.

"우리 사이에 그런 거까지 알 필요가 있나요?"

정들이 가만히 생각하니 제법 웃긴 말이라 마주 웃으며 물었다.

"훗! 우리 사이요? 우리 사이가 어떤 사인데요?"

"남녀 사이죠. 어쩌다가 우연히 만난……."

"호호호! 어쩌다가 우연히 만난 남녀 사이? 그거 부담없어 좋군요? 또 적당히 신비감도 있고……."

"후훗! 재미있는 말이군요."

"뭐가요……?"

"하긴 남녀의 관계에서 적당한 신비감이 있는 것도 결코 나쁘지만은 않죠."

“호호호! 듣고 보니 그렇다 싶기도 하네요. 신비감이라…
정말로 나쁘지만은 않겠군요. 좋아요. 그럼 우리 사이는 적당
히 신비감이 존재하는 그런 남녀 사이로 정의하면 되겠군
요?”

김강이 문득 피식하고 웃고 난 다음에 짐짓 정색을 하며 물
었다.

“지금 그 말, 애프터 신청으로 받아들여도 되겠습니까?”

그 지나친 진도에 정들은 잠시 흠칫하고 말았다.

문득 자신이 김강이라는 백수에 대해 사실은 너무 아는 게
없다는 데에 생각이 미쳤기 때문이었다.

그런 생각은 일종의 위험 신호라고도 할 수 있는 것이었다.

그러나 정들은 방금 스스로가 정의했던 대로, 이 백수의
정체(?)에 대한 것은 ‘신비감’의 영역으로 남겨두기로 했
다.

알아보려면 금방이라도 간단하게 알아볼 수 있겠지만.

그러나 우연히 가지게 된 이 색다른 흥미로움에 대해 정들
은 쉽게 깨어버리고 싶지 않은 심정이었다.

이런 종류의 흥밋거리는 그녀가 가지고 싶다고 해서 가져
지는 그런 게 아니라, 정말로 우연에 우연이 겹친 끝에, 그러
고도 정말로 우연히 얻어지는 그런 것이었다.

그런 만큼 일부러 깨어버릴 필요는 조금도 없는 것이었다.

그 흥미가 저절로 사라질 때까지는.

혹은 조만간 저절로 질리게 될 때까지는.

정들은 돌연 유쾌한 마음이 되어 짜랑하게 소리 내어 웃었다.

"호호호! 좋아요. 하지만 일회용이에요."

"일회용……?"

"다음에 한 번 더 만날 정도의 여지만 두자는 거예요. 그 다음은 또 그때 가서 다시 정하도록 하고……."

이제 겨우 두 번째의 만남이기는 했지만, 보면 볼수록 김강이라는 백수에게는 묘한 매력 같은 게 있었다.

물론 정들이 느끼는 김강의 매력 중에는 사내로서의 매력도 없지는 않았다.

비록 정들 스스로는 아직까지 그의 사내다운 매력이 무엇인지 구체화하기를 미루고 있는 중이었지만, 만약 그에게서 사내다운 매력이 전혀 없었다면 그 외의 다른 흥미도 아예 없었거나, 최소한 지금 느끼는 정도보다는 못했을 것이라는 점은 인정하지 않을 수 없었다.

그러나 정들이 스스로를 너무도 잘 알기에 자신하는 것인데, 단지 사내로서의 매력 때문에 그녀가 지금 김강에 대해 어느 정도라도 끌리고 있는 것은 아니라는 점에 대해서도 또한 확신할 수 있었다.

김강에게는 뭔가 특별한 것이 있었다.

물론 그 특별한 것은 그녀가 이때까지 늘 겪어온, 특별함에도 불구하고 그녀에게는 더 이상 특별하다고 여겨지지 않는 그런 특별함과는 사뭇 다른 특별함이었다.

그의 특별함이란 것은 주변에 의해 상대적이거나 비교적으로 결정되지 않는, 오로지 그 혼자만의 독자적인, 그의 표현대로라면 백수인 그가 맨몸뚱이로 만들어내는, 그래서 그와 어느 정도 밀착된 관계에 있지 않은 사람은 결코 발견해내지 못하는 그런 특별함이었다.

'그와 밀착된 관계에 있어야 한다고……?

스스로의 생각에서 한 꼬리를 잡아채 그렇게 반문하면서도 정들은 지금 자신이 그와 어느 정도는, 구체적으로 데이터화할 수는 없지만, 그래도 어느 정도는 그와 밀착한 관계에 있는 것이 아닌가 하는 생각을 해보았다.

그리고 그렇기 때문에 비로소, 아니, 점점 더 그의 특별함을 발견해 나가고 있고, 더불어 그의 특별함에 빠져들고 있다는 점에 대해서 큰 이의를 제기할 수가 없는 것이리라.

그는 올해 서른이라고 했다.

정들 그녀와는 동갑이었다.

그가 굳이 거짓말로 동갑의 나이를 만들 필요까지는 없겠

지만, 우연 혹은 우연을 가장한 것이라는 생각도 없지는 않았
다.

물론 사람의 신체 나이라는 것이 어느 일부라면 몰라도 전
체적으로는 실제의 나이와 크게 차이가 나기 어려운 법이니,
그가 정들 자신과 최소한 비슷한 나이라는 것은 맞을 것이었
다.

그러나 그의 나이가 의심되는 부분은 바로 그의 정신적인
측면이었다.

비록 아직까지는 그의 정신세계까지 제대로 판단했다고
하기는 어렵겠지만, 그래도 언뜻언뜻 비치는 면모들만으로도
그는 참으로 기묘한 사고 체계와 색다른 사상들을 지니고 있
는 것 같았다.

하기야 나이와 정신 체계 혹은 사상의 색다름을 상관 짓기
는 어렵겠으나, 때때로 그가 보여주곤 하는 살짝살짝 감추어
진 노련함과 노회함은 꼭 사오십대의, 어느 정도 세상의 풍파
를 겪은 중년층에게나 어울릴 만한 면모였다.

또한 가끔씩 그에게서 비치는 스스로의 감정에 대한 절제
와 사람을 대하는, 혹은 다루어내는 관록 같은 것은, 이제 갓
서른 된, 아직까지는 뜨거운 피의 청년이 쉽사리 보일 수 있
는 것은 아니라고 할 것들이었다.

그녀가 느끼는 그의 특별함은 그것뿐이 아니었다.

또 하나의 특별함은 비범함이라고 할 만한 면모였다.

그렇다고 그가 무슨 대단한 지식이나 식견을 보이는 것은 아니었지만, 가끔씩 뜻없이 뱉어내는 우스갯소리 한마디에서, 혹은 사물이나 상황을 표현하는 아주 간단한 말 몇 마디에서도, 정들은 문득문득 그의 명료하고도 반짝이는 재치와 비범함을 발견해 내곤 했다.

물론 그러한 비범함은 단순히 정들의 오버센스일 수도 있었다.

사실 그런 그의 재치와 비범함이란 것은, 만약 그녀가 아니었다면 느끼기 힘들 만큼 찰나적이고도 단속적(斷續的)으로 스쳐 지나 버리는 그런 종류의 것이었으니까.

그러나 정들은 자신에게 적어도 보통 사람들과는 차별화되는 뛰어난 안목과 통찰력이 있다고 자부하는 바였으므로, 김강에 대한 평가에 있어서도 자신의 판단을 크게 의심하고 싶지 않았다.

비록 처음에 그녀가 내렸던 평가에 비한다면, 그에 대한 지금의 평가는 이미 상당히 다른 방향으로 진전이 되고 있긴 했지만 말이다.

그러나 다만 특별함과 비범함뿐이었다면, 아마도 정들은 김강에 대해 지금만큼의 흥미와 관심을 가지지는 않았을 것이다.

굳이 그녀가 그녀 스스로의 특별함과 비범함에 대해 자부하고 있다는 점을 들지 않더라도, 그녀의 주위에 포진하고 있는 사람들의 특별함과 비범함만으로도 김강의 그것들이 지금처럼 그녀의 흥미를 확연히 끌 만큼 돋보인다고는 할 수 없었으니까.

그의 특별한 점들을 더욱 돋보이도록 만들어주는 것은 바로 그가 평상시 보여주는 겉모습이 지극히 평범하다는 점이다.

깡패나 백수로서 아주 잘 어울리도록 말이다.

그런 그의 자연스러운(?) 평범함이야말로 그의 특별함이 아무 때나 함부로 드러나지 않도록 하고 있다가, 어느 때 가장 돋보일 수 있는 바로 그 상황과 순간에만 드러나도록 하여서, 그야말로 보석같이 빛나는 최고의 가치를 부여하는 것이었다.

'아아! 이러한 평범함이란……!'

정들은 김강에게서, 그의 그런 종류의 평범함에서, 문득 한 사람을 떠올리지 않을 수 없었다.

그녀에게 처음으로 평범함으로 오히려 특별함을 보여준 인물.

바로 김산이었다.

다만 그때 정들이 보았던 김산의 평범함은 남들의 특별함

속에서도 숙이지 않아 빛을 잃지 않는 그러한 종류의 평범함
이었지, 결코 지금의 김강처럼 그 스스로 평범함 속에 진짜로
여러 가지 특별함을 감추고 있는 그러한 평범함은 아니었다.

그러나 문득 떠오른 김산에 대한 기억은 그녀로 하여금 한
가닥 아련한 감회를 함께 떠올리도록 만들었다.

'아아! 그 아이는 지금 어떤 모습으로 살아가고 있을까?

13. 사랑?

　요즘 들어 정들은 가끔씩 자신이 때늦은 청춘 시대를 맞이하고 있는 것은 아닌가 하는 생각을 할 때가 있었다.

　생리학적으로는 이미 그 화려했던 이십대의 청춘을 '홀라당' 다 까먹어 버린 나이에, 뒤늦게 청춘의 활력과 매력을 즐기고 있는 게 아닌가 하는 생각 같은 것.

　그것은 아무래도 일종의 중독 같았다.

　바쁜 스케줄 속에서 일에 몰두하다가도 지쳤다 싶거나, 혹은 잠시 틈이라도 나면 우선 그를 만날 생각부터 드는 것이었다.

하긴 정들에게 그와의 만남은 몇 가지 중독의 요소를 갖추고 있기도 했다.

여러모로 별 부담이 없는 만남.

만날 때마다 매번 새롭게 일어나는 흥미와 관심.

거기에 비밀스러운 만남이 주는 은근히 짜릿한 스릴까지.

어쨌든 그녀의 비서진들이 표현하듯이 가히 살인적인 매일매일의 스케줄 중에서도, 그녀는 요즈음 이전에는 감히 상상도 할 수 없었을 정도의 시간을 김강과의 데이트에 할애하고 있는 중이었다.

그런 것이 어떻게 가능한지는 그녀도 몰랐다.

그러나 그와의 그러한 만남에도 불구하고 그것이 그녀가 하는 일에 어떤 차질을 주지는 않았다.

그런 것을 보면, 아마도 그와의 데이트를 그녀가 진정으로 즐기고 있었기에, 거기에서 얻는 활력과 재충전 효과로, 이전보다 일하는 시간이 줄어들었음에도 불구하고 대신 한층 더 집적되고 강도 높은 일의 수행으로 차질의 요소가 만회되는 것이 아닌가 하는 생각을 하지 않을 수가 없었다.

그야말로 신바람과 그로 인한 효율의 극대화라는, 한때 각광받던 한국적 경영 개혁 이론을 떠올리게 하는 바가 있었다.

정들에게는 제법 큰 규모의 수행진이 있었다.

업무적인 활동의 전반을 보좌하는 팀 단위의 비서진이 있었고, 따로 그녀의 경호와 일상생활 전반을 24시간 밀착 보좌하는 개인비서 팀이 있었다.

얼마 전부터 그녀는 개인비서 팀의 활동을 정식으로 제한시켜 놓았다.

이전까지는 필요할 때마다 지시를 해왔던 것인데, 이제는 그녀가 데이트하는 시간에 대해서는 별도의 명이 없더라도 자동적으로 일시적으로 오프를 하도록 한 것이다.

철저한 비밀 엄수를 강조한 것은 물론이었다.

개인비서 팀은 당장에 경호의 곤란 등을 들어 난색을 표시했지만, 정들의 단호함은 그들에게 더 이상의 이의를 제기하지 못하게 만들었다.

드물게 보이는 것이기는 했지만, 그녀의 단호함이야말로 그룹 회장인 그녀의 아버지보다도 오히려 더욱 칼날 같다는 평가가 있을 정도였다.

그리고 그녀를 중심으로 하는 그룹 후계 구도가 이제 본격적으로 구체화되고 있는 시점에 그녀의 엄명에 감히 이의를 제기할 사람은 없었다.

느끼지 못하는 사이에 정들과 김강, 두 사람은 꽤나 가까워졌다.

편하게 말을 놓고, 술 한잔에 손을 잡고 어깨동무쯤은 부담

없이 하는 사이가 된 것이다.

평상시 정들이 사람을 평가하는 데 중요한 척도로 사용해 왔던 데이터화된 정보라는 측면에서 보자면, 정들이 그에 대해 가진 정보라고는 이름과 나이 외에는 별게 없었다.

그 역시 그녀가 누구인지에 대해 모르는 체하는 것인지 아니면 정말로 여전히 모르는 것인지, 하여튼 그녀의 신분에 대해서 언급하기는커녕 궁금해하는 눈치조차 없었다.

분명한 것은 그가 그녀에 대해 어떤 중압감을 느끼는 기색은 손톱만큼도 없다는 것이다.

그녀의 신분을 알고 있다면, 누구라도 어떤 중압감 같은 것을 느끼지 않을 수가 없을 것인데 말이다.

어쨌거나 정들이 보기에 그는 이래저래 너무나 당당하고 능청스러운 대한민국의 백수였다.

데이트는 늘 그가 주도하였다.

정들은 다만 그가 주도하고 이끄는 대로 따라가기만 하면 되었다.

물론 그는 지극히 백수답게 대부분의 데이트에서 한 푼도 돈을 쓰지 않았다.

그러나 그러면서도 정들로 하여금 비용을 일방적으로 부담하게 하는 데 대한 어떤 조금의 부담이나 미안함을 느끼지는 않는 듯했다.

뿐만 아니라, 또한 정들로 하여금 비용을 전담하는 데 대해 어떤 거부감도 느끼지 않도록 만드는 재주(?)를 발휘하곤 했다.

그가 주도하는 데이트는 늘 준비가 되어 있는 것 같았다.

그게 아니라면 그가 데이트에 이골이 난 데이트 박사 내지는 천재이든지.

그의 데이트는 언제나 새로웠고, 또한 매번 그럴듯한 주제 같은 것이 있었다.

그럼으로써 정들로 하여금 조금도 지겹거나 루틴하다는 생각이 들지 않도록 하였다.

그렇다고 해서 그가 흔히 청춘 남녀들이 주고받는 화려한 이벤트 같은 것을 준비하는 것은 아니었다.

최소의 비용으로.

다양하게.

새롭게.

그리고 무엇보다 즐겁게.

그러한 것들이 그가 추구하는 데이트의 모토였다.

두 번째 만남에서의 압구정동의 그 이상한 실내 포장마차 이후로 그는 결코 비싼 곳을 가는 법이 없었다.

그가 주로 선택하는 장소는 대학가, 혹은 재래시장의 구석진 골목 등등으로, 정들로서는 한 번도 가보지 못한 곳들이었다.

먹을 것은 그가 늘 집착하는 즐거움의 키포인트였다.

고기 1인분에 1,000원. 회 한 접시에 3,000원.

세계에서도 물가가 비싸기로는 랭킹 내에 들어가는 서울 한복판에 그렇게 음식 값이 싼 곳이 있을 것이라고는 정들은 이전까지는 상상을 하지 못했었다.

둘이서 아무리 허리띠를 풀고 먹어도 삼만 원을 넘기는 경우는 거의 없었다.

그런 것들은 그녀에게 흥미로움의 연속일 수밖에 없었다.

저렴한 가격.

소위 무한 리필이라는 이름으로 서비스되어지는 끝없는 양.

그리고 가장 중요한 것으로는 톱클래스라고 자부하는 그녀의 미각으로도 감탄하지 않을 수 없는 맛.

또 한 가지 보너스라면 비록 줄을 서서 기다려야 할 만큼 복잡하고 소란하지만, 대신 사람 사는 냄새와 활기가 넘치도록 진하다는 것.

그는 어느 장소에 가서도, 또 어떤 사람들과 만나서도 참 별나다 싶을 만큼 쉽게 잘 어울렸다.

넉살이 좋다고 해야 할까, 아니면 스스럼없다고 해야 할까?

이제 대학교 신입생쯤이나 되어 보이는 너무나 젊어서 비린내가 날 것 같은 파릇파릇한 청춘들과도 격의없이 어울렸고, 때로는 오륙 십대의 거칠고 투박한 시장통의 상인들과도 대충이나마 어울릴 줄을 알았다.

정들이 어떻게 이런 곳을 한두 군데도 아니고 아예 훤하게 꿰고 있느냐고 빈정거림 반, 신기함 반으로 물을라 치면, 그는 '대한민국에서 백수로 살아가는 필수 생존법'이라고 거창하게, 그리고 뻔뻔스러울 정도로 당당하게 대답을 하였다.

그와 함께 다닌 곳 중에서 정들이 불쾌 내지는 불결하다고 느낀 장소는 없었다.

아무리 구석지거나, 또는 아무리 변두리의 싸구려 집을 갔더라도, 다만 흥미롭고 재미있었을 뿐이었다.

또 한 가지는 든든함이 있었다.

든든함이란… 다분히 그의 조폭스러움 내지는 깡패스러움에 근거한 것일 터였다.

처음 만날 때 그는 혼자서 근 이십여 명의 조폭들 사이를 헤집고(?) 다니는 발군의 실력을 발휘한 바 있었고, 또한 고영호와 같은 제법 단단한(?) 사내를 단 일격으로 아주 간단히 주저앉혀 버리는 주먹 실력을 보여준 바 있었으니까.

그러나 그와 함께 있을 때 느껴지는 든든함의 이유가 단지 그런 이유뿐만은 아니라는 것은 정들 스스로가 너무도 잘 알았다.

바로 그의 당당함에서 기인하는 든든함이었다.

그는 뭘 해도 당당했다.

심지어는 평상시의 일거수일투족에까지도 은근히 풍기는 당당함이 배어 있었다.

별 볼일도 없는 백수 주제에 말이다.

그러나 그 당당함이 결코 남에게 보여주기 위해 일부러 만들어낸 포장된 당당함이 아니라는 것을, 그리고 누구에게 자랑하고 싶은 마음이 배어 있는 오만한 당당함 또한 아니라는 것을 정들은 느낄 수 있었다.

그의 당당함은 바로 그 스스로에게 당당한 것이었다.

그러기에 정들은 혹 건방지고, 혹 뻔뻔스러운 것인지도 모를 그의 당당함에 대해서, 어떤 거부감도 느끼지 않고 오히려 편안한 든든함을 느끼고 있는 것이었다.

그리고 그러한 든든함이라는 것은 정들이 서른의 나이가 된 지금까지 그 누구에게서도 느껴보지 못했던 종류의 든든함이기도 했다.

몇 번이나 강조해도 부족할 만큼 그는 정말로 종잡을 수 없도록 특이한 사람이다.

오늘은 문득 생각이 나 전화를 한 정들에게, 역시나 그는 미리 생각이라도 하고 있었던 것처럼 막힘없이 시간과 장소를 읊었다.

그리고는 반드시 지하철을 타고 오라고, 지하철역 밖에서 기다리고 있겠다고 했다.

정들은 그의 말 중 '지하철역 밖' 이라는 말을 주의해 들었다.

그녀가 언젠가 범했던 '한국말' 에 대한 몰이해로 인한 실수의 재발을 피하기 위해.

그리고 약속 장소에서 그녀는 전혀 상상하지 못했던 그의 또 다른 모습을 볼 수 있었다.

오토바이였다.

그것도 엄청난.

백수가 가지기에는 도저히 가능하지 않은.

그의 말로는 빌린 것이라고 했다.

빌려?

비록 잘 알지 못하지만 대강의 생김새와 크기만으로 보기에도 적어도 수천만 원은 되어 보이는 고급 오토바이를 빌려?

그 정도의 오토바이라면 가격이 문제가 아니라 오토바이에 대해 광적인 취미를 가진 사람이 아니라면 가질 엄두조차 내지 못할 명품급이었다.

그렇다면 차라리 마누라를 빌려줄지언정 오토바이는 결

코 빌려주지 않으려 할 정도의 애착을 가지는 물건일 것이었다.

여하튼 정들은 오토바이에도 그처럼 웅장한 물건이 있는 줄을 처음으로 알았다.

그 크기에서 나오는 중압감만으로도 ‘저 무거운 걸 어떻게 타? 하는 생각이 절로 들었다.

그리고 정들은 김강이 무엇에 대해 뻐기고 자랑하는 모습을 처음으로 봤다.

“이거 할리 데이비슨이야. 들어나 봤나? 할리 데이비슨이라고……?”

처음으로 하는 것인만큼 그의 자랑은 영 익숙하지가 않아서, 정들은 괜히 심술을 부리는 척했다.

“흥! 할리건 할로건, 기껏 오토바이 한 대를 가지고 자랑은……?”

“어허! 이거 왜 이래……? 이거 3천만 원도 훨씬 더 나가는 엄청 비싼 놈이라고?”

정들이 별생각없이 다시 한마디를 더 쏘아주려다가, 흠칫하며 말문을 닫고 말았다.

‘겨우 3천만 원 가지고?

그런 말은 농담이라도 결코 해서는 안 될 말이라는 생각이 갑자기 들었기 때문이다.

그러나 기왕에 심통이 난 것처럼 표정을 꾸몄는데 그냥 곱게 죽어드는 모양새도 영 쑥스러웠다.

"자기 것도 아니면서……."

"아니, 뭐 내 거는 아니지만… 내 거나 마찬가지지."

"훗! 그런 말이 어딨어?"

"왜 없어? 언제라도 내가 타고 싶을 때는 얼마든지 탈 수 있으니까, 결국은 내 거나 마찬가지인 거지."

도대체 뭔 말인지…….

정들에게 오늘 제대로 한번 따져 주고 싶은 마음이 없지는 않았지만, 문득 지금 그딴 걸 따져서 무엇 하랴 싶었다.

그보다 정들은 어느새 그가 준비한 오늘의 특별한 데이트에 관심을 가지고 있는 자신을 발견하고 있었다.

김강은 자랑스럽고도 씩씩한(?) 모습으로 시동을 걸었다.

부르릉!

오토바이 특유의 시동 소리가 났다.

그런데 그 소리는 금방이라도 시동이 꺼져 버릴 것처럼 위태롭게 투덜대는 것 같기도 하였고, 또한 그 거창하게 큰 차체는 연신 움찔거리고 혹은 들썩거리며 사뭇 요란한 몸짓을 해대는 것이었다.

'이거 보기보단 고물인가 봐?'

정들이 그런 생각을 하고 있는데, 김강이 불쑥 말했다.

“자! 머리 내밀어.”

“……?”

“헬멧 써야지?”

정들이 시키는 대로 고분하게 머리를 내밀자, 김강은 자못 꼼꼼하게 헬멧을 씌워주었다.

그리고는 장난스럽게 외쳤다.

“야, 타!”

정들이 영 쑥스럽고도, 한편으로는 불안한 마음으로 오토바이의 뒷자리로 올라탔다.

그러자 김강이 은근히 겁을 주었다.

“꽉 잡아! 이놈이 가속력이 엄청 좋아서 꽉 안 잡으면 그대로 뒤로 튕겨 떨어지는 수가 있다고.”

물론 괜히 겁주는 것이라는 걸 알면서도, 정들은 정말로 겁이 나기도 했다.

김강의 등 뒤로 바짝 붙어 앉은 정들이 두 팔에 잔뜩 힘을 주어 그의 허리를 끌어안았다.

정말로 겁에 질리기라도 한 듯이.

그러자 어색함은 금방 사라지고, 대신 팔과 가슴으로 전해지는 느낌이 좋았다.

따뜻함, 정감이 있는 따뜻함이었다.

그리고 허리 근육의 단단한 질감으로부터 비롯된 것일 든든함 또한 더할 나위 없이 좋았다.

잔뜩 기가 산 듯한 목소리로 김강이 크게 외쳤다.

"간다!"

그리고,

뿌다다다!

귀를 멍멍하게 만드는 굉음이 터져 나오며 정들의 몸이 뒤쪽으로 확하고 쏠렸다.

정말로 놀라 질끈 눈을 감으면서 정들은 김강의 허리를 죽어라 끌어안았다.

얼굴을 세차게 스치며 지나가는 바람을 느끼며 정들은 슬그머니 눈을 떴다.

뿌다다다다!

오토바이가 뿜어내는 굉음은 여전했으나, 그것은 이미 그녀의 한참 뒤에서 들리는 듯했다.

그다지 시끄럽다는 생각이 들지 않았고, 자못 웅장하기까지 하였다.

그녀는 지금 도로 한가운데를 달리는 중이었고, 좌우로는 자동차들이 줄을 지어 달리고 있었다.

그러나 자동차들은 금방 금방 뒤로 멀어지고 있었다.

오토바이는 가끔씩 슬쩍슬쩍 유연하게 방향을 바꾸며 차들 사이를 빠져나가기도 했다.

마치 도로 바닥에 닿기라도 하듯 몸이 뉘어지는 느낌이 주는 스릴과 그리고 무엇보다도 온몸으로 느껴지는 속도감은 정들의 상상을 초월하는 것이었다.

미칠 듯한 속도감이랄까.

이러다 한순간의 사고로 죽을지도 모른다는 위기감이 들 정도였다.

그런 때문이었을까?

그녀의 두 팔은 지금 그녀 자신의 의지와도 무관하게 김강의 허리를 힘껏 끌어안고 있는 중이었다.

지금 그녀의 생명을 지킬 수 있는 유일한 끈은 김강의 허리를 끌어안고 있는 자신의 두 팔뿐이었으니까.

한편으로 ‘죽어도 함께 죽는다’ 는 느낌이 주는, 참으로 기묘하고도 강렬한 일체감 같은 것이 있었다.

“이~ 야호!”

이윽고 정들의 입에서는 환호성이 터져 나왔다.

통쾌한 외침이었다.

아니, 새로운 세상에다 그녀의 존재를 고하는 부르짖음이었다.

그때 김강이 고함을 질렀다.

고함을 지르지 않으면 귓가를 때리는 바람 소리 때문에 무슨 소린지 알아들을 수가 없었다.

“야! 무슨 환호성이 그래? 좀 더 멋지게 지르면 안 되겠
어?”

정들이 고함으로 반문했다.

“멋지게……? 어떻게?”

김강이 뾰족하게 목소리를 바꾸며 소리쳤다.

“오빠! 달료~!”

정들은 자지러지는 톤으로 웃음소리를 토해냈다.

마치 그녀의 사고 체계에서 품위에 관한 모든 방어 장치를
한꺼번에 다 해제시켜 버린 것처럼.

“꺄~호호호호!”

당장에 핀잔이 돌아왔다.

“야! 지금 무슨 공포영화 찍냐? 호곡성을 날리게?”

정들이 당장에 응징차 김강의 허리를 꼬집으려 손가락에
힘을 주었다가는 이내 슬며시 풀고 말았다.

그리고 큰 소리로 외쳤다.

“오빠! 달려!”

김강이 힘차게 호응했다.

“그래!”

정들이 마치 발악하듯이 다시 외쳤다.

“세상 끝까지 달려 버려!”

한적한 이차선 도로에서 다시 좁은 농로(農路)를 따라 들어
간 강가였다.

무슨 강인지는 알 수 없었고, 이곳이 어디쯤인지도 정들로
서는 알 수 없었다.

다만 서울 근교 어디쯤이리라고 짐작만 하였다.

그러나 어디면 어떠랴 싶은 심정이기도 했다.

그녀에게 지금 이 순간은, 처음으로 느껴보는 이 무한대의
자유를 만끽하는 것만이 중요할 뿐이었다.

"그만!"

김강의 얼굴이 다가오는 것을 몽롱한 듯 바라보고 있다가,
그의 입술이 닿기 직전 정들은 그렇게 브레이크를 걸었다.

자신의 브레이크가 조금은 밀려도 괜찮겠다는 생각을 하
면서.

그러나 그녀가 김강의 터프함에다 기대했던 상황은 일어
나지 않았다.

"싫어?"

김강이 전혀 터프하지 않게 곧바로 대시를 멈추면서 하는
멋대가리없는 대사였다.

정들은 한숨처럼 나직하게 대답을 뱉었다.

"응!"

얼굴을 밀착시킨 그대로 잠시 정들을 바라보던 김강이 이

내 떨어지며 피식하고 웃었다.

"훗! 무슨 순결주의자들도 아니고, 만난 지 몇 달이 넘어서야 처음으로 시도하는 키스가 이토록 간단하게 거절당할 줄은 미처 몰랐는데……? 기분이 좀 그렇군."

정들은 가볍게 대답해 주었다.

"미안해!"

그러자 김강은 이내 장난스러운 표정으로 물었다.

"혹시 따로 애인 같은 거 키워?"

"뭘 키워……?"

그렇게 반문하다가 그 속에 담긴 기발한 표현에 정들은 실없이 웃음을 흘리고 말았다.

"훗!"

그때 그녀의 생각 속으로 문득 스쳐 가는 얼굴 하나가 있었다.

김산이었다.

왜였을까?

따로 애인이라도 있느냐는 김강의 물음에 생각지도 않게 그가 퍼뜩 떠오른 것은…….

이어 그런 생각도 들었다.

그때 십 년의 약속이 차던 그날, 만약 김산과 만났더라면, 어쩌면 잠시 동안은 그를 애인으로 여겨줄 수도 있었지 않았을까 하는…….

그러나 비록 의미없이 그저 가볍게 스쳐 가는 것에 불과하기는 했지만, 그런 생각은 정들 스스로에게 가벼운 자책을 갖게 했다.

'나는 이토록 못된 마음을 가진 것일까? 그 순수하고 여린 친구를 하필 이런 때, 그냥 재미 삼아 떠올려 볼 만큼……?

하지만 꼭 그런 것만은 아닌 것 같기도 했다.

이때까지는 한 번도 그런 생각조차를 해본 적이 없어서 몰랐었는데, 지금 막 그런 생각들을 떠올리자 지금껏 그녀에게 아무것도 아니라고 생각해 왔던 김산이 갑자기 실은 꽤나 중요한 비중을 차지하고 있었던 존재로 부각이 되고 마는 듯이 생각되기도 하는 것이었다.

정들은 쓰게 웃으며 혼잣말처럼 중얼거렸다.

"훗! 애인이었다고 해도 될 만큼은 아닐지 모르겠지만, 한때 내 마음에 그때까지 한번도 느껴보지 못했던 낯선 감정을 느끼게 했던 사람은 있었어. 그때는 그 낯선 감정이 무엇인지도 잘 몰랐었는데, 그 뒤로 한참이 더 지나고 나서야 그게 내 마음을 아프게 한다는 것을 알게 되었지. 훗! 비록 오래전의 일이고, 또 잠시뿐이었지만……."

김강이 슬며시 끼어드는 것처럼 말을 붙였다.

"마음을 아프게 했다… 이를테면 동정 같은 것인가? 흔히 여자들은 남자에 대한 동정심이 발로가 되어 첫사랑을 경험하는 경우가 많다고 하던데……?"

정들은 언뜻 표정을 굳혔다.

딱히 화가 나거나 한 것은 아니었지만, 스스로에게도 새삼스러우리만큼 오랫동안 묻혀 있었던 자신의 감정들에 대해, 어느 누구와도 가볍게 얘기하고 싶지는 않은 심정이었다.

그리고 동시이다시피 그녀는 어떤 확신 같은 것을 느꼈다.

비록 그녀 스스로도 인식하지 못하고 있었지만, 그때의 그 감정에 대한 기억은 지난 십 년의 세월 동안에도 결코 잊혀진 것이 아니었던 것이다.

마치 하나의 강박관념처럼 그녀의 마음 한편에 끈질기게 자리 잡고 있었던 것이다.

비록 그 감정의 실체가 무엇인지 정확히 정의할 수 없다는 것은 십 년 전 그때나 지금이나 마찬가지이지만.

'후후! 나는 지난 십 년 동안 내내 그를 가슴속에 담고 있었던 것인가? 기껏 철없던 어린 시절에 잠깐 스쳐 간 추억에 불과하다고 치부해 버렸었는데도……?

정들은 몸을 일으켜서 농로를 따라 도로 쪽을 향해 걸었다.

그 뒤에서 김강이 멋쩍은 듯 애매하게 그녀를 바라보고 있다가 곧 오토바이의 시동을 걸었다.

부르릉!

며칠 뒤.

김강은 정들로부터 만나자는 연락을 받았다.

며칠 전의 그 차가운 기색은 적어도 목소리에서는 느껴지지 않았다.

그리고 예외적이게도 그녀는 만날 시간과 장소를 자신이 직접 정했다.

그래도 무슨 카페나 레스토랑이 아니라, S백화점 '앞'에서 만나자는 그녀의 말은 김강에게는 기특한 것이었다.

S백화점.

김강이 시간에 맞춰 나간 그곳에는 그야말로 파격적인 옷차림을 한 그녀가 서 있었다.

그런 모습의 정들은 마치 정들이 아닌 완전히 다른 사람인 듯했다.

그럴 정도로 그녀의 노출은 과감한 정도를 넘어 가히 위태로운 지경이었다.

허벅지가 훤히 드러나는 초미니스커트에, 배꼽의 아래위로는 한참이나 뽀얀 속살이 드러나 있었다.

그나마 걸쳤다고 하는 옷은 바깥으로 브래지어가 훤히 비치는 란제리 패션이다.

김강은 잠시 입을 다물 수가 없을 지경이었다.

정들이 원래 모든 일에 지나칠 정도로 자신만만하고 거침이 없다는 것을 모르지는 않았지만, 패션 쪽으로도 그처럼 과감한 면이 있었나 싶었다.

그러나 남자로서 그녀의 그런 모습이 결코 싫을 이유는 없었다.

본래 훤칠한 팔등신의 몸에 그런 옷차림은, 웬만한 연예인이나 모델쯤 간단히 저리 가라 할 정도였다.

정들은 지금 얼굴이 화끈거리다 못해, 시선을 어디다 두어야 할지 모를 정도로 당황스러운 상태였다.

이 모든 것이 무슨 귀신이 씐 것처럼 갑작스럽게 솟구쳐 오른, 딱히 어떤 대상과 내용을 정의할 수 없는 반발적 충동 때문이었다.

백화점에 들러 눈에 띄는 대로 가장 파격적인 디자인의 옷들을 주워담다시피 쇼핑백에 넣고 탈의실로 가 갈아입고는 거울도 보지 않고 약속 시간에 맞춰 나온 길이었다.

지나는 사람들의 시선이 모두 그녀에게만 몰려 있는 것 같았다.

사실 그녀만큼 사람들의 시선을 받는 것에 익숙한 사람도 드물었다.

그러나 지금 받고 있는 시선은 달라도 많이 달랐다.

지금 그녀를 보는 시선들은 그녀가 대한민국 내에서 재계

서열 일위인 재벌가의 외동딸이라는 것을 알고 보는 시선들이 아니었다.

다만 눈에 비치는 그대로를 보는 시선들인 것이다.

더구나 그녀의 곁에는 수행비서도 경호원도 없었다.

그녀는 다만 한 개인으로서, 그리고 파격적인 노출의 옷차림으로 도심 번화가의 한복판에 서 있는 젊은 여자일 뿐이었다.

사내들의 시선이 그녀의 전신 구석구석을 마음대로 누비고 있다는 것을 느끼는 순간, 그녀는 마치 발가벗겨진 채 거리로 내몰린 느낌에 온몸을 떨어야만 했다.

사실 그녀의 옷차림은 발가벗은 것이나 거의(?) 마찬가지였다.

만약 그녀가 누구인지 아는 사람이 봤다면, 눈을 비비고 다시 보아야 할 정도로.

'미쳤어, 미쳤어. 내가 정말 순간적으로 미쳤던 게 분명해.'

때늦은 후회가 밀려들고, 부끄러움과 당황스러움이 점점 증폭되면서, 정들은 쥐구멍이라도 있으면 뛰어들어 가고 싶은 심정이 되고 말았다.

이윽고는 다리가 후들후들 떨리고, 눈앞이 깜깜해지면서 그 자리에서 그대로 쓰러져 버리고 말 듯한 위기감까지 느껴졌다.

바로 그때 그녀의 앞에 나타난 사람이 있었다.

그는 바로 그녀의 구세주였다.

"뭐 하다 이제야 오는 거야? 이 나쁜 자식아!"

김강은 졸지에 '쌍욕'을 얻어먹었지만, 대꾸하거나 기분을 표시할 틈은 없었다.

갑자기 눈앞의 반나체의 팔등신이 펄떡이며 품으로 뛰어들어서는 그대로 목을 잡고 매달렸으니 말이다.

김강은 일시 흠칫하며 놀라고 말았다.

그러나 문득 그녀의 몸이 가늘게 떨리고 있다는 것을 느끼고는, 두 손바닥을 넓게 펴서 그녀의 등을 감싸며 더욱 품속으로 끌어당겨 꼭 안아주었다.

그리고 그녀의 떨림이 잦아들 때까지 그대로 있었다.

정들이 마침내 김강의 목에다 휘감고 있던 두 팔을 풀고 그의 품속에서 얼굴을 뺀 것은, 때마침 구경하고 있던 누군가가 길게 휘파람을 불어 젖히며 질투성의 야유를 보낼 때였다.

삐이익!

"우우! 기왕에 할 거면 뽀뽀도 해라."

예닐곱 명의 청년들이 모여서 있었는데 아마도 일행인 듯했다.

주변 여기서 또 다른 남자들이 웃으며 동조하자, 청년들은 아주 연호를 하기 시작했다.

"뽀뽀해!"

"뽀뽀해!"

정들은 잠시 당혹스러운 표정이다가 김강의 품으로부터 완전히 벗어나며, 지금 자신이 처한 곤란함이 모두 다 김강 때문이기라도 한 것처럼 짐짓 매몰찬 목소리로 쏘아붙였다.

"다음부터는 절대 늦지 마. 한 번만 더 늦었다가는 아주 내 손에 죽을 줄 알아?"

김강은 피식 웃고 말았다.

그는 약속 시간에 정확히 맞추어 왔는데 그녀의 이런 질책이라니…….

그 어이없음을 웃음으로나마 표현하는 수밖에.

오늘 정들은 정말로 많이 다른 모습을 보여주고 있었다.

저 옷차림에 거칠기까지 한 말투며, 사뭇 표독스러운 표정하며…….

아마도 오늘 그녀에게 어떤 안 좋은 일이 있었거나, 혹은 또 다른 어떤 이유로 아주 '발악(?)'을 해보기로 작정을 한 것이 틀림없었다.

그때 주변의 사람들이 다시 왁자지껄하게 웃는 소리와 환호 소리가 들렸다.

김강이 흘깃 곁을 보니 한결 본래의 당당한 모습을 되찾은 정들이 주변을 향해 슬쩍 손을 흔들어주고 있었다.

그런데 그 때문에 너무 거침없이 드러나는 그녀의 속살들은, 이제 오히려 김강이 당혹스러워지고 말 정도였다.

김강이 얼른 정들에게 다가서며 우선 훤히 맨살로 드러난 어깨부터 감싸 안았다.

"이봐, 아가씨! 오늘 너무 지나치게 섹시한 거 아냐?"

일단은 사람들의 시선으로부터 그녀의 속살들을 가리는 한편, 은근히 그녀의 지나침을 질타하는 말이었다.

그러나 김강의 그 말이 정들에게는 오히려 도화선이 되고 만 것 같았다.

정들이 가볍게 김강의 손길을 뿌리치고는 아주 보라는 듯이 그의 곁에 붙어 서며 턱하니 팔짱을 낀 것이다.

좀 전까지만 해도 제대로 서 있지도 못할 만큼 전신이 얼어붙었던 그녀였는데, 지금의 그녀는 언제 그랬느냐는 듯이 도도하고도 오만하였다.

그녀는 이제 자신에게 쏠리는 숱한 사람들의 시선에 대해서 오히려 즐기고 있는 듯했다.

정들은 새삼 실감을 하고 있는 중이었다.

김강이라는 남자.

이 남자와의 우연한 만남 이후 그녀의 마음에 얼마나 엄청난 변화가 오고 있다는 것을.

누구의 시선도 두렵지 않았다.

그가 곁에 있는 이상, 그녀는 자신이 어떤 곤란한 상태에 있건, 어떤 부끄러운 지경에 처해 있건 당당할 수 있을 것 같았다.

정들은 팔짱 낀 김강의 팔에 매달리다시피 하며 그의 품속 깊숙이 얼굴을 기대었다.

"가! 오늘은 거리를 맘껏 활보하고 싶어."

정들은 지금 자신에게 집중되는 사람들의 시선을 빌어 자신이 얼마나 아름답고 섹시한 여자인지를 그에게 보여주고 싶었다.

오늘만큼은 평상시의 신분과 온갖 조건들로 다듬어진 그녀의 모습이 아닌, 조금도 다듬어지지 않은 그녀 본래의 모습을 보여주고 싶었다.

그들은 무지하게 많이 걸었다.

명동, 압구정동, 신촌, 홍대 앞…….

대한민국 제일의 젊음의 거리라고 손꼽히는 곳은 택시를 잡아타고서 이동하며 죄다 발 도장을 찍었다.

"우리 오늘 너무 젊은 체하는 거 아냐?"

"응?"

"그거 알아? 우리가 이미 삼십대라는 거 말야? 진짜 청춘들한테는 이미 한물갔다는 소리 듣는, 사이비 청춘이라는 거

말야?"

"훗!"

실없이 그런 대화를 주고받았지만, 막상 김강도, 그리고 정들도 마치 이십대의 청춘을 억울하게 도둑맞기라도 한 사람들처럼, 그래서 무슨 한이라도 맺혔던 사람들처럼, 조금이라도 더 청춘의 분위기를 만끽하려 기를 쓰는 듯 보였다.

두 사람의 그런 억지(?) 때문이었는지, 혹은 역시 눈길을 확 잡아끄는 정들의 미모에다 넘치도록 선정적인 옷차림 때문이었는지, 거리를 지나던 사내들 중에는 노골적인 야유와 휘파람을 보내는 치들도 있었고, 때로는 보다 직접적인 시비도 있었다.

그럴 때마다 김강은 정들을 독촉하여 그 자리를 피해가려고 짐짓 쩔쩔매는 모습을 보이곤 했다.

김강의 그런 모습조차도 정들은 너무나 재미있었다.

얼마든지 거만하고 뻔뻔하고 능글맞을 줄을 아는 김강에게서 그런 모습을 본다는 게 재미있었고, 또한 그가 그녀의 즐거운 기분을 망치지 않고 가능하면 길게 이어주려 배려하고 있다는 것을 알기에 더욱 즐겁고 재미있었다.

그녀는 가능하면 많은 말썽을 피우고 싶었다.

그래서 김강이 곤란해하는 모습을 더욱 많이 보았으면 좋겠다는 생각을 했다.

그는 강한 사람이니 어떤 곤란함이든 다 처리할 것이었고, 그런 중에 그가 그녀를 위해 애쓰고 노력하고 배려하는 모습을 조금이라도 더 많이 보기를 그녀는 원했다.

술을 마시면 취하는 것은 당연지사다.

그러나 어떤 경우에서도 취기를 적당히 조절해야 한다는 것은 정들이 교육받고 몸에 익힌 비지니스의 덕목 중에 하나다.

그리고 실제로 마음을 컨트롤하기에 따라서는 상당한 정도까지 취기를 억제할 수가 있다.

그러나 정들은 지금 그런 덕목이나 컨트롤에 대해 굳이 신경을 쓰고 싶지가 않았다.

장차 거대 그룹을 상속받아 경영해야 할 입장으로서가 아니라, 오늘은 다만 평범한 한 여자이고 싶었다.

보통의 여자들처럼 누군가의 보호가 필요하다고 호소하며 가냘프고 약한 체하는 그런 여자이고 싶었다.

지금 그녀의 곁에 있는 김강은 그녀가 얼마만큼이라도 기대어도 좋을 만큼 충분히 강한 남자였다.

그녀가 취하기 시작한다고 느끼는 순간에 그녀는 이미 많이 취해 있었다.

몸 이전에 마음이 먼저 취한 탓이리라.

오늘 밤만은 지금 현재의 이 시간 외에는, 일분일초라도 뒤의 일을 미리 생각하고 싶지 않았다.

상황이 그렇게 된다면…….

못 이기는 체, 혹은 모르는 체, 그냥 넘어가 주는 내숭을 부려볼 수도 있겠다 싶었다.

정들은 슬며시 핸드백 안으로 손을 집어넣어 휴대폰의 배터리를 빼버렸다.

카페의 전망 창 바깥으로는 숲을 이룬 고층 건물들 사이에서 각양각색의 네온사인들이 휘황하게 빛나고 있었다.

"이봐, 백수!"

그렇게 김강을 부르면서 정들은 이미 자신의 발음이 정확하지 않다는 생각을 문득 했다.

"백수? 제길, 내가 백수인 건 맞는데, 막상 다른 사람한테 그런 소리를 듣는 건 별로 느낌이 좋지 않군. 그래, 왜? 이 막 나가는 아가씨야!"

김강이 투덜거리며, 또 빙글거리며 그렇게 말을 받았다.

정들은 문득 마음에 들지 않았다.

김강의 그 빙글거림이 그랬고, 또 그 멀쩡함이 그랬다.

"뭐, 막 나간다고? 그래, 오늘 진짜로 한번 막 나가보자. 야! 너 말이야, 저런 데 나 데리고 갈 수 있어?"

김강이 어깨를 으쓱하며 정들의 손가락이 흔들리며 가리키고 있는 쪽을 보았다.

"저런 데……? 어떤 데……?"

"저기 말이야… 바로 저기 빨갛게 빛나는 간판 달린 데 말이야, 병신아!"

김강은 이윽고 어이가 없어지는 듯했다.

정말로 막 나가 버리는 정들의 거친 말투도 그랬지만, 그보다는 그녀가 가리키는 곳이 그가 미처 생각을 하지 못했던 의의의 곳이었기 때문이었으리라.

정들의 손가락이 가리키는 연장선상에 뚝뚝 간격이 떨어져서 몇 개의 커다란 알파벳들이 빨갛게 빛나고 있었다.

H O T E L.

"허! 이 아가씨가? 정말 막 나가려고 하네. 떽! 정신 차려, 이 철없는 아가씨야! 그 나이 되도록 아직 잘 모르는가 본데……? 세상 남자들은 다 늑대야. 물론 나도… 예외는 아니고 말이야."

그러자 정들의 손가락이 힘겹게 그 방향을 김강 쪽으로 바꾸었다.

"병신! 늑대 좋아하고 있네? 넌 늑대도 아니야, 임마! 넌 그냥 백수일 뿐이고, 삼류 양아치일 뿐이라고.”

그리고 정들은 기어이 ‘쿵!’ 소리를 내며 테이블에다 얼굴을 처박고 말았다.

덮치듯이 그의 입술이 다가왔다.

“싫어!”

정들은 고개를 틀며 거부했지만, 그녀의 의사는 간단히 무시당하고 말았다.

“이 무례한……!”

화를 내려 했지만, 바로 그 순간 그녀의 입술은 거칠고 강력한 사내의 입술에 의해 정복을 당하고 말았다.

마치 입술이 떨어져 나갈 것 같은 강력한 입맞춤이었다.

그리고 마구잡이로 밀고 들어오는 물컹거림.

순간적인 반발과 동시에 두려움이 밀려들었으나, 정들은 이내 온몸에서 힘을 빼버렸다.

그것은 기왕에 스스로가 자초했던 바에 대한 자포자기 같은 심정이었다.

그리고 지금 그녀를 꼼짝 못하게 가두고 있는 사내의, 마치 난폭한 정복자와도 같은 거칠고도 강력한 공략에 그녀는 속수무책일 수밖에 없었다.

그의 공략에는 무조건적인 거침과 강렬함만이 있는 것은

아니었다.

다듬어지지 않는 거친 행위 중에도 그녀를 끝없는 나락으로 몰아가는 깊숙함이 있었다.

그는 이미 저항의 의지를 상실한 그녀의 입속 깊숙한 곳을 마음대로 누비고 있었다.

이따금씩 무작정으로 흡입해 들이는 그의 무모함에 그녀는 마치 혀의 뿌리까지 뽑혀 버릴 듯한 두려움을 느껴야만 했다.

"아아! 부드럽게… 제발 부드럽게 해줘."

어느 순간 정들은 그렇게 속삭이고 말았다. 두렵고 숨 가쁜 목소리로.

침대에 앉으면서 그는 그녀를 안아 올려 무릎 위에다 앉혔다.

말려 올라간 스커트 안의 얇은 천 조각 하나를 사이에 두고 성난 그의 남성이 느껴졌다.

다시 이마와 눈과 코와 입을 가리지 않는 무차별적이고도 격렬한 키스의 작렬이 있었다.

겨우 몇 장의 천 조각에 불과한 옷이 벗겨지는 데는 그저 순식간의 시간이 걸렸을 뿐이었다.

정들은 거절하거나 부끄러워할 틈도 없었다.

거칠게 몰아쳐 가는 그의 난폭함에 대해, 그녀의 흥분 또한 이미 동조하며 치달려가고 있는 중이었다.

폭풍 같은 격렬함이었다.

온몸의 뼈가 다 으스러지는 것 같았다.

그녀는 폭풍우 치는 바다 한가운데에 위태롭게 떠 있는 조각배가 되어 떨어지지 않으려고 사력을 다해 그에게 매달리고 있었다.

지금 이 순간 그는 그녀가 도무지 다루지 못할 사람이었고, 도저히 예측하지 못할 사람이었다.

그녀는 완전히 무장해제를 당한 상태에서 속수무책으로 그의 난폭함을 허용하고 있는 수밖에는 다른 도리가 없었다.

그런데 이상하게도 그런 그의 일방적인 폭거가 싫지만은 않았다.

자신에게, 정들이라고 이름 붙여진 그녀에게 감히 이런 일이 생기리라고는 지금까지 한 번도 상상해 본 적이 없었다.

상상으로조차도 이런 일은 감히 용납될 수가 없는 일이었다.

그러나 사실은 그런 강한 확신에 대한 또한 그만큼의 강한 반발로, 그녀는 오히려 이런 상황이 있기를 무의식중에라도 고대해 왔었는지도 몰랐다.

그녀를 완전히 압도하고, 그녀로 하여금 어떤 계산도, 고려도 할 필요 없이 그냥 이끌려 다니기만 해도 되는, 그런 절대적인 강함과 카리스마를 가진 남자를.

그래서 그녀를 둘러싸고, 때로는 압박하여 짓누르는 그 모든 압박과 압력과 부담으로부터 그녀를 다만 다른 보통의 여자들처럼 연약한 체하고 그저 보호받기를 바라는 체하는 그런 보통 여자로 만들어줄 그런 남자를.

적어도 지금 이 순간만큼은 그녀는 그런 상황에 처해 있었고, 적어도 지금 이 순간만큼은 김강은 바로 그런 강함과 카리스마를 발휘하고 있었다.

그는 강했고 펄펄 끓어 넘치는 카리스마를 보이고 있었다.

마치 그래야만 하는 것처럼.

그가 원래부터 그런 강함으로만 뭉쳐져 있는 사람인 것처럼.

그의 애무는 부드럽다기보다는 거칠고도 직선적이었다. 무례할 정도로.

그런데도 불구하고 그녀는 어느새 그의 거친 페이스에 동조하고 있었다. 몸으로, 그리고 이윽고는 마음으로.

그는 지칠 줄 모르는 파도와 같았다.

그 강렬함과 거침은 여전히 계속되고 있었다.

아득히 오르고 떨어지기를 벌써 서너 차례였다.

그런데 뭘까?

그 짜릿하고 황홀한 극치의 와중에도 홀연히 드는 아쉽다는 느낌 하나는.

아쉽다······?

그것은 어쩌면 이유 모를 작은 슬픔의 조각 하나일지도 몰랐다.

비록 첫 경험이었지만, 정들이 섹스에 대해서 모르지는 않았다.

그녀에게는 섹스 또한 알아야만 하는 상식 혹은 교양(?)의 일부였기 때문이다.

비지니스를 위한 술자리건, 터놓고 만나는 자리이건, 비지니스 토킹의 주제로 그러한 분야가 가볍게 터치될 경우에도 전혀 어색하지 않게, 자연스럽게 그리고 유머러스하게 상대의 말을 받아넘길 정도로는 충분하도록.

남과 여의 성적(性的)인 차이에 대해서, 그 오르가즘 구조의 차이에 대해서, 그리고 여자의 질 오르가즘과 클리토리스 오르가즘의 차이에 대해서도.

그런 만큼 정들에게 섹스에 대한 환상 같은 것은 없었다.

물론 섹스가 주는 쾌락이 어떤 여자들의 경우에는 결코 포기할 수 없는 소중한 것일 수도 있다는 사실을 부정하는 것은 아니었다.

그러나 그럼에도 불구하고 그녀에게 섹스는 결코 중요한 가치의 반열에 들어갈 수는 없었다.

그런 가치 기준의 연장선상에서 '첫 경험' 이라는 것 역시,

다만 그녀의 인생에서 거쳐야 할 하나의 통과의례쯤일 수밖에 없었다.

다만 중요하건 그렇지 않건 그 '첫 경험'에 어떤 의미가 있는 것이라면, 그래서 그 어떤 의미를 만들기 위해 누군가와 해야만 하는 것이라면…….

그렇다면 '그'와 해야겠다는 다소 막연한 생각은 해본 적이 있었다.

'그!'

지금 그녀를 압도하며 마음대로 유린하고 있는 이 남자와는 모든 것에서 완전히 상반되는 남자.

역설적이게도 정들은 지금 그녀를 지배하고 있는 이 남자의 절대적인 힘과 카리스마에 대해 터질 듯한 흥분과 희열에 떨고 있으면서도, 한편으로는 또 다른 남자에 대한 감상을 떠올리고 있었다.

그 감상의 실체에 대해서는 그녀로서도 알 수가 없었다.

비록 어쩌다 스치듯 한 번씩 해보곤 하는 것이었지만, 지난 십여 년간에 걸쳐 그녀에게 그러한 감상은 늘 의문이었다.

애틋한 동정 같은 것이었을까?

아니면 철없던 시절의 아련한 풋사랑 같은 것이었을까?

그러나 그 유약하기 이를 데 없는, 그녀가 때때로 무시하고 경멸하기까지 했던 그 무력한 존재들 중의 하나일 수밖에 없는 그는, 언제나 그녀의 가슴속 깊숙한 곳에 존재해 왔다.

강렬하지 않으나, 그래서 결코 그녀를 지배하거나 혹은 조금도 영향력을 주지 못하는 존재로서…….

그러나 늘 그리움과 비슷한, 그리고 드물게 간간이는 이유도 없이 가슴을 아릿하게 저미도록 만드는 그런 존재로.

'그'는 바로 김산이었다.

또다시 온몸에 전율이 일고 있었다.

또 한차례 엄습해 드는 쾌락의 등고선에 모든 것을 맡기면서 정들은 생각 속으로 되뇌었다.

'아아! 이 순간 나와 함께 하는 남자가 그였다면…….'

그것은 분명한 위선이었다.

아주 값싸고 유치하기 짝이 없는.

아무리 황홀한 쾌락일지라도 결국은 익숙해지고 또한 분명히 끝은 있는 법이기에, 그녀는 벌써부터 조금씩 조금씩 또 다른 마음의 안식을 아쉬워하기 시작하고 있는 건지도 몰랐다.

그녀의 위에서 그가 나직한 신음 소리를 흘리고 있었다.

"으음!"

그 순간 정들은 자신의 내부 깊숙한 곳에서 피어오르는 작은 분출을 느낄 수 있었다.

그리고 모든 것이 멈춘 듯한 정적과 질식해 버린 듯한 평화가 흘렀다.

"어땠어?"

하고 그가 물을 때까지.

"죽을 것 같았어. 그래서 다음부터는 안 할래."

정들의 말에 김강은 마치 바람둥이처럼 느물거리며 웃었다.

"흐흐흐! 아주 안 하는 건 너무 잔인하고, 우리 가끔씩은 하자."

정들이 짐짓 차가운 콧바람으로 응수했다.

"흥! 아무래도 당신은 너무 능숙한 것 같아? 당신 혹시 상습적인 꾼 아니야?"

"후후! 글쎄? 내가 아니라고 하면 믿어줄 거야?"

"어디 그럴듯하게 한번 변명을 해봐. 일단 들어보고 나서 믿든지 안 믿든지 할 테니까."

김강이 위에서 이마를 맞대어 빤히 내려다보며 천천히 말했다.

"나 처음이야."

정들은 반사적이다시피 차갑게 반응했다.

"흥!"

그러나 그녀의 표정은 조금도 차갑지 않았다.

그녀의 눈동자 깊숙한 곳에서는 오히려 뿌듯한 만족감이

차오르고 있었다.

김강이란 사내.

어떤 경우에도 거짓을 말할 사내가 아니며, 사실이 그렇다면 차라리 떳떳하게 자신이 바람둥이라고 말할 사내라는 것을 알기 때문이었다.

그것은 정들이 언제부터인가 김강에게 가지게 된 신뢰였다.

계절에 비해서는 좀 일렀지만 정들은 근 일주일간이나 목을 가리는 티를 받쳐 입어야 했다.

그는 그녀의 목에다 선명하도록 검붉은 키스 마크를 남겼다.

그 역시 첫 경험이라 서툴러서 그랬을 수도 있겠지만, 정들의 입장을 조금이라도 생각했다면, 조금이라도 배려했다면 그런 짓을 하지는 않았으리라.

'처음이자 마지막이리라.'

정들은 그런 생각을 했다.

그것은 김강과의 섹스에 대한 것일 수도 있고, 혹은 그와의 섹스에서 그녀가 느꼈던 그 극치의 황홀감에 대한 것일 수도 있었다.

그것이 그녀 자신이 주도하는 황홀감이 아니라, 타인에 의해 이끌려 갈 수밖에 없었던 황홀감이라는 점에서, 그것이 아무리 대단한 쾌감이었다 할지라도 그녀는 결코 인정할 수가 없었다.

한편으로 김강이란 사내가 결코 그녀가 이끄는 대로 피동적인 섹스를 할 인물이 아니라는 것을 이미 인정하고 있기에, 그와의 섹스는 그 한번으로 마지막이라는 사뭇 다짐과도 같은 생각을 하고 있는 것이었다.

그렇다면 만나지 않을 것인가?

비지니스에서 만나지 못할 누구란 있을 수 없었다.

다만 섹스는, 그런 식의 섹스는 하지 않으리라는 것이 보다 구체적인 그녀의 계산이었다.

'결혼은… 섹스를 동반하지만, 섹스가 결혼을 동반할 수는 없겠지?'

생뚱맞다는 생각을 하면서도 정들의 생각은 문득 그런 데까지로 가지를 뻗치는 것이었다.

그녀에게 있어서 결혼의 정의는 확고했다.

결혼은 어차피 조건과 조건이 만나서 새로운 조건을 만드는 것이고, 그러기에 합쳐짐으로써 각개의 조건들보다 나은 새로운 조건으로 될 수 있는, 그런 조합으로 되어야 하는 것이었다.

비록 정략적이라느니 속물적이라느니 하는 소리를 듣는다

하더라도, 현실에 있어서의 결혼은 결국 비지니스일 수밖에 없는 것이었다.

그리고 그런 정의의 전제하에서 그녀에게 가장 어울리는 결혼의 상대를 꼽으라면 역시 이승조 정도를 꼽을 수밖에 없는 일이었다. 현실적으로.

14. 장훈

장훈은 꿈을 이루었다.

그가 소원했던 그대로 체육교육과를 나와서, 여고의 체육 선생이 되었으니 말이다.

그러나 그가 정말로 소원했던 '짱 인기있는' 선생이 되지는 못했다.

좀 더 솔직히 말하자면 차라리 인기없는 선생 쪽에 가까웠다.

임용고시에 실패하고 이런저런 사연 끝에 지금 몸담고 있는 사립 여고의 체육 선생이 될 수 있었지만, 막상 교사로서의 생활은 처음부터 그가 생각하던 것과는 많이 달랐다.

아마도 그가 학생들로부터 인기가 없는 것은—그 스스로도 이미 인정하고 있다시피—학교와 학생들에게 별 커다란 애정을 가지지 못하고 있는 그 자신에게서 먼저 문제를 찾아야만 할 것이었다.

그래도 서울에서 선생이라는 직업을 가지고 있다는 게 어딘가?

요즘 최고로 선망받는 직업 중 하나가 바로 선생이고, 그 인기란 것은 판검사나 의사와도 능히 비견될 만하다고 하지 않는가.

그래도 원래 그가 기대하였던 바와 부합되는 한 가지가 있다면, 배짱이 편하다는 점이었다.

물론 그러기 위해서는 몇 가지 정도는 아예 포기하고 살아야 했지만.

장훈은 오늘 고등학교 때부터의 한 친구로부터 만나자는 연락을 받았다.

사실 그는 고등학교 때 워낙 별난 티를 내었던 터라 친구라고는 겨우 한 손가락에 꼽을 정도였고, 그중에서도 요즘까지 연락을 하고 지내는 친구는 하나뿐이었다.

멘사 여동훈.

고등학교 때부터의 단짝인 그는, 고등학교 졸업 후부터 서로가 판이하게 다른 길을 걷는 바람에 한동안 연락이 끊어졌다가, 한 이 년 전쯤에야 다시 연락이 닿았었다.

서로가 다른 길을 걸었다는 것은, 사실 순전히 여동훈이 워낙 특이한 길을 걸은 때문이었다.

하긴 여동훈은 고등학교 때부터 애국자가 되는 게 꿈이라고 외고 다니던 특이한 '성향' 의 녀석이었다.

"우리의 역사는 대부분 약소국으로서의 역사였고, 지금도 그렇다. 내가 원한 것은 아니지만, 기왕에 이 땅에서 태어났으니, 무슨 수를 써서라도 이 나라가 세계를 들었다 놨다 하는 강대국이 되도록 만드는 게 내 꿈이다."

놈이 기회있을 때마다 무슨 구호처럼 외치곤 하던 그 말은 지금 생각해도 괜히 닭살이 돋지만, 당시의 녀석에게는 그런 말이 오히려 놈을 뭔가 있어 보이게 했고, 또한 멋있어 보이게까지 했었다.

그만큼 녀석은 별난 놈인 동시에, 누구라도 인정하지 않을 수 없을 만큼 '난 놈' 이었었다.

'난 놈' 답게, 그리고 멘사라는 별명을 달고 다닌 천재답게 여동훈은 법대 재학 중에 이미 사시를 패스했고, 군법무관으

로 재직 중에 다시 행시와 외무고시를 패스하여 소위 3관왕
이 됐다.

그러나 그 눈부신 타이틀에도 불구하고, 이후로 녀석이 쌓
은 이력은 그다지 화려하지를 못했다.

아니, 기대에 비하면 너무나 초라하여 추락했다고 하여야
만 하는 것이었다.

여동훈은 최고의 성적으로 사법 연수원을 수료하고 검사
로서 사회에 화려한 첫발을 내디뎠다.

이후 검사시보를 거쳐 정식 검사로 임관한 초기에 그는 제
법 능력을 인정받기도 했다.

그러나 그의 화려함은 거기까지였고, 이후로 그는 이해하
기 어려울 정도로 몰락의 길을 걸었다.

그는 법리와 원칙에 대해 지나칠 정도로 철저하고, 상하 관
계 및 수평 관계가 지극히 원활하지 못하다는 평을 공공연히
받았다.

소위 융통성이라곤 전혀 없이 꽉 막힌 인물로 낙인이 찍혀
버린 것이다.

그는 곧 검찰의 이단아 취급을 받게 되었고, 또한 철저히
소외받게 되었다.

그리고 지방 검찰청의 지원(支院) 몇 군데를 전전하다가,
3년 전에는 결국 사표를 던지고 말았다.

이후 여동훈은 서울 변두리에다 변호사 사무실을 개원하였다.

그러나 그가 검찰 재직시에 무슨 장(長)을 역임한 것도 아니고, 하다못해 부장검사는 고사하고 무슨 간부 직함 하나 받아보지 못한 처지이니, 유명세는커녕 전관예우 같은 덕을 볼 것이 있을 리 없었다.

사무실 개소 이후로는 말 그대로 쭉 개점휴업의 상태를 유지하고 있는데, 그래도 몇 년째 사무실 문을 닫지 않고 있는 것이 대단하다 할 정도였다.

그런데도 녀석은 절대로 기가 죽는 법이 없었다.

요즘 들어서도 장훈과는 그래도 두어 달에 한번씩은 만나서 술 한잔씩을 하곤 했다. 보통은 그냥 삼겹살에 소주나 몇 병 걸치는 것으로 끝이 나는데, 가끔씩 제대로 발동이 걸리는 날이면 녀석은 꼭 2차를 고집했다.

그것도 서울에서도 젤로 치는 삐까번쩍한 호화급으로 말이다.

그것을 오기라고 해야 할까, 아니면 비록 짧았지만 한창 잘나갈 때 몸에 붙여놓은 '개 폼'이라고 해야 하는 것일까?

하여간 놈은 한번 발동이 걸리면 정말로 거창하게, 그리고 '걸쩍지근'하게 놀았다.

녀석의 그런 호기 덕분에 아슬아슬한 경우도 있었다.

그런 데라는 곳이 남자들의 별천지이기는 하지만, 또한 눈에 보이지 않게 정해진 한계선을 넘어서면 곤란한 경우를 당하기 십상인 곳이기도 하지 않은가.

바로 '어깨'들 말이다.

그럴 때면 장훈은 '이 자식이 날 믿고 이러나?' 하는 생각까지를 해보지 않을 수가 없었다.

그러나 그런 것이라면 녀석은 아직까지도 세상을 몰라도 한참 모르는 것이었다.

요즘 세상이 어떤 곳인데 함부로 주먹 자랑을 할 것인가?

차라리 몇 대 맞아주고 마는 것이 마음 편하지.

그리고 일 대 일이라면 몰라도 그런 데라면 적어도 열 몇 명쯤의 주먹들은 있을 텐데, 막상 일이 벌어졌을 때 '말발'로는 몰라도 주먹에는 젬병인 녀석까지를 달고서 사태를 감당하기란 불가능하다고 해야 할 일이었다.

그러나 멘사는 역시 멘사였다.

비록 매번 아슬아슬한 줄타기를 하는 것이었지만, 어쨌거나 마무리는 언제나 녀석이 했던 것이다.

녀석의 무기는 우선 큰소리였다.

그런데 그 큰소리가 아주 흰소리는 아니었고, 그 바닥에서는 그런대로 먹히곤 했다.

"이 친구들 봐라? 니들 내가 누군지 알아? 중앙지검 김xx

검사하고 조yy 검사가 여기 단골이라며? 그 새끼들 나하고 친구야! 꽤 서비스가 괜찮다고 하기에 일부러 시간 내서 특별히 한번 와줬더니만, 이거 영 꽝이잖아? 어이! 여기 사장 오라고 해봐? 어디 오늘 인적 사항부터 제대로 한번 터보자고?"

이쯤 되면 상대는 일단 숙이지 않을 수가 없었다.

비록 잔뜩 혀 꼬부라진 소리였지만, 그리고 장훈이야 대번에 헛소리라고 치부하고 말았지만, 녀석이 취한 척 주워섬긴 이름들은 실제로 관할 검찰지청의 검사들 이름이었으며, 어떻게 알았는지 정말로 그 업소의 매니저 급들이 익히 외우고 있는 이름들이었던 것이다.

어쨌든 여동훈의 큰소리가 그쯤에 이르면 매니저 급들의 허리는 대번에 구십 도로 접혀졌고, 이어 어깨들 역시 떫은 표정을 하면서도 고개를 숙이지 않을 도리가 없는 것이었다.

"아이구! 영감님이셨습니까? 진작에 그렇다고 말씀을 하시지? 요즘 괜히 허세 부리는 족들이 많아서 말이죠."

물론 완전히 믿는 것은 아니겠지만, 그런 곳의 특성상 웬만하면 좋은 게 좋은 것이라는 원칙쯤은 있을 것이니, 일은 대강 그렇게 흘러가 버리는 것이었다.

그러면 여동훈의 호기가 하늘을 찌를 듯 이어졌다.

"어이! 여기 얼마야? 야야! 계산서는 됐고, 이거 가지고 가서 오늘 니들 마음대로 한번 긁어봐라! 씨발!"

하고는 그냥 지갑을 내던져 버린다.

그리고는 한술 더 떠서,

"그리고 아까 들어왔던 아가씨들 말이야? 걔들 팁도 아주 왕창 얹어서 그어라. 야! 내가 왕창이라고 했다? 니들 만약 오늘 나 쩨쩨한 놈으로 만들었다간 확… 알지? 나 성질 더럽다고 소문난 놈이다?"

그러면 매니저는 '예, 예!' 하고 연신 허리를 넙죽거리며 황송스럽다는 듯이 두 손으로 카드를 받아 들었다.

장훈으로서는 심장이 두 근 반 세 근 반 하지 않을 수 없는 순간이다.

여동훈의 처지를 모르는 것도 아닌데, 그 카드는 거의 확실하게 카드 리더기로부터 거부를 당할 것이고, 그렇다면 그 이후는 당연히 자신이 총대를 멜 차례가 되는 것이니 말이다.

그런데 카드 리더기는 아무 일도 없다는 듯이 '드르륵 찌이이익! 드르륵 찌이이익!' 하면서 영수증을 긁어내는 것이었다.

'이 자식이 나 모르게 뒷구멍으로 무슨 사업이라도 하나?'

그럴 때마다 장훈이 떠올리지 않을 수 없는 의문 사항이었다.

갈비집에 자리를 잡고서 겨우 소주 몇 잔을 주고받았을 뿐

인데, 여동훈은 멀쩡한 정신에 엉뚱한 소리부터 늘어놓고 있
었다.

"야! 너 간만에 몸 한번 풀어보지 않을래? 꽤 재미있는 친
구가 하나 있는데 말이야?"

여동훈이 말하는 몸 푸는 일이 무엇이라는 건 굳이 물어보
지 않아도 알 만했다.

장훈은 피식 웃는 것으로 어이없음을 표시할 수밖에 없었다.

"야, 야! 비싼 고기 먹으면서 괜히 실없는 소리 지껄이지 마
라."

그러다가 장훈은 여동훈의 표정이 여전히 정색인 것을 보
고는 슬며시 인상을 그려주었다.

"너 괜히 누구한테 감정 상한 일 있다고 지금 나더러 대신
패주라는 거지? 그래, 이번에는 또 어느 술집 깡패 새끼하고
시비가 붙은 거냐? 너, 그런 데서 함부로 나대다가 정말로 큰
코다치는 수가 있다?"

그제야 여동훈은 표정을 슬쩍 웃는 것으로 바꾸었다.

"짜식! 누가 들으면 내가 정말로 그런 사람인 줄로 알겠네?"

그러나 여동훈은 다시금 좀 전의 그 엉뚱한 얘기로 돌아갔
다.

"임마! 그런 거 아냐. 정말로 재미있는 친구가 하나 있다니
까? 뭐 뒤 같은 건 없는 거 같고, 그냥 깨끗한 백수인데, 제법

잘 친다고는 얘기가 있단 말이지. 그래서 과연 어느 정도인지 한번 평가를 해볼까 해서 그러는 거야."

장훈은 여동훈의 기색에서 그가 지금 괜한 농담으로만 말을 하는 것은 아니란 것을 알 수 있었다.

하긴 농담이건 아니건 장훈으로서는 여동훈의 엉뚱한 관심사에 대해 별로 관심이 있을 이유가 없었다.

"새끼! 하여간 엉뚱하기는……?"

장훈은 여동훈에 대해 그렇게 면박을 주고 말았다.

그런데 어느 한순간 장훈은 자신도 모르게 전혀 다른 쪽으로 슬며시 구미가 당기고 말았다.

그것은 마치 오랫동안 눌러두었던 어떤 원초적인 본능 같은 것이 저 깊숙한 밑바닥에서부터 스멀거리며 꿈틀거리는 것 같은, 그다지 좋은 느낌은 아니면서도 한편으로는 뭔지 모를 불안한 기대감 같은 것으로 그를 은근히 흥분시키는 듯한, 그런 묘한 느낌이었다.

"제법 잘 친다고……?"

여동훈의 표정으로 회심의 미소 같은 것이 지나가고 있었다.

"흐흐흐! 짜식! 설마 너 이 형님의 눈높이에 대해 의심하는 건 아니겠지? 이 형님이 비록 직접 날고 뛰지는 못해도, 사람 평가하는 기준 하나는 제법 깐깐하다는 거 말이야?"

"하긴……."

그렇게 무심결에 맞장구를 치다가 장훈은 언뜻 자신이 지금 여동훈의 말에 조금씩 말려들어 가고 있다는 걸 깨달았다.

정말 어이없게도 말이다.

"진짜라니까……?"

여동훈은 한층 은근한 목소리가 되었다.

"어떠냐? 내가 자리를 한번 만들어볼까? 복잡하게 생각할 건 없고, 오랜만에 몸 한번 풀어본다고 생각하면 되잖아? 그냥 편하게 말이야?"

장훈은 사뭇 힘겹게 어깨를 뒤틀었다.

마치 거미줄에 걸려서 빠져나오려고 몸부림치는 곤충처럼.

그러다 장훈은 괜히 호들갑스럽게 목청을 높였다.

"야, 야! 그만 해라. 내가 무슨 격투기 선수도 아니고… 나 선생님이야, 임마! 현직 선생님! 선생님이 쌈박질하는 거 봤냐?"

그러나 장훈의 목소리에는 이미 숨길 수 없는 은근한 열기가 배어 있었다.

여동훈이 씩 웃으며 장훈의 어깨를 툭 쳤다.

"짜식! 누가 쌈박질하라고 했냐? 깨끗하고 정당하게 승부를 한번 내보라는 건데, 그게 왜 쌈박질이냐? 어디까지나 스포츠의 범주 내에 드는 거지. 그리고 내가 아는 선생들 중에는 권투 시합에도 나가고, 격투기 시합에도 종종 참가하는 선생도 있어. 더군다나 넌 체육 선생인데… 아니, 체육 선생이 스포츠 시합 좀 한다는데 언 놈이 시비를 건다는 거냐?”

장훈이 문득 와락 인상을 일그러뜨리며 투덜거렸다.

“얌마! 너 자꾸 사람 성질 돋울래? 그만 하라고 했잖아? 새끼가 말이야, 뭔 꼼수가 있으면 탁 까놓고 얘기를 할 것이지 말이야?”

“짜식이? 꼼수는 무슨 꼼수냐? 그냥 재미있을 것 같아서 한번 일을 만들어보려는 거지?”

“재미……? 이 자식 이거 정말로 웃긴 자식이네? 다른 이유도 아니고 그냥 지 재미있자고 달랑 하나 있는 친구를 쌈질을 시키려고 해?”

장훈의 기세가 짐짓 거칠어지자 여동훈은 슬쩍 말머리를 돌렸다.

“그게… 내가 얘기하는 그 백수가 말이다. 바로 정들이하고 관계가 있는 친구거든?”

장훈이 잠시 눈알을 굴리다가는 퍼뜩 놀라는 표정이 되었다.

“정들이……? 설마 고등학교 때 그 정들이 말이냐?”

“훗! 왜 아니겠냐?”

너무도 간단하게 나오는 여동훈의 대답에 장훈은 일시 멀뚱해지고 말았다.

"정들이하고 그 백수하고 무슨 관곈데?"

"그 백수가 바로 정들이 애인이야. 나중에는 어떻게 될지 모르겠지만, 지금은 정들이 그 도도한 계집애가 아주 그냥 흠뻑 빠져 있는 것 같던데? 뭐 뒤집어 말하면 그 정도로 그 친구가 괜찮은 친구라는 얘기가 되는 거지. 너도 정들이가 어떤 앤지 잘 알잖아?"

장훈은 문득 묘한 기분이 들었다.

그것은 불쾌함 같기도 했고, 이유도 없이 괜히 화가 나는 기분 같기도 했다.

물론 이유가 없지는 않았다.

또한 장훈이 그 이유를 모르지도 않았다.

바로 정들에게 애인이 생겼다는 그 말 때문일 것이었다.

좀 더 정확하게는 정들의 얘기를 들으면서 문득 떠오른 한 친구가 너무 못나게 여겨지는 때문일 것이었다.

그런 것이 아니라는 것을 모르지는 않지만, 장훈은 자꾸만 정들에게 애인이 생겼다는 말에서, 꼭 그녀가 자신의 그 못난 친구를 배신한 것 같은 느낌을 받게 되는 것이었다.

장훈의 그 못난 친구는 바로 김산이었다.

'새끼! 도대체 어디에 처박혀 있길래 십 년이나 지나도록 소식조차 없는 거야?"

장훈은 씁쓸한 얼굴로 소주잔을 비워내며 여동훈에게 짐짓 빈정거렸다.

"야! 근데 너는 변호사가 변호사 일은 안 하고 순 그런 거만 조사하고 다니냐?"

그러자 여동훈은 빙그레 웃으며 넉살 좋게 말을 받았다.

"야! 어쨌든 고맙다. 아직까지도 날 변호사라고 인정해 주는 놈은 너밖에 없구나. 그리고 조사는 뭐 대단한 일이라고 조사까지나 했겠냐? 그냥 어쩌다 보니 우연히 알게 된 거지. 그리고 사실은 나도 정들에게 관심이 좀 있었거든?"

그 말을 듣는 순간, 막 삼겹살 한 조각을 씹어 삼키려던 장훈이 목에 무엇이 걸리기라도 한 듯 캑캑거렸다.

"컥! 뭐……?"

여동훈이 어깨를 으쓱하며 태연하게 말했다.

"왜? 나는 정들 같은 여자에게 흑심 같은 거 품으면 안 된다는 법이라도 있냐? 그리고 솔직히 대한민국의 젊은 사내치고 정들 같은 여자에게 욕심 한번 내보지 않을 남자가 어딨겠냐? 미스코리아 뺨치는 미모에다, 몸매에다, 세계 초일류를 달리는 제일그룹의 상속녀 신분이니… 만약에 눈만 제대로 한번 맞았다 하면 어디 로또에 비하겠냐? 안 그러냐?"

그사이 급하게 물을 들이켜 겨우 막힌 목을 뚫어낸 장훈이 갈라진 목소리를 냈다.

"이 자식이? 너 오늘 아무래도 어디가 고장난 거 아냐?"

"흐흐흐! 생각도 못하냐? 돈 드는 것도 아니고, 그렇다고 정들이 닳는 것도 아니고……."

"마! 그만 해라. 옛날의 인연을 생각해서라도 다른 사람도 아니고 니가 그런 말을 하면 되겠냐?"

"임마! 옛날 인연이 있으니까 정들이 누구하고 사귀나 관심도 가지고 그러는 거 아니냐? 뭐 사귈 만한 사람하고 사귀는 거야 우리가 뭐라고 할 일도 아니겠지만, 만약에 도저히 아닌 놈하고 사귄다면, 그 꼴을 안타깝고 자존심 상해서 어떻게 보고만 있겠냐?"

"새끼! 진짜로 오지랖도 넓네? 정들이 누구하고 사귀던 그거야 그 애 마음이지, 니가 왜 안타깝고, 거기에다 자존심까지 상할 이유가 있냐?"

"허! 이 자식, 정말로 의리없는 소리 하고 있네?"

"뭐, 임마? 의리……?"

그런데 아무래도 두 사람의 목소리가 제법 높아져 있었던 모양이었다.

멀찍이 다른 테이블에 앉아 있던 손님들과 카운터에서까지 자신들을 향해 눈치를 주고 있다는 것을 문득 발견하고서 여동훈이 목소리를 낮추었다.

"야! 너 설마 김산이가 정들이 좋아했던 거 모르는 건 아니
겠지?"

"그거야……."

장훈은 그렇게 말끝을 흐리다가 새삼 화가 숫구친다는 듯
다시 목소리를 높였다.

"새끼, 한창 철없을 때 일을 가지고 무슨 의리까지 들먹이
고 지랄이냐? 정작 김산 그 새끼는 어느 구석에 처박혀 있는
지 소식도 모르는 판에… 뭐냐? 니가 지금 김산 대신에 정들
이를 단속이라도 하겠다는 거냐, 뭐냐?"

"이 새끼가 정말 사람 무안하게 만드네……? 내가 언제 정
들이를 단속하겠다고 했냐? 그냥 옛날의 인연을 생각해서라
도, 그리고 김산이 입장을 놓고 봤을 때도, 기왕이면 정들이
가 좀 그럴듯한 상대를 만나는 게 보기에도 좋겠다 뭐 그런
얘기를 하고 있는 거지?"

"얌마! 그게 그 소리지? 새끼가 이승조하고 내내 붙어 다니
는 거에 대해서는 한마디도 못하더니… 왜? 그 백수는 좀 만
만해 보여서 한번 끼어들어도 괜찮겠다는 생각이 들디, 자식
아?"

잔뜩 꼬인 장훈의 말에 여동훈이 짐짓 한 대를 올려붙일 듯
주먹을 불끈 쥐어 보이다가는, 슬며시 손바닥을 펴서 휘휘 내
저으며 말했다.

“야야! 됐다. 그만 하자. 그냥 술이나 푸자.”

이어 여동훈은 자신의 빈 잔을 넘치도록 채워 ‘쪼옥!’ 소리를 내며 잔을 비웠다.

그러고 나서 여동훈은 장훈의 눈치를 살피다가 은근슬쩍 다시금 말을 붙이는 것이었다.

“야, 야! 근데 말이지, 그 친구 말이야……?”

그러나 여동훈은 곧바로 돌아오는 장훈의 으름장에 움찔 입을 다물고 말았다.

“콱! 그냥……?”

15. Report I

====================================

제 목 : HKS건

문서비밀등급 : 극비

작 성 자 : SM팀 제1조장

열 람 권 자 : SM팀장

폐 기 일 자 : SM팀장 열람 후 즉시 폐기

====================================

1. 조사 진척 사항

그동안의 관찰과 조사 결과를 종합해 개괄적인 연계 고리와 대강의 얼개들을 정리할 수 있었음.

(*상세 내용은 추후 대면 보고 예정)

2. BP의 비자금 건

—알려진 바보다 규모가 큰 것으로 판단됨(최소 수조 원 단위임).

—일부(약 20%)는 D그룹에서 운용 중인 것이 거의 확실하며, 나머지(약 80%)는 J회로 흘러들어 간 것으로 보임.

—은밀한 소문으로는 200조 원 대의 거대 자금을 마련하기 위한 극비의 초단기 프로젝트가 추진 중에 있다고 함. 아마도 J회를 통한 불법 사업이 주된 수단이 될 것으로 판단됨(*좀 더 구체적인 정보의 확보를 위해 J회에 보다 가깝게 접근하는 방안을 찾고 있는 중임).

3. 기타 민감 사안

—D그룹과 J그룹 간의 혈연 관계 구축이 본격적으로 진행 중에 있음(후계 승계자 간 혼인 추진 중).

—D그룹 쪽에서 보다 적극적이며, J그룹 쪽에서도 긍정적인 시각으로 접근하고 있는 것으로 보임.

—양 그룹의 혈연이 현실화된다면, 결과적으로 HKS의 세는

대폭 확대될 것으로 전망됨.

4.현시점 활동 목표 및 방향

─최선 목표 : 붕괴 유도(*전망 : 불가능)

─차선 목표 : 세력 약화(*전망 : 역불급)

─차차선 목표 : 세력 강화 저지(*전망 : 구체계획 수립 후 실시
위계)

[긴급지원사항 : 첨부하는 인물에 대한 세부 인적사항 및 기타
주변정보 조사 후 F/B 要]

16. 김산(金山)

　서울 근교의 K시에 위치하는 제일경제연구소.

　비록 생산 시설 하나 없이 하루 종일 책상이나 지키는 소위 화이트 칼라들 이백여 명만으로 이루어진 순수 인력 집단이지만 제일그룹 내에서의 그 위상은 결코 웬만한 계열사에 뒤지지 않는 곳이다.

　제일그룹의 거시 정책과 주요 지표들이 바로 이곳에서 수립되고 관리되는, 그룹의 브레인 역할을 하는 핵심 인재 집단이기 때문이다.

　또한 그룹 전체의 경영지표 산출은 물론 그룹 산하 각 계열사들의 경영지표 산출 및 경영 상태에 대한 진단과 컨설팅 용역을 도맡고 있을 뿐만 아니라, 그룹 외의 기업 혹은 단체에 대한 경영 평가와 개혁 방향 제시 등으로 웬만한 제조기업에 결코 못하지 않은 매출과 이익을 올리고 있기 때문이다.

특히 일인당 매출액과 순이익 측면에서는 일반 기업체와는 그 비교 자체를 불허할 만큼의 고부가가치를 생산하는 두뇌 집단이었고, 그럼으로써 제일경제연구소는 당당히 제일그룹의 주요 계열사 리스트에 그 이름을 올려놓고 있는 독자적인 경영 집단이었다.

그리고 연구소장의 직급이 사장급인 것만으로도 그룹 내에서의 그 위상을 반증한다 할 것이었다.

종합기획실 주임 연구원.

연구소 내에서의 김산의 타이틀이다.

남들이 듣기에는 제법 거창하다 여길 법하였으나, 막상 김산 자신과 연구소 내의 그와 비슷한 처지들로서는 가끔씩 자조의 탄식을 뱉어내곤 하는 타이틀일 뿐이었다.

종합기획실의 주업무가 쉽게 말해 연구소의 살림살이를 도맡아하는 것이니, 그 끝없는 자질구레함이 불러내는 탄식이요, 자조였다.

그리고 주임 연구원이란 꽤나 그럴듯한 직급도, 사실 까놓고 보면 대리 직급의 연구소적(?)인 표현에 불과하였다.

벌써 열흘여 전부터 연구소는 거의 전쟁을 방불케 하는 비상시국 중이었다.

바로 오늘 오후로 예정된 그룹 총수의 연구소 방문 일정 때문이었다.

그동안 번갯불에 콩 구워 먹듯 급하게 청소 용역 업체를 선정하여 각 연구동의 대대적인 청소, 바닥과 건물 외벽의 도색 작업, 그리고 연구소 부지 내 도로의 차선을 새로 그었다.

특히 4층짜리 메인 연구동은 각 층의 바닥 청소와 유리창 청소로 때 빼고 광을 내었고, 낡은 책장과 파티션 등은 아예 새것으로 교체를 하였다.

1층 VIP실과 2층 대회의실의 영상회의 설비가 최신형으로 긴급 교체되었고, 커튼에 테이블과 의자에, 하다못해 게시판의 각종 실적지표와 구호까지도 모두 새것으로 바뀌었다.

그럼으로써 연구소는 쇄신, 말 그대로 완전히 새것으로 바뀌었으나, 그런 과정에서 연구원들의, 특히나 그 작업들의 선봉에 서서 좌충우돌 정신없이 열흘여를 보내야 했던 종합기획실 요원들, 그중에서도 아랫것들의 고생과 불평은 거의 극점에 달해 있었다.

"제기랄! 이건 무슨 연구소가 아니라, 초대소 같애."

"초대소?"

"거 왜 있잖아? 북한의 그 위대한 지도자 동지를 위한 별장 같은 거……."

"후후! 야, 강 주임! 그러면 우리는 무슨 기쁨조쯤 되는 거야?"

진작부터 지쳐 버린 몇몇 연구원들과 주임급들의 자조 섞인 투정에 진두지휘를 맡고 있던 책임급 하나가 슬쩍 경고 겸 무마성으로 토를 달고 나섰다.

"어이, 거기! 쓸데없는 소리 할 시간 있거든, 각 층별로 상황들이나 한 번씩 더 점검해. 이제 시간이 얼마 안 남았잖아? 그리고 말이야, 기왕이면 생각들을 좀 긍정적으로 하라구. 아, 좋잖아? 그래도 그룹 총수가 한번 뜨니까, 그동안 우중충했던 연구소 분위기가 단번에 확 새롭게 살잖아? 덕분에 우리도 좀 더 쾌적한 환경에서 근무할 수 있게 되는 거고 말이야?"

따르릉!

김산의 책상에 놓인 전화기가 급하게 울렸다.

역시나 김산을 찾는 전화다.

최종 리허설이 있을 예정이니 지금 즉시 2층 대회의실로 오라는 것이었다.

그때 막 체크 리스트를 챙겨 들고 4층으로 올라가려던 강 주임이 흘깃 째려보는 눈치를 보냈다.

'다들 몸으로 때우는데, 언 놈은 업무 배정 잘 받아서 윗 분들과 함께 편한 시간 보내서 좋겠다?' 하는 눈치가 아예 노골적이다.

훗!

김산이 약이라도 올리려는 듯 싱겁게 한번 씩 웃어주고는 아래층으로 향하는 계단 쪽으로 바쁘게 움직였다.

강 주임도 모르고 주는 눈치는 아니겠지만, 사실 지난 열흘 여 동안에 아랫것(?)들만 고생을 한 것은 아니었다.

소장을 비롯한 팀장급 간부들이야말로 더욱 치열한 전쟁을 치르고 있었다.

총수에게 보고할 내용들, 연구소 업무 현황과 미래 비전 보고에다 나아가 그룹 전체를 진단하는 의견에다 비전까지를 제시해야 할 상황이니, 그 준비할 내용의 양과 무거움이 결코 만만치 않은 것이다.

연구소의 총력을 기울이고, 거기에다 난리를 더해서 이틀 전에야 기본적인 자료가 정리되었다.

그리고는 그제와 어제는 거의 밤샘이었다.

소장을 필두로 팀장들과 임원들이 철야를 불사하며 회의에 회의를 거듭하면서 자료를 다듬어 나갔고, 마지막으로는 최종 발표 자료의 토씨 하나에까지도 가히 심혈을 기울였다.

그리고 오늘 아침부터 소장은 목하 도상 연습에 들어갔다.

바로 프리젠테이션 연습이다.

완벽주의자인 소장답게 연습 역시도 실전처럼 진행이 되고 있었다.

발표 중간중간에 소장은 예상 질문을 부서장들에게 던지며 대답하는 연습을 하도록 했고, 또한 팀장들에게도 예상 질문을 만들어내게 하였다.

김산은 종합기획실의 주무자격으로 그 연습에 참여하고 있었다.

그의 역할은 소장의 발표에 맞추어 파워포인트로 작성이 된 자료의 화면 넘기기이다.

그러나 기껏 키보드의 엔터키나 찍으면 되는 일 같지만 결코 그리 만만한 역할은 아니었다.

적어도 자료의 내용을 완전히 숙지하고 있지 않으면 안 되는 일이었고, 특히나 숨겨진 보조 자료들의 위치와 뷰(view)의 작동 순서까지 훤하게 꿰뚫고 있지 않으면 안 되었다.

거기에다 예기치 못한 상황에 대처할 순발력을 또한 필요로 하는 역할이기도 했다.

예를 들어, 발표 중 혹은 발표 후에 애매하거나 두루뭉술한 질문이 나왔을 때, 혹은 그런 질문에 대한 답변 시에, 침착하게 준비된 자료 중에서 그 질문에 가장 근접하는 화면 혹은 보조 자료를 제각 떠워 올리는 순발력을 필요로 하는 것이기 때문이었다.

점심시간.

식사 후 삼십여 분간은 샐러리맨들의 하루 일과 중 가장 여유있는 시간이다.

다른 때 같으면 느긋하게 낮잠이라도 한 잠(?) 때리련만, 김산은 지금 도저히 그럴 상황이 아니었다.

점심시간까지 반납해 가며 해야 할 어떤 일이 딱히 있는 것은 아니었지만, 이제 곧 시작될 행사에 어쨌든 하나의 역할을 담당해야 할 그로서는, 비록 그것이 단순한 보조 역할에 불과하다고 해도 점점 더 긴장이 차올라 오는 것을 어쩔 수가 없었다.

그동안 힘들어 죽겠다고 수시로 투정을 쏟아내던 동기들은 오히려 이제 자신들의 할 일은 다 끝났다는 안도감과 만족감을 만끽이라도 하는 양, 의자에 길게 기대어 달디단 낮잠을 즐기고 있었다.

2시 15분 전.

진동으로 전환시켜 놓은 휴대폰이 몸살을 앓기 시작하였다.

부르르!

회장의 실시간 동향이 속속 문자로 뜨고 있었다.

회장님 헬기 출발. 약 십오 분 뒤 헬기장 도착 후 승용차로 연구소 이동 예정.

김산은 서둘러 2층 대회의실로 향했다.

이미 모든 상황들은 스탠바이되어 있었고, 또한 아직까지는 약간의 시간적 여유가 있었지만, 김산의 걸음은 자신도 모르게 바빠져 있었다.

대회의실에는 배석자로 정해진 십여 명의 팀장들이 이미 각자의 자리를 지키고 있었다.

김산은 자신의 자리인 말석으로 가서 앉았다.

무거운 침묵이 이어졌다.

모두의 눈과 귀는 각자의 휴대폰으로 집중되어 있었다.

부르르!

회장님 차 정문 통과.

실내에는 곧바로 확연히 느껴질 정도로 긴장이 휘돌았다.

부르르!

회장님 차 메인 연구동 현관 도착.

부르르!

회장님 VIP 응접실로.

오직 휴대폰의 진동 소리만 울리는 가운데 긴장은 점점 더 고조되고 있었다.
부르르!

회장님 2층 회의실로 출발. 전원 휴대폰 OFF하고 정위치 대기 요망.

그 순간 대회의실 내의 긴장은 최고조로 증폭되어 그야말로 폭발 직전의 긴박함으로 치달았다.
김산은 괜히 흘깃하고 팀장들을 둘러보았다.
한결같이 얼굴들이 상기되어 있었고, 그렇게 봐서 그런지 김산의 눈길이 퍼뜩 지나갈 때 몇몇 팀장들의 턱 끝은 살짝 떨리는 것 같았다.

연구소장의 안내로 회장 일행이 대회의실로 들어섰고, 팀장들과 김산은 일제히 기립하여 회장을 맞았다.

회장과 동행한 그룹의 고위 임원들 다섯, 연구소장을 비롯해 VIP실부터 배석한 연구소의 임원들 셋을 포함한 도합 이십여 명이 각자의 명패가 놓인 의자에 앉는 것을 슬쩍 곁눈질로 확인한 다음, 김산은 자신의 목소리가 제발 떨려 나오지 않기를 기원하며 이미 대여섯 차례나 연습한 멘트를 뱉어냈다.

"지금부터 저희 경제연구소의 경영 현황 보고를 시작하겠습니다."

그렇게 오늘 김산이 맡은 몇 가지 안 되는 역할들 중의 하나가 무사히 끝났다.

이제 그가 해야 하는 멘트는 앞으로 세 가지가 남았다.

즉, '질의응답 시간이 있겠습니다'와 '회장님께서 강평을 해주시겠습니다', 그리고 '이상으로 경제연구소의 경영 현황 보고를 마치겠습니다'이다.

그때 굵직한 저음이면서도 워낙 나직하여 자세히 귀를 기울이지 않으면 그 조용한 실내에서도 잘 들리지 않을 것 같은 목소리 하나가 흘러나왔다.

"아아! 좀 자연스럽게 하지. 너무 격식 같은 거 갖추지 말고 그냥 편하게 하자구."

회장이었다.

김산은 순간적으로 멍해졌다.

회장의 그 말 한마디로 아주 잠깐 자신의 역할에 대한 혼선이 생긴 탓이었고, 또한 회장의 말이 꼭 그로 하여금 어떤 대답을 요구하는 것 같은 착각이 들었기 때문이었다.

마침 소장의 순발력있는 대답이 있었다.

"예! 회장님! 그렇게 하겠습니다. 배려에 먼저 감사드리고, 말씀하신 대로 좀 자연스럽게 하는 차원에서 제가 곧바로 보고를 진행하면서 그때그때 질의응답을 함께 병행하는 것으로 하겠습니다."

그제야 김산은 가만히 긴 한숨을 내쉴 수 있었다.

이제는 그 본연의 임무인 PC 조작만 하면 되는 것이었다.

"먼저 이 자리에 배석한 저희 연구소의 각 팀장들과 회장님을 수행하신 임원 분들을 상호 소개하는 순서를 갖도록 하겠습니다. 번거로움을 피하기 위해서 소개의 말씀은 제가 일괄적으로 드리도록 하고, 여러분께서는 일어서서 간단한 목례로 인사를 해주시면 되겠습니다."

소장의 말에 당장 팀장들의 얼굴에는 확연히 안도의 기색들이 흘렀다.

본래는 각자 한 사람씩 일어나서 간단한 자기소개를 하도록 되어 있었는데, 이제 소장이 일괄적으로 소개를 하고 각 팀장들은 그저 일어서서 고개만 숙이면 되는 것으로 되었기 때문이다.

물론 김산은 그런 소개와 인사조차도 할 군번이 아니었으니, 한결 느긋한 마음이었다.

먼저 연구소의 팀장들을 소개한 데 이어, 회장을 수행한 그룹 고위 임원들의 소개가 있었다.

마침 김산도 호기심을 갖고 있던 참이라, 그 소개 말에는 귀를 기울였다.

회장의 동행 중 뜻밖으로 여자가 하나 끼어 있었고, 그 사실은 잔뜩 긴장된 와중에도 김산의 호기심을 자극하고 있었기 때문이다.

그러나 김산은 감히 눈길을 돌리지는 못하고, 내내 차려 자세로 PC 화면만을 주시하고 있는 중이었다.

그들 그룹의 고위 임원들은 그가 감히 똑바로 바라볼 만한 인물들이 아닌 것이다. 특히 이런 자리에서는.

"이쪽은 구조본 기조실의 정들 상무!"

그 순간 김산의 눈이 저도 모르게 돌아갔다.

그것은 사뭇 젊어 보이는 그 여자가 상무 지급이라는 것에 대한 놀라움이 아니라, 바로 그 여자의 이름 때문이었을 것이다.

김산으로서는 죽어도 잊지 못할 이름.

바로 정들이라는 이름이었다.

김산의 어깨가 부르르 하고 길게 떨리고 있었다.

바로 곁에 앉은 거시경제 1팀장인 박 수석의 눈빛이 긴장된 중에도 사뭇 걱정되는 눈빛으로 김산을 보고 있었다.

연구소장의 브리핑이 시작되고 있었다.

그러나 김산은 여전히 흥분과 당혹감을 가라앉히지 못하고 있었다.

소장의 발표 내용에 맞춰 화면을 넘겨야 하는데, 자꾸만 한 박자씩이 늦어졌다.

소장의 발표와 화면 전환의 타이밍이 만들어내는 미묘한 약간씩의 엇박자에 팀장들은 김산을 향해 힐끗힐끗 불안한 시선들을 보내고 있었다.

그로 인해 대회의실 내에는 표시나지 않는 가운데 은은한 긴장이 감돌기 시작했다.

그런 분위기를 눈치 챈 것인가?

눈치 9단이라는 비서실장이 두어 번이나 김산 쪽으로 눈치를 주었고, 이윽고는 정들 또한 흘깃하는 시선으로 김산을 보기에 이르렀다.

그런데 언뜻 스쳐 보듯이 김산의 얼굴을 향하였다가 되돌아가던 정들의 눈길이 한순간 멈칫하였다.

그리고 그 눈길은 믿기지 않는다는 듯한 빛이 되어 다시 김산의 얼굴로 되돌아가는 것이었다.

이어 정들의 얼굴에는 뜻밖의 우연에 대한 놀라움과 바로 뒤이어서 미처 다 조절해 내지 못한 반가움의 기색이 떠오르고 있었다.

회장의 간단한 총평으로 브리핑은 모두 끝이 났다.

그러나 김산은 브리핑이 어떻게 끝났는지 실감을 하지 못할 정도였다.

김산은 도망치듯 옥상으로 올라갔다.

스치는 바람에 문득 서늘해지는 등줄기의 느낌을 받고 나서야 김산은 와이셔츠가 흠뻑 젖을 정도로 자신이 식은땀을 흘렸다는 것을 알 수 있었다.

"후우!"

길게 심호흡을 한번 한 다음에 김산은 담배 한 개비를 꺼내 물었다.

건물 전체가 금연 지역이었지만, 이곳 옥상만큼은 비공식적이나마 유일하게 흡연이 인정되는 구역이었다.

그래서 아직도 담배를 끊지 못한 '미개인' 들은 시간마다 옥상으로 와서 한 모금 흡연의 쾌감을 즐기곤 하는 곳이었다.

한쪽 구석에서는 먼저 올라와 있던 서너 명의 '미개인' 들이 경쟁하듯 담배 연기들을 뿜어내며 수군거리고 있었다.

"야, 야! 니들 봤냐?"

"뜬금없이 뭔 소리여?"

"개 말이야… 제길! 누구는 나이 서른에 쫄따구 연구원으로 박박 기고 있는데, 어떤 여자는 새파란 나이에 상무님이라니……!"

"흐흐흐! 정들 상무 말하는 거구나. 하긴 나도 오늘 먼발치로 정들 상무 보고 세상이 불공평해도 너무 불공평하다는 생각을 했다. 회장 외동딸이니 상무 자리 꿰찬 거야 당연하다고 해도… 제기랄! 예쁘긴 또 왜 그렇게 예쁘냐? 그 늘씬하게 빠진 몸매하며, 미스코리아 뺨치는 미모하며… 으아! 어떻게 대시해서 썸씽을 만들 방법 좀 없겠냐?"

"하하하! 야, 야! 꿈 깨라. 니가 얼굴이 받쳐 주냐, 몸이 받쳐 주냐, 하다못해 정력이 받쳐 주냐?"

정들에 대한 얘기였다.

그녀의 배경과 출세, 미모 등등 그 타고난 행운들에 대한 동경과 부러움과 질시, 그리고 상대적으로 비교되는 자신들의 처지에 대한 자조의 소리들이었다.

십 년쯤이나 뒤에는 그룹의 회장으로서 그들의 꼭대기에서 군림하게 될 그녀였지만, 이곳에서만큼은 그녀 아니라 더욱 대단한 누구의 얘기라도 할 수가 있었다.

이곳은 그들 보통 월급쟁이들에게 암묵적으로 허여된 작은 해방구이니까.

만족스러울 만큼 니코틴을 보충한 이들이 먼저 자리를 뜨고 난 뒤에, 김산은 홀로 남아 폐부 깊숙이 몇 모금의 담배 연기를 빨아들이고 있었다.

그때였다.

"이쪽입니다, 상무님!"

옥상으로 통하는 비상계단 아래쪽에서 들려오는 그 목소리에는 최고의 공손함이 담겨 있었다.

'상무님……?'

그 단어 하나에 김산은 그만 다급해지고 말았다.

옥상이 팀장급들에게까지는 암묵적으로 용인되는 흡연 구역이기는 해도, 그 이상에게는 엄연히 금연 건물의 일부인 곳이었다.

급히 주변을 둘러보았지만, 평상시에는 늘 몇 개씩이나 놓여 있곤 하던 음료수 캔은 물론이고, 그 흔한 종이컵조차 보이지 않았다.

아마도 조금 전의 흡연 팀들이 간만에 좋은 일 한다고 내려가면서 싹 수거해 가버린 모양이었다.

그렇다고 우레탄 재질의 방수재가 깨끗하게 도포되어 있는 옥상 바닥으로 꽁초를 던져 버릴 수도 없는 일이었다.

김산은 어쩔 수 없이 담배를 뒤로 감추며 한쪽으로 비켜섰다.

일단은 올라오는 사람과 마주치지 않도록 비켜서 있다가 슬쩍 계단을 내려가 꽁초를 처리할 심산이었다.

"아! 저기 있네요."

김산을 보며 반갑기 그지없다는 목소리를 내는 사람은 거시경제 1팀장인 박 수석이었다.

그리고 박 수석의 극진한 안내를 받고 있는 사람은 바로 정들이었다.

"박… 부장님이라고 하셨던가요?"

정들의 말에 박 수석은 곧바로 차려 자세가 되며 자신의 관등 성명을 댔다.

"옛! 거시경제 1팀을 맡고 있는 박일한 수석입니다, 상무님!"

정들이 생긋 미소를 떠올리며 가볍게 고개를 숙였다.

"안내해 주신 거 감사드려요, 박 부장님!"

황송하여 몸 둘 바를 모르겠다는 듯 박 수석의 허리가 깊숙이 접혔다.

"아닙니다. 오히려 제가 영광입니다, 상무님!"

정들이 부드럽게 웃으며 다시 말했다.

"잠시 자리 좀 피해주시겠어요?"

박 수석의 표정이 흠칫하고 굳어졌다. 마치 자신이 어떤 실수를 범하고 있다는 것을 문득 깨달았다는 듯이.

"아… 옛! 알겠습니다, 상무님! 저는 먼저 내려가 있겠습니다. 그럼 천천히 말씀 나누십시오."

정들은 가만히 김산을 바라보고 서 있었다.

그 묵묵함이 김산은 괜히 불편했다.

십 년 만의 만남이었다.

그때 그들의 관계는 '친구' 라는 단어 하나로 쉽게 혹은 두루뭉술하게 정의할 수 있었으나, 이제는 어떻게 정의하여야 하는 것인가?

둘 다 어른이 되었고, 남자와 여자가 되었다.

그리고 한 사람은 거대 그룹의 후계자 과정을 밟으며 고위 임원이 되어 있고, 또 한 사람은 그 그룹 산하의 일개 월급쟁이가 되어 있다.

첫마디는 어떻게 시작해야 하는 것일까?

반말을 해야 하는 것일까, 존댓말을 해야 하는 것일까?

"담배 피니?"

정들의 그 한마디는 김산을 차라리 편하게 만들어주었다.

"어……? 어!"

김산의 애매한 대답(?)에 정들은 피식하고 웃었다.

"훗! 너, 그대로구나?"

"뭐가……?"

"그 말투!"

김산은 쓰게 웃었다.

마침 정들이 그의 어색함에 대해 배려를 해주었다.

"마저 피워!"

말 잘 듣는 아이처럼 김산은 이제 두어 모금 빨아들일 만큼의 길이밖에 남지 않은 꽁초의 필터를 강하게 빨아당겼다.

"후우!"

김산의 입에서 뿜어져 나온 하얀 연기가 강한 담배 향을 풍기며 두 사람의 주변으로 퍼져 나갔다.

"어떻게 된 거야?"

"뭐가?"

정들의 물음에 대한 대답을 그렇게 뱉고 나서 김산은 문득 자신의 퉁명스러움이 스스로에게도 낯설다고 느꼈다.

"나, 그날 그 시간에 거기 갔었어."

"그랬어……?"

정들은 문득 김산에게서 더 이상의 대답을 들어보지 않아도 대강을 알 것 같았다.

그날 그가 그 약속을 지키지 않은 이유에 대해.

아니, 못 지킨 이유에 대해.

십 년 전 그날 김산이 했던 말은 이상할 정도로 선명하게 토씨 하나 사라지지 않고 그녀의 기억에 남아 있었다.

"우리… 십 년 뒤에 다시 보자. 이제부터 십 년 동안, 난 어떤 식으로든 내 자신을 변화시키려고 해. 그래서… 십 년 뒤에는 나도 네 곁에 당당히 설 수 있는, 당당히 서 있어도 조금도 어색하지 않는 그런 존재가 되려고 해. 부탁한다. 십 년 뒤의 오늘 이 시간까지만 내게 기회를 줘. 그때 내가 네 앞에 나타나지 않는다면, 그때는 나를 완전히 잊어도 좋아."

그 선언에도 불구하고, 그 다짐에도 불구하고, 그는 그러지 못한 것이리라.

자신이 원했던 만큼 변화하지 못했고, 당당해지지 못한 것이리라.

그래서 차라리 잊혀질 생각을 했으리라.

그것을 자신의 약속을 지키는 마지막 방편으로 생각했으리라.

잊혀지는 것도 그가 한 약속의 일부였으니까.

정들의 뇌리로 뜬금없이 솟아오르는 생각 하나가 있었다.

익숙하지 않은 단어 하나.

'바보!'

“어떻게 지내?”

그렇게 물어놓고 나서 정들은 자신의 물음이 다소 엉뚱하다는 생각을 하였다.

김산은 자조라도 하듯이 픽하고 웃었다.

“훗! 보다시피… 그럭저럭…….”

“그런 대답이 어딨어?”

정들은 괜히 화가 나는 심정으로 되었다.

김산의 그런 자조에 대해 따지기라도 하고 싶은 심정이었다.

김산에 대해 자꾸만 느껴지고 있는 안쓰러움에 대해 질책이라도 해주고 싶었다.

“어디 명함 하나 줘봐.”

정들의 말이 사뭇 명령조로 들린 것인지, 아니면 별로 달갑지 않았는지, 김산은 잠시 머뭇거린 끝에야 뒷주머니에서 지갑을 꺼내 명함 한 장을 빼내 정들에게 건넸다.

“주임 연구원이야? 간부인 모양이네?”

“훗! 대리도 간부로 쳐주나?”

“주임 연구원이 대리였어?”

“어!”

“그래도 그 나이에 대리면 아주 늦은 편은 아니네.”

“훗! 그 나이에 임원 단 사람에 비하면 너무 늦은 편이지.”

김산의 말에 자꾸만 빈정거림 같은 것이 달라붙고 있었다.

정들은 잠시 미간을 좁혔다가는 차라리 웃고 말았다.

"호홋! 너 꽤 많이 발전한 것 같다. 빈정거릴 줄도 알고?"

"홋! 그럼 십 년이면 강산도 변한다는데… 그 정도 발전은 있어야지."

계속 빈정거리는 투를 뱉어내고 있는 김산의 말 중에서 정들은 문득 퍼뜩하고 와 닿는 하나의 단어를 건져 냈다.

"뭐?"

"……?"

"금방 강산이라고 했니?"

그리고 정들은 스스로 생각하기에도 실없어 보이겠다 싶은 웃음을 흘리고 말았다.

"왜 웃어?"

다소 기분 나쁘다는 어감으로 묻는 김산의 말에 대해서는,

"그냥… 강산이라는 말이 웃겨서……."

하고 둘러댈 수밖에 없었다.

그런데 그 실없음이 두 사람 사이에서 자꾸만 높아져 가려 하고 있던 십 년간의 벽을 허무는 계기가 되었나 보았다.

"홋!"

"풋!"

김산도 웃고, 정들도 웃었다.

“좋다.”

“뭐가?”

“이렇게 널 다시 만나서!”

저절로 꺼져 버린 꽁초를 담배 갑 안으로 밀어 넣으며 김산은 다시 담배 한 개비를 꺼내 물었다.

“후!”

기둥을 이루며 길게 내뿜어졌다가는 이내 스멀스멀 엷어지며 허공으로 번져 나가는 하얀 담배 연기를 물끄러미 보고 있다가 정들이 문득 물었다.

“이렇게 가까운 곳에 있으면서 어떻게 연락 한번 없이 그럴 수가 있었니?”

“어! 그냥 좀 생각없이 바쁘게 살다 보니까…….”

얼버무리는 김산에게서 새삼 풀이 죽은 것 같다는 느낌을 가지며, 정들은 왠지 모를 애처로움 같은 것을 느꼈다.

“넌 예전보다 더 약해진 것 같아.”

“나 몸무게 많이 늘었는데? 벗겨놓으면 근육도 제법 있어.”

“핏! 몸만 좋으면 뭐 하니? 남자다운 패기가 좀 있어야지.”

그래 놓고서 정들은 자신이 괜한 말을 한 것 같아 겸연쩍게 웃으며 슬쩍 말을 돌렸다.

“다른 애들과는 소식 주고받고 있니?”

“누구?”

“후후! 산사모 멤버들.”

“산사모? 훗!”

옛날의 어떤 추억이라도 떠올리는지 문득 생각에 젖어드는 듯한 김산을 바라보고 있다가 정들이 넌지시 말했다.

“언제 한번 뭉쳐야지?”

대답을 하는 대신 김산은 ‘후!’ 하고 담배 연기를 내뿜었다.

“다들 어떻게 지내는지 나도 몰라. 그리고 안다고 해도 지금은 만나고 싶지 않아.”

“지금은 왜?”

“그냥… 그냥 좀 더 시간이 지나고 난 다음이면 좋겠어.”

정들의 가슴으로 다시 한 번 착잡한 바람이 스쳐 갔다.

김산은 확실히 예전보다 더욱 작아지고 약해진 것 같았다.

정들은 의식적으로 밝게 웃으며 고개를 끄덕였다.

“그래! 그렇게 하지 뭐. 하지만 나하고는 이제 가끔씩 만나고 지내는 거다?”

김산이 마치 억지로 정들을 따라 웃듯이 쓰게 웃으며 말했다.

“너하고 나하고의 처지가 천지 차이인데, 계속 만나서 서로 간에 좋을 일이 뭐가 있겠니?”

정들은 마침내 참지 못하고 버럭 목소리를 높이고 말았다.

“그런 소리가 어딨어? 우리의 처지가 다를 게 뭐고, 또 그리 차이날 게 뭐 있어? 우린 친구잖아?"

김산은 말없이 한동안 담배만 빨고 있었다.

그의 얼굴이 한결 어두워지고 있다고 정들은 느꼈다.

"그래, 우린 친구였지."

문득 독백처럼 흘려낸 김산의 그 말에 정들은 괜히 가슴이 짠해지고 말았다.

뭐라고 말을 해주고 싶었지만, 이번에는 선뜻 입이 떨어지지 않고 있었다.

마치 그녀 스스로의 마음속에서도 아직까지 실체가 규명되지 않은 어떤 모호한 느낌 같은 것이 있는 듯했다.

뭔가 안타깝고 해갈되지 않는 갈증 같은 그런 느낌.

정들은 표정을 굳히고 목소리에 힘을 주었다.

"하여간 그렇게 해. 연락은 내가 할 테니까, 넌 그냥 시간만 내면 돼."

김산이 문득 애매한 웃음을 지었다.

"후후후! 여전하구나, 그 당찬 성격은."

"타고난 성격인데 어딜 가겠니?"

김산이 마치 부탁이라도 한다는 듯 천천히 말했다.

"다시 말하지만 난 너하곤 입장이 달라. 제일그룹의 일개 대리 직급일 뿐이야. 지금 너하고 얘기를 나누고 있는 이 일만으로도 어쩌면 한동안 곤욕을 치르게 될지도 몰라. 난 그런 불편함을 겪고 싶지 않아. 그러니까 앞으로도 날 곤란하게 만드는 일은 만들지 말아줬으면 해. 내 말 무슨 뜻인지 알지?"

정들은 새삼 김산의 소심한 면을 보고 있는 중이었다.

남들 같았으면 그룹 총수의 딸, 그것도 장차 그룹을 물려받을 자신과 스쳐 가는 인연이라도 어떻게 한번 만들어보기를 갈구할 텐데, 이건 오히려 입장 곤란해지기 싫으니 앞으로는 아예 아는 체를 하지 말아달라는 투가 아닌가.

하지만 정들은 오히려 반가웠다.

'훗! 그래! 그래야 김산답지' 하는 생각이 들기도 했다.

그리고 그녀는 '정들답게' 김산의 소심함을 대해주었다.

"이건 명령이야."

김산의 두 눈이 슬쩍 치켜떠졌다.

"명령?"

"그래. 상무가 까라면 까야 되는 거 아냐? 그게 대리 아냐?"

결국 김산은 '김산답게' 정들의 '정들다움'에 대해 앓는 소리를 내고 말았다.

"끙!"

『강산들』 3권 끝

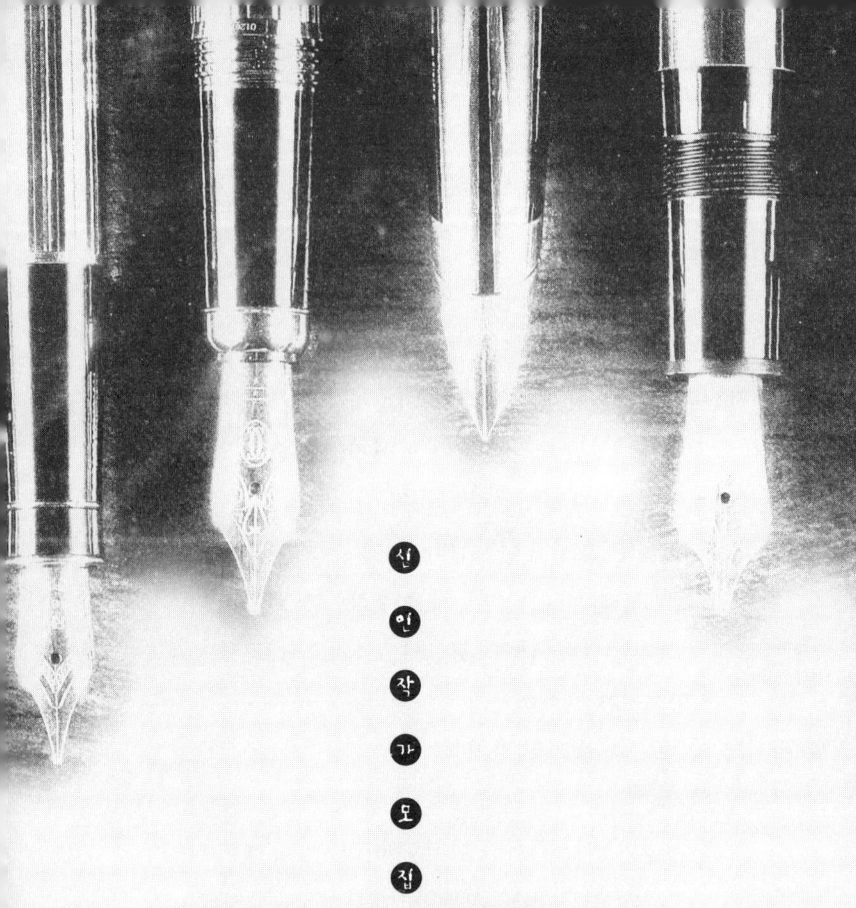

신
인
작
가
모
집

지금 유전자가 말하는 사랑과 성의 관한 솔직 대담한 진실이 펼쳐집니다!

남편의 후광을 등에 업는 것은 까마귀와 인간뿐…

모두에게 바보 취급받던 독신 암컷이 단번에 인생대역전을 해서
서열 1위인 수컷의 아내 자리를 차지하게 될 수도 있다는 말입니다.
모든 여성이 이상형의 남자와 결혼할 수 있는 것은 아닙니다.
적당한 선에서 타협하여 적당한 사람과 결혼하지요.
하지만 솔직히 말해서 당연히 멋진 남자가 더 좋지 않겠습니까?
따라서 여성은 생각합니다.
'그럼 어떻게 하지? 유전자만이라면 가질 수 있어!'
그리하여 장기계획형이나 단기승부형과 같은 여러 가지 방법의
외도가 생겨나는 것입니다.
물론 모든 여성이 이를 실행에 옮기지는 않습니다.

하지만 기회가 있다면 어떨까요?
다른 조건과 이미 타협을 봤다면?
남편이 사소한 일은 눈치 못 채는 둔한 남자라면?
뭔가 유전자의 음모가 느껴지지 않습니까?

실패를 모르는 남자 선택법!
「내 남자친구는 왼손잡이」 법칙

어째서 여성은 왼손잡이 남성에게 마음이 끌리는 걸까요?

여기서 기억해야 할 것은 몸의 좌우와 뇌의 좌우는 원칙적으로 반대 관계라는 점입니다.
따라서 왼손잡이 남성은 우뇌가 발달했습니다.
발달했다는 사실이 왼손잡이를 통해 반영된 것입니다.

그리고 두 번째로 생각해야 할 것은 우뇌는 남성 호르몬의 일종인 테스토스테론에 의해 발달한다는 점입니다.
요약하자면 왼손잡이 남성은 우뇌가 발달했는데, 그것은 테스토스테론 수치가 높기 때문입니다.
그것은 다름 아닌 생식 능력이 높다는 것을 의미하지요.

「내 남자 친구는 왼손잡이」에 감춰진 의미는… 내 남자 친구는 생식 능력이 높아… 인 것입니다.

초등학생이 반드시 읽어야 할 좋은 책 49권

각 학년별로 초등학생이 반드시 읽어야할 좋은 책을 선정하여 통합논술의 기본이 되는 '올바른 독서법'을 일깨워 줍니다.

교과서와 함께하는 초등학교 통합논술

초등1학년 | 값 12,000원 / 초등2학년 | 값 9,500원 / 초등3학년 | 값 11,000원 / 초등4학년 | 값 9,500원 / 초등5학년 | 값 9,500원 / 초등6학년 | 값 11,000원

♣ 혼자 할 수 있어요.

엄마가 책 읽는 방법을 가르쳐 주어도 좋아요.
독서지도하는 선생님이 가르쳐 주어도 좋답니다.
"초등 교과서와 함께하는 **통합논술 시리즈**"는
아이 스스로 독서할 수 있도록 꾸며진 책이에요.
엄마와 선생님은 요령만 가르쳐 주시면 된답니다.

♣ 교과서의 중요한 내용이 총정리되어 있어요.

각 학년별로 중요한 교과 내용이 함께 수록되어 있어요.
초등학생은 교과서 내용을 충실하게 공부해야 합니다.
아울러 그와 병행한 독서가 대단히 중요하지요.
"초등 교과서와 함께하는 **통합논술 시리즈**"는
두 가지 방법 모두 알려준답니다.

♣ 이 책은 훌륭하신 선생님들이 함께 쓰신 책이랍니다.

동화작가 선생님들이 쓰셨어요. 소설가 선생님도 쓰셨답니다.
국어 논술독서지도 선생님들도 함께 쓰셨지요.
"초등 교과서와 함께하는 **통합논술 시리즈**"는
엄마의 마음으로 모든 선생님들이 함께 꾸민 책이랍니다.

입소문을 통해 아는 분은 다 알고 계십니다!
올 한해 공인중개사 최고의 화제작!

1~2권 합본 | 이용훈 지음
3~4권 합본 | 이용훈 지음
5~6권 합본 | 이용훈 지음
용어 해설 | 이용훈 지음

수험생 기본 필독서
만화 공인중개사

제목 : 만화공인중개사 쓰신 분에게 감사드립니다.

학원을 두 달 다녔어요. 근데 과연 그 숫자 외우기 그런 게 몇 문제나 나올까 생각을 했어요.
아니라는 생각이 드네요. 학원강의를 뒤로하고 서점을 갔어요. 내 머리에 가장 이해될 수 있는
책이 없나 하구요. 거기서 만화를 발견했어요. 무조건 세 번 봤어요. 3개월 걸렸어요. 문제집을 보라고
했는데 그건 시행을 못했어요. 근데 합격을 했네요.
어떻게 감사의 말을 해야 될지……
도서관에서 만화책 들고 다니니까 사람들이 비웃더라구요. 만화책으로 공인중개사를 공부한다고
미친 사람처럼 보더라구요. 근데 그거 다 감수하고 했던 내가 자랑스럽습니다.
어떻게 감사의 말을 해야 할지… 정말 감사합니다.
부디 행복하세요. 제 나이 41살에 좋은 스승을 만난 것 같습니다.
엎드려 감사드립니다.

-본사 홈페이지에 독자분이 올린 메일 中 에서 발췌-